世界奇妙物语

[日] 田中贡太郎 著

李娟 译

长江出版社
CHANGJIANGPRESS

图书在版编目（C I P）数据

世界奇妙物语 ／（日）田中贡太郎著 ；李娟译 .
一武汉 ：长江出版社，2021.7
ISBN 978-7-5492-7687-5

Ⅰ．①世… Ⅱ．①田… ②李… Ⅲ．①民间故事—作
品集—日本 Ⅳ．① I313.73

中国版本图书馆 CIP 数据核字（2021）第 086895 号

世界奇妙物语／（日）田中贡太郎 著　李娟 译

出　　版	长江出版社	
	（武汉市解放大道 1863 号　邮政编码：430010)	
选题策划	天河世纪	
市场发行	长江出版社发行部	
网　　址	http://www.cjpress.com.cn	
责任编辑	罗紫晨	
印　　刷	三河市腾飞印务有限公司	
版　　次	2021 年 7 月第 1 版	
印　　次	2021 年 7 月第 1 次印刷	
开　　本	710 mm×1000mm　1/16	
印　　张	17.5	
字　　数	235 千字	
书　　号	ISBN 978-7-5492-7687-5	
定　　价	48.00 元	

前言

　　田中贡太郎（1880—1941），他是日本怪谈志怪小说文学泰斗。他生于高知县长冈郡三里村（如今的日本高知县仁井田），小时便在家乡人来人往的船员旅馆中听海员们讲各类传说故事。后来就读于汉学私塾，深受中国的蒲松龄等志怪小说作者风格影响。

　　他一生致力于收集、编纂、再创作日本怪谈故事，并在日本文坛有"三之最"之称——产量最高、代表性最强、内容范围最广，与小泉八云、上田秋成等作家共同谱写了日本怪谈文学的辉煌时代。1941 年初，田中贡太郎在家乡高知县种崎去世。

　　他的主要作品有回忆录与游记文集《贡太郎见闻录》，报纸连载长篇巨著《旋风时代》，改编作品《日本怪谈全集》和《中国怪谈全集》等。同时，田中贡太郎是有名的中国文化粉丝，酷爱阅读中国古典小说，比如《红楼梦》《聊斋志异》《剪灯新话》等。此外，他还出版了解读《论语》《大学》《中庸》等中国儒家经典的作品。

　　本书选取了田中贡太郎十六篇怪谈经典作品。由于作者生活的时代乃是日本明治维新时期，正值新旧文化激烈冲突的临界点，所以其中很多篇都有着新旧文化相依互存的影子。比如同一篇文章中既有"书生"这样的封建社会旧称谓，也有"汽车"这样的现代社会新产物。

另外，田中贡太郎的怪谈作品中很多属于再创作，所以不少小说都能找到其他作品的影子。例如，《黑色旋风》与《易妖传》,《红茎白花》同《狼外婆》都有些相似之处,《雷公杀人事件》里面部分桥段与《水浒传》中"潘金莲与西门庆于王婆家私会"有异曲同工之妙。

田中贡太郎辞世至今已数十年，当时的行文习惯、写作手法与如今大为不同，再加上不少作品属于报刊连载文，质量参差不齐，某些作品晦涩难懂。对此，编译时对原文一些逻辑矛盾或含糊不清之处做了细微修改，力求既照顾现代读者的阅读习惯，又保持文章的原汁原味。由于编译者水平有限，书中错误在所难免，还请读者原宥。

目录

01

黒
色
旋
风

1

那日天气还算晴朗。万里无风，云霞缭绕。天空中鸣叫的飞鸟在云霞中起落，时而俯冲，时而翱翔。正在田间除草的农夫三郎艳羡地望着它们，不时拍拍身体，以舒缓腰部的酸痛。

自他除草的地方举目远眺，尽是农田。青翠的麦田之间横亘着油菜花地与梨园。金黄的油菜花已然凋谢，如雪的梨花却方兴未艾。不远处是一座小山丘，山脚下几间茅屋矗立，里面传出老牛慵懒的叫声。

三郎看看天，估摸已到午后，于是来到农田角落的草棚歇息。那草棚极小，与半开的油纸伞不相上下。他从棚中摸出饭盒与茶壶，对付着吃了午饭。吃完后，他将饭盒收拾好，正要歇息一会儿，突然袭来一股猛烈的龙卷风，将他的脸刮得生疼。那风十分怪异，竟将地里的泥土与沙石掀起，险些将他绊倒在地。事出突然，三郎一个趔趄，使尽全力才站稳脚跟，用手护住脸颊。此时，他忽然听见乌黑的龙卷风中有女子的求救声："大哥救命啊！救命啊！"

三郎有些惊慌失措，定睛一看，黑风中出现了一位身着和服的姑娘。那大风吹起了和服衣角，露出了她的小腿根部，雪白的肌肤显露了出来。

三郎连忙上前，伸手去抓那位姑娘的手："没事吧，姑娘？"

"这风好可怕啊！"姑娘将自己的袖管丢过来，顺着风势蹭到三郎的手中。

三郎连忙将其拉过来，说道："大风虽险恶，但刮不了多久，姑娘不用害怕，进草棚内躲躲吧。"

"多谢大哥！这风吹得我心中慌乱极了！大哥您能不能站在门口帮我挡挡风？"姑娘躲进棚子，看起来还是心有余悸的样子。

三郎很快走了过去，用身子挡住草棚。黑云般的龙卷风袭来，差点将草棚连根拔起，幸亏三郎拼命守住，才未酿成大祸。三郎说得很对，那大风来得快去得也快。只听一声惊雷响起，那黑云便一路往西离去，四周迅速恢复了起初的寂静。

看那黑风已去，三郎这才长舒一口气，返回草棚去看望那女子。那女子坐在棚子的草席上。三郎仔细打量一下女子，发觉她大约十七八岁的模样，生得白净秀美，楚楚可怜。

"无须害怕，这风已经停了。"

"多谢大哥相救。"那姑娘抬起头来，用一双会说话的大眼睛盯着三郎，微微一笑。三郎顿时被这位女子的甜美笑容所迷惑。

"无须客气，我不过伸了一把手而已。"

"若非大哥仗义相救，我不知要被那股妖风刮到何处去了……"女子提到风，依旧花容失色。

"难怪你会被吓成这般模样。刚才那阵黑风的确有些诡异……不过，此处每逢桑叶抽芽之时，便会有奇异天相。以前乌云密布、电闪雷鸣的次数也不少，有时还下冰雹呢。不过话说回来，这么厉害的龙卷风，我也从未见过，竟将姑娘吹到此处来了。话说姑娘你是从哪儿过来的啊？附近的人我基本认识，但好像从来没有见过你。"

"哦，我祖籍便在此处，不过从曾祖父那代起全家搬去了东京，所以您不认识我很正常。"

"啊！难道你是被风从东京那边吹到这里的？"

"看您说的，当然不是啦。我父亲去年在东京病逝，家母今年也去世了，只剩我一个人孤苦伶仃，本想到处去看一看，但走前便想先回故乡瞧瞧。今早我下了火车，正闲逛的当口，忽然遇上那妖风，被吹到了这边。我的衣裳也被风扯得凌乱不堪，这可如何见人……"

听她这样说，三郎才留意到，女子漂亮的和服上的确破了好几个洞，袖口到肩膀的地方破损尤其严重，有好几处被刮坏的口子。

"姑娘，不如这样，你跟随我回家。我家中还有个妹妹，她身材与你相仿，你若不嫌弃，可以先穿她的衣裳。只是，我家经济条件差，她的衣服都是些下地干活才穿的粗布衣服，布料比起你这件差远了。"

"大哥您还有个妹妹吗？"

"是的。我爹娘也都去世了，只剩我们兄妹二人在一起艰难度日，相依为命。"

"您还未曾娶妻吗？嗯，家里只有两个人，肯定很是冷清吧？"

"冷清是冷清，不过也算其乐融融。如今已是大午后，等会儿太阳怕是要落山了。不如姑娘干脆去我家住一晚吧！"不知为何，三郎都未曾料到自己竟如此唐突地邀请女子去他家借宿——他内心其实很想与姑娘多待一会儿儿。

女子脸"腾"的一下红了，含羞地说道："多谢大哥您一片好意，不过我还是先去小镇上吧，只要到了镇里，就一定可以买到新衣裳。"

三郎意识到自己的唐突，连连道："去镇上路途遥远太过麻烦，我们虽萍水相逢，但也算有缘分，姑娘其实不用太过客气。"

"我生性简朴，又经常出门旅行，深山老寺和简陋的百姓家都曾住过，绝非嫌弃您家简陋，只是贸然上门打搅，实在觉得不太礼貌……"

听到这话，三郎慌忙站起来挽留道："不碍事，不碍事，只要你不嫌弃我家里简陋，今夜就去我家住吧。去镇子要走很长时间，太阳下山了也不一定能到。"

挽留之际，三郎的手偶然间碰到了姑娘的手，他僵在当地，不敢松也不敢握。

"那便恭敬不如从命了。即便去了镇上，我孑然一身，也不会有人像大哥这样待我。"

三郎发觉姑娘露出了娇媚而亲昵的表情，不由心花怒放："那就一言为定。我妹妹也是一位善良的女子，她绝对会好好照顾你的。"

三郎顺势牵起姑娘的手，只觉腻滑圆润。姑娘并没有作声，望着三郎甜甜微笑着。

三郎竟然感觉自己喉咙发干，他的声音开始颤抖了："那现在就去我家住吧，我……"

不知为何，女子突然变卦了："大哥，我思来想去，觉得不妥当，我还是先走一步了。"

"啊！有何不妥，虽然我家中简陋，但你不用担心啊！"

"这样实在太麻烦您和妹妹了……"

"不麻烦，不麻烦，就去我家住一夜有什么不妥？去吧！去吧！"三郎彻底被这女子迷住，手一直不愿意松开。

"这样确实不妥啊，以后再说吧。"姑娘笑盈盈地抽出了自己的手。

三郎连忙伸手去拉那姑娘，却见那姑娘只是瞥了他一眼，便犹如飞雀一般蹿出了草棚，一眨眼的工夫便不见了。三郎慌忙追出草棚。

2

已近午后，阳光比起刚才暗淡不少，但四周还算是明亮。三郎举目望去，姑娘却不见踪影。刚刚姑娘是从棚子后方逃走的，他绕到棚子右边查找。看到姑娘矫健秀美的背影就在几里开外。那边已是农地尽头，紧邻草原，再往前走去，看到了一片杂树林。杂树林的前面出现了一条马路，连接着两座村庄。

眼睁睁地看着姑娘的身影消失在树林里，三郎扼腕长叹，坐立不安。他无心干农活，不停地绕着棚子走，嗅着空气中残留的香气，仿佛自己丢掉了重要事物似的。不知走了多久，他忽然下定决心，要去将那姑娘追回。说走便走，他不管锄头还插在麦田当中，也不管小棚中带的饭盒还未收拾，抬脚便往姑娘消失的方向走去。起初他还东张西望，不久后迈开大步，径直向姑娘离去的方向追去。

如同得了失心疯的病人一般，三郎步履蹒跚地朝树林走去。他经过了麦田的小沟壑，麦叶从他身旁划过；他走过野地的小径，与梨花和油菜触碰在一起。纵然世间美景万千，但在三郎眼中，唯有那身华美和服的姑娘，才是世间唯一价值所在。

终于，杂树的小枝与皮肤接触的刺痛感，让他渐渐恢复了意识，发觉自己此时已身处杂树林间。但他竟然完全想不起自己如何抵达这里，脑海中全部都是那位姑娘灿烂的笑靥。

他一直走啊走，不知走了多久，却还是没有能走出那片树林。三郎开始焦急万分，突然意识到这片树林虽然狭长，但走了这么长时间都不能走出去，只有一个解释，那就是他迷路了。若不能尽快走出去，或许就永远没有可能再见到那位姑娘了！

"必须赶紧想法子走出这片树林……"三郎心里嘀咕着，向右手边望去，一片广阔的空地出现在他的前方。

那是一片荒草丛生的空地，处于松树与栎树的拱卫之下。在一片荒草地的中间，矗立着一棵上了年纪的大朴树。一看到那棵大朴树，三郎心中不由咯噔一下。他知道，自己可能误闯至恶名远扬的"朴树凶宅"遗址了！他的心中顿时浮上一丝不祥的预感。

事实上，三郎对朴树凶宅的了解仅限于捕风捉影。他只是隐约听说，一旦有人想在此处大兴土木，兴建建筑物，便会病魔缠身。

想到这里，三郎心里越发着急，打算快速穿过这片空地，走到对面的马路上。他穿过路边那片开着白花的野荆棘丛，行至一棵参天的大朴树边。忽然，他停住了脚步——他发现不远处的一片芒草丛中安放着一块大石头，那石头看起来曾有雕琢的痕迹，或许曾是这凶宅的假山。

而让他惊喜的是，他苦苦追寻的美丽姑娘，竟然端坐在那块石头上。三郎生怕唐突佳人，便小心翼翼地走上前去。

不知为何，三郎感觉这里安静得过分。四周鸦雀无声，姑娘静若处子。三郎走到了她身后，却不敢开口说话，就那样傻傻地站在那里。正在犹豫不决的当口，那姑娘回过头来，微微一笑，仿佛一直在等待三郎到来似的。

"姑娘，荒山野岭，你坐在这里干什么呀？"三郎看到姑娘的笑脸，心中乐开了花。

"此处便是我老家的遗址呀。"

"什么？你的老家竟是这个'朴树凶宅'吗？"

"凶宅？嗯，我父亲也总是提起'朴树凶宅'呢，但我对它一点都不了解，我对这个地方还很陌生……"

"原来如此。"

"大哥，您这是要回家了吗？"姑娘望着三郎，大眼睛扑闪扑闪的，看得三郎心中痒痒的。

"没错，我正准备回家。"

三郎知晓自己刚才冒犯了这位姑娘，不应该唐突地去摸人家的手，也不敢再提邀请姑娘去家中的事情了。

"令妹今年多大年纪呢？"姑娘突然问道。

"今年虚岁十八，性格很活泼，不过还是很幼稚，就是一个黄毛丫头罢了。"

"呦。那与我一般大呢。您的妹妹一定也和您一样，是一个非常善良的人。"

"她跟我一样，也就是个没见识的乡下人，不过很勤快，把家里收拾得干干净净……方才是我太过草率，冒犯了姑娘，实在对不住。但我并没什么恶意，只是真心想请姑娘去我家做客，同时也可以介绍认识下我妹妹。"

"我晓得，也很感谢大哥一片盛情。其实，我也不想独自跑去镇上，可是我们素不相识，我实在不好意思打搅你们……"

三郎听到女子话中透露出反悔的意思，马上劝道："这你完全不必担心。说实话，倘若姑娘愿意到我家留宿，我感到万分的荣幸。你看，我一心想来找你，把农活都忘记了。"

女子想了想，道："如此的话……我就听大哥的话。请大哥收留小女子一晚吧。"

三郎大喜道："太好了，我求之不得！"

说完，他便兴奋地催促道："那就请跟我回家去吧。天眼看就要黑了。"

三郎带领女子，向家中走去。不一会儿，太阳落山，天空中繁星点点。

3

天虽黑了，但月色皎洁，将前路照得异常清晰，三郎带着姑娘穿行于山脚下的田间。他望着女子婀娜的身姿，心中暗喜，姑娘只不过应承他住一宿，但他心里希望姑娘可以永远留在他家里。

三郎旁敲侧击问："姑娘方才提到你想离开东京，去外面游历一番？外面实在是太危险，其实可以居住在我们这个村子啊，这里起码还有我照顾着。我虽不是什么有权有势的大人物，可帮衬你甚至养活你都不成问题啊。"

女子微笑道："大哥所言极是，离开东京后我确实也没什么好地方可去。实不相瞒，刚才我坐在旧宅遗址那块石头上时就在想，我一个无依无靠的姑娘家，与其跑到人地两生的地方四处漂泊，还不如留在这宁静祥和山村里。更何况还有您这样古道热肠的好心人，有您照应，这日子一定会很开心。"

"这样想就对了！方才我也说过，家中只有我和妹妹两人。倘若姑娘愿意留下，家里就会热闹许多，我妹妹也可以多个姐姐。你也可以完全放心，我们一定会照顾好你！"

"那倒不用。我从小就会做针线活，还学习过一些乐器，我去当个小学老师也可以养活自己的。"

"唉，只要你愿意在我家，我们完全可以养活你，不用自己出去辛苦工作！"

说着说着，二人便走到三郎家门口。大门简陋，屋子看上去也有些年头，青色的房檐下，燕子搭建了小窝。

"家里实在简陋，请进。"

三郎在前面带头跨上门口石阶，姑娘紧紧跟在他身后进了门。门的后面有一片红土院子，虽然小小的，但十分平整。往前再走一些，出现一道纸门，温馨的灯光从门缝中透了出来。

"我回来了，阿高！"三郎眉飞色舞地向屋里喊道。

"啊，哥哥，你怎么这么晚才回来？我还以为……"一位姑娘探出了头，她长着一张鹅蛋脸，用焦急的口吻说道。看到哥哥身边的陌生女子，她的话戛然而止。

"阿高，今日我在田间除草时，遇到这位客人，聊着聊着便错过了时间。"三郎转头向姑娘介绍道："她就是我的妹妹阿高，快请进屋吧。"

姑娘向阿高点头致意后，跟着三郎朝屋内走去。妹妹阿高恭敬地跪在地上，为女子拉开纸门。女子发现，阿高的膝上有一片红布，这片红布缝到了一半。

"这位客人是东京回来探亲的同乡，遭遇大风滞留在此。原本她要去有车站的小镇住宿，可我看时间太晚，就将她请回来居住啦。我们一定要好好招待她哦。"再三叮嘱妹妹之后，三郎对那姑娘说道："抱歉，招呼不周，你先和阿高去屋里看看，我要先去将手脚洗一洗。"

三郎独自离开，走向水井，仔细将手脚和脸洗干净。然后，他回到屋子，此时姑娘正与阿高坐在灯旁闲聊，她们二人谈笑风生，看起来很融洽。

"阿高，光顾着聊天呢。客人还饿着肚子呢，咱们赶紧开饭。今天都有什么饭呢？"

阿高扭头冲三郎笑道："我已经跟这位小姐致歉了，眼下家里委实没什么好招待她，只能跟咱们一同吃了。哥哥，你先将身上这件下地的衣裳换掉，咱们再吃饭吧。"

"好，我去去就来。"

三郎从地炉旁走过，来到昏暗的房间角落，脱下外面的短裤和厚厚的长衫，重新换上一件干净的夹层棉衣。这时，他看到地炉边上已经有阿高盛好的饭菜了。

三郎笑着问道："今晚的菜是什么呀？可不要怠慢了远道而来的客人。"

阿高不好意思地回答："不晓得客人要来，今天我仅煮了些竹笋，只好请客人将就着吃啦。明日我一定做一桌丰盛的菜肴来致歉。"

"不错。话说这位客人可能会常住我们家呢。"

阿高看了哥哥一眼，又看了一眼那位秀美的女子，惊喜道："哥哥说的是真的吗？"

"只要我们好生招待，她必定愿意留下。"

"哥哥，你不会是逗我玩吧？咱家如此贫陋，客人真的愿意留下吗？……哥哥，我们怎么留得住她呀！"

不等妹妹说完，三郎便走到姑娘跟前，用热烈的眼神望着她道："姑娘你瞧，看起来我妹妹比我更加舍不得你离去呢。"

姑娘笑着望向三郎道："你们对我如此热情，我真的不想离去了呢，不然我干脆长留在您家吧？"

三郎大喜过望："太好了，我与妹妹都舍不得你离去呢。"

阿高也很兴奋。她看了看地炉，觉得这里不像是正式招待客人的地点，于是道："哥哥，客人的饭菜已经备好。这里有些狭仄，不如我们去那边的客厅用餐吧？"

"唉，您再这么客气，我都不好意思留在这里住了！"姑娘俏皮地说道，明显大家开始熟络起来。

三郎觉得十分高兴，对妹妹道："客人既这样说，那咱们凑合下在这里一同用餐就行了。"

阿高又将盛着兄妹俩饭菜的托盘端来。三人围着地炉一同进餐。屋内的气氛虽有少许初识的尴尬，却也温情脉脉。不时偷看二人表情的阿高心中暗喜，不时殷勤地给女子加菜盛汤。

　　吃完饭，三郎问女子："我这里穷乡僻壤，粗茶淡饭，肯定不合吃惯东京山珍海味的你的口味吧？"

　　姑娘笑道："哪里，要比东京的食物好吃多了。"三郎点点头，这话应是真心，方才这女子无论吃什么食物都露出一副非常美味的表情。

　　饭后，三郎本想跟阿高介绍一下女子的身世，可阿高好像在饭前交流时已问过姑娘，看起来也没什么兴趣。阿高望着女子，道："客人今日遭遇这么多事，一定累坏了吧？不如就早点休息吧。"

　　三郎本不愿和女子分别，但妹妹开了口，他只好随声附和："阿高所言极是。确实已经很晚了，阿高，你与客人去客厅睡好了，我将就着睡在这里，你去把衣箱那备用的新被褥取出。"

　　"晓得！那么就请客人随我来吧。"

　　女子对阿高微微笑了一下，又用温情脉脉的眼神看了三郎一眼。这一眼将三郎的魂都要勾掉了，他舔舔干涸的嘴唇，用干巴的声音道："请好好休息。"

　　阿高伸手解开吊在墙边那盏灯笼，道："哥，你就用地炉火照明吧。"说完，带着女子离去。

　　三郎目送两人的身影消失在板门里。片刻后，门外的灯笼光亮也消失不见。三郎在原地发了好一会儿愣，才从柜子里拿出一床被褥，慢慢铺在地炉旁边。

　　躺下之后，坠入情网的三郎满脑子都是那女子的身影，他辗转难眠。不知过了多久，就在他即将睡着的时候，妹妹阿高突然来到身边，用力摇着他的肩膀。

"哥哥！快醒醒！"

三郎睁开眼问道："出什么事啦，阿高？"

"快醒一醒，我有要紧的事跟你说！"

"什么事，快说吧！"

"哎呀，你别睡了，快起来啦！"

"我这不是没睡吗？你着什么急，到底什么事情，是那位客人有什么不满意吗？"

"不是！我告诉你哈，那位客人的名字叫作'满津子'！我直接问她觉得你怎么样，她竟然说愿意嫁给你，以后要留在我们家呢！你愣着干吗呢？我半夜三更跑来报信不是让你发呆的！你赶紧起来与她谈谈啊！哥哥，这可是你成家立业的大好机会啊，过了这村就没这店了，千万别放过这么好的女人！"

三郎一下子睡意全无，从榻榻米上跳了起来。他慌忙穿好衣服，往客厅里跑去……

4

次日，满津子便嫁给了三郎，二人开始了幸福甜蜜的生活。三郎每日下地耕种，辛勤劳作，满津子则与阿高一起在家中料理家务。满津子的针线手艺极佳，没过多久便声名远扬，附近的街坊邻居纷纷出钱请她缝制衣裳。

时光荏苒，春天很快过去。这年夏天天气异常，每日阴雨连绵，甚至入秋后也丝毫不见好转，地里的庄稼几乎全部涝死了。眼看着就要到交田租的时辰了，可一整个夏天颗粒无收，无钱交租，乡民们个个愁眉不展。此前三郎曾大言不惭地说养活满津子不成问题，事实上有很大的吹牛成分。今年他家的租金是三十元，对没了收成的他们而言，无异于一个天文数字。

这件事满津子并不知晓，因为三郎和阿高都不想让满津子徒增烦恼。他们兄妹二人想了很多办法，最后决定用田地做抵押，去富农家借钱来还债。这日傍晚，三郎瞒着满津子前去村中的富农家。这位富农平日也兼营放贷业务。很快，三郎便垂头丧气地回了家。阿高发觉哥哥脸色不对劲，趁着嫂子不在，问哥哥："没有借到钱吗？"

"唉……说是钱已经全部借出去了，不给借。看起来这个夏天不止咱们一家颗粒无收啊。"三郎瘫坐在地上，两眼无神地盯着炉火。

"这可怎么办呢……唉，不如还是用我的法子吧！"

阿高的法子就是卖身当纺织女工："今天我见着前村的小松，她也说要去纺织厂做工呢。只要签了三年的卖身契，便能提前预支三十块的工钱，可以撑过今年了。"

纺织厂的工作又累又脏，三郎实在不忍心妹妹去受这份苦，但地租如一座大山压在他肩头。

"我实在不舍得让你去受苦……"

懂事的阿高反过来说服哥哥："这有什么委屈的，如今世上哪里还有不辛苦的工作呀。眼下家中有嫂子照顾，我也不用担心你。"

"你先别着急，我再想想办法。车到山前必有路……还不到让你受苦的时候。"

"哥哥，我几天前便已经打定主意了，就让我去纺织厂吧。"

"你别着急，去纺织厂太遭罪了……"

"哥哥，你就当是让妹妹出去闯闯，见见世面吧。我一直待在家里，也起不到什么作用。如今跟小松一起做工，我们还可以彼此照应。"

兄妹俩说得有些激动了，声调也高了起来。此时，一阵轻轻的咳嗽声传了进来。二人回头一看，满津子已经站在了他们身后。

"阿高，你要去何处？"满津子看起来很平静地问道。

"嫂子，你都听见了？"

"也没听全，只听见阿高说要外出……阿高到底要去何处？为什么你们吵了起来？"满津子挨着三郎坐下。

三郎叹气道："唉，既然你已听见，那也就没有必要瞒着你了……阿高想去纺织厂当女工。"

"啊？阿高想去当纺织女工？"满津子难以置信地望向阿高问，"阿高，你为何要去纺织厂呢？那里又脏又累，听说那里环境很差，根本不是人待的地方啊！"

阿高还没有来得及开口，三郎抢先说道："事到如今，也瞒不住了。今年地里没有收成，我们无力承担地租，所以阿高想签一张纺织厂卖身契，来换点工钱来交租。我让她别着急，再等我想想办法。"

满津子并未因三郎对自己隐瞒真相而生气，只是平静地问："要交多少租金？"

"不到三十块……不过有二十八块就够了。"

"哦……才这点钱啊……我父亲以前曾跟我提过，在朴树老宅院有一块大石头，在石头的下面，我祖先好像埋了一些金币。还不如我们去那边挖挖看吧？我父亲当年也动过挖金币的念头，可惜路程太远，事务繁多，觉得是无稽之谈，并未付诸行动。还记得那日你去大宅遗址我所坐的那块大石头吗？据说金币就埋在它的下面。"

"啊？竟有此事？"

"不管是不是真的，就去试试吧！即便没有也没什么损失。不过，还是夜里悄悄去挖比较稳妥，倘若白天去挖，撞见了别人就不好了。"

三郎自嘲地笑了："那就试试吧，反正也没有别的法子可想……"

"嗯，权当我跟你开了个玩笑。"

三郎心想，认识这些日子，满津子从未骗过他，说不定真有其事呢。

"好，索性我今晚就去吧。"

当晚，乌云漫天，月亮刚升起便被遮住。三郎肩上扛着镢头等工具，摸黑往朴树凶宅的遗址走去。

前行的途中，月亮从乌云中露出了头。三郎在月色中缓缓前行，绕了一大段路，生怕被人撞见。

三郎家与大宅相隔一公里，小路铺满了落叶，每走一步，脚下都会沙沙作响。他走了很长时间，终于来到大宅遗址附近。为防止被人暗中跟踪，三郎隐藏身形，借着月光仔细观察来路。确认身后并无可疑情况后，这才放心大胆地走进那块空地。

月光下，那棵老朴树如标枪一般矗立在枯草丛中，岿然不动。三郎走到被芒草环绕的假山附近，找到满津子那日坐过的大石。他径直走到那块大石边，抡起镢头开始清理枯草。

不一会儿，石头的上半部分便显出真身。貌似这是一块稍经打凿过的自然石，刚好可以坐下一个人。三郎放下手中的镢头，用双手抓住石头用力摇了摇，想测试下石头埋得是否很深。谁知那石头其实埋得不深，三郎一摇，石头便有松动的痕迹。稍一发力，石头便被推倒了。三郎认真研究了一下石头，没发觉异状，便推了一下石头，将石头往远处滚了一些，继续往下挖。

起初，三郎担心石头下面的泥土被压得太瓷实不好挖，可实际上，下面都是湿软的沙土，挖起来非常容易。一眨眼的工夫，三郎就向下挖了两尺有余。只不过底下的土实在太软，镢头很难将其捞起来，所以三郎只能将下挖的洞口开得更大些。大约挖到三尺时，镢头马上就不够用了。三郎想,怕是要放下镢头趴在地上用手掏了。可就在此时,镢头尖端碰到了硬物,震得他手一阵发麻。

三郎大喜,急忙用镢头将周围的沙土掏干净,然后撂下镢头,侧着身趴了下去,用右手把那颇有分量的硬物拉出来。将硬物上面附着的沙土清理干净后,三郎定睛一看,那硬物竟是个表面粗糙的陶罐。

这天的月光很明亮,照亮了那个陶罐。只见它大概一尺来高,表面刻着模糊的花纹,摸起来十分冰冷。三郎心里很紧张,他环视四周,确认无人跟踪之后,缓缓打开盖子。他才看了一眼,便喜出望外——罐子里装着满满的金币!三郎迅速将挖出来的沙土推回窟窿里,并将石块推回原位,力图使一切都恢复原貌。这个时候,突然之间乌云压顶,大雨倾盆而下,冲掉了一切痕迹,这真是无意中帮了三郎一个大忙。

三郎扛起了镢头,小心翼翼地带着陶罐,冒雨赶回了家中。

5

近年来,三郎成为村内的"风云人物"。村民们惊讶地发现他不仅讨了一位神秘且美貌的媳妇,而且最近翻新自家仓库时竟发现一只装满金币的陶罐。此后,三郎家还清租金,还盖了一栋新房子。村里人啧啧称奇,或嫉妒,或羡慕,或称赞。

好运连连的三郎接受了妻子满津子的提议,到处收购土地,招人养蚕种茶,有模有样地做起买卖来。或许真是时来运转,三郎的生意可以说是顺风顺水,财富滚滚而来,再也不是那个为三十块钱地租便要卖妹妹的穷苦乡民了。

第二年深秋，满津子与阿高趁闲暇时分，前往朴树凶宅左近的原野上散步。此时，秋高气爽，天高云淡，遍地开满了胡枝子与女郎花，草穗随风摇曳。正在采摘女郎花的阿高，眼前出现紫色的桔梗花，她看了看不远处正专心致志地寻找桔梗的满津子，娇笑道："嫂子，此处有桔梗哎！"

　　"哪里有桔梗呀？"

　　满津子直起腰，迅速走到阿高身旁问道。

　　阿高指着眼前的紫花道："就这里！有并排的两朵！"

　　"真的呢。"满津子到花前，蹲下身来仔细欣赏。

　　阿高笑嘻嘻地向前走去。那天她梳着花月卷样式的发髻，头上的发簪在太阳下熠熠发光，一头乌发显得十分厚重美丽。

　　"打扰了，这位美丽的小姐，是否有幸为你拍张照片？"

　　阿高闻言吓了一跳，抬头望向声音来处。只见一位年轻的男子站在她们面前，他身着学校校服，手里捧着一只阿高从未见过的新型相机。阿高很少与青年男子搭话，有些难为情地捂住脸，但青年的动作十分迅速，抢在阿高掩面前按下了快门。

　　"来不及了，我已经拍完啦。"

　　青年微微一笑，向阿高轻轻颔首。这时，满津子方才抬起头来。青年礼貌地向她点头致意。

　　满津子望着那青年，笑着问道："趁这好天气，出来拍照吗？"

　　"是的，我刚给这位美丽的小姐拍了张照片，一张很棒的照片。"

　　"您是住在这附近的大学生吗？"

　　青年微笑着摇头道："不，我居住在邻村。二位女士是这座村子的人吗？"

　　"没错。"

　　"请问二位的芳名是……"

"小女子们的姓名，何足挂齿。我是姐姐，您拍的这位，是我家妹妹。"满津子指着阿高笑道。

默不作声的阿高羞涩地低下头来。

"总得有个名字吧。将来我洗出照片，想在下面标注姓名。"青年盯着阿高笑道。

"这样吧，我刚才手捧的是一束桔梗，您就称呼我'桔梗'吧。"满津子又指向阿高道，"我妹妹手持着女郎花，您称呼她为'女郎花'吧。"

"真好啊！桔梗小姐和女郎花小姐！花香袭人，人比花娇，好名字！我会将其标记在照片上，告辞了！"

青年笑吟吟地走开了。

满津子目送他远去，又回头看看羞涩的阿高，嘴角浮上一抹微笑……

6

一个月后的傍晚，副村长前来三郎家拜访。副村长今年不到四十岁，脸型方正，典型的国字脸，厚厚的嘴唇上叼着根卷烟，一脸喜色地说道："三郎，实不相瞒，我今日是为你妹妹阿高做媒来的。不过我要先问问你，眼下阿高还没有定亲吧？"

三郎心中嘀咕：自己与副村长素无深交，他这是为谁做媒来了？实在想不通，于是小心答道："还未定亲。"

副村长喜上眉梢，连连道："好！那便好！我这里有位合适的人选，与阿高是天造地设的一对，不知你有无兴趣啊？"

"哦？这么般配？那敢情好。不瞒您说，我早就想为她找个好归宿呢。

不知男方是谁家啊？"

"这户人家你应该也听说过，是邻村大名鼎鼎的山形家。"

"山形家？难道是大富豪山形家？"

副村长脸上露出羡慕的神色，道："没错，男方便是大富豪山形家的三少爷——山形明。明少爷现在大学念书，明年就可以毕业，拿到学位了。三郎啊，这门亲事真是天造地设的美事啊！"

三郎听完，顿时有些慌乱，他结结巴巴道："哎哟……我们阿高没念过书，大字不识，如何高攀得上明少爷啊……"

副村长摇头道："无妨。其实，明少爷之前见过阿高。"

"这怎么可能？堂堂山形家三少爷，怎会见过阿高呢？"

"据说在一个月前，阿高和你夫人去外出游玩的时候，偶遇了明三少爷。明少爷还为阿高拍了照片。那张照片如今还在明少爷手里，他得空就拿出来欣赏。阿高和你夫人应该不知晓那拍照的青年便是山形家三少爷。"

三郎记起来了，那日满津子和阿高的确曾提起有大学生为她们拍照的事情。也许那个时候，明少爷就已经喜欢上了阿高。

"原来如此。"

能与财大气粗的山形家结亲，也算得上扬眉吐气了，三郎心中是赞成这桩婚事的。不过，虽然阿高的婚姻大事，三郎可以做主，但他与妹妹感情真挚，想先征求一下妹妹的意见，便先请副村长回去等消息了。

送走客人，他先叫来妻子，将此事如实相告。

"我觉得够呛，那孩子长得一表人才，但门不当户不对的，阿高嫁过去肯定受气。"满津子话里头的意思，并不看好这桩婚事。

三郎被泼了一瓢冷水，但依然觉得这是一桩好姻缘，转头便告诉了阿高。

阿高羞涩地低头道："我这样的下等人，哪能配得上大户人家的少爷呢！"稍后顿了顿，期待地问："嫂子意见如何？嫂子若是同意，那我也同意……"

三郎左右为难。

两天后，副村长迫不及待地再度登门问消息。

三郎苦恼地说："其实阿高也不是不乐意，只不过我们还是觉得与山形家的地位相差太大，担心将来出问题……"

副村长失笑道："哎呀，三郎，你最近也是发了财的人，不要学那些没见识的乡民。眼下早已不是幕府老爷的天下了。维新了这么久，如何还坚持门当户对那一套？你看，如今政府的老爷们，不也娶那些戏子吗？谁说读书人的夫人一定要学问渊博？只要年轻人两情相悦，不就是美满姻缘吗？再说，明少爷并非长子，不必继承家主之位，将来一定要自立门户，阿高绝不会陷入大家族那些乱七八糟的麻烦中。明少爷家世好，人也可靠，你莫瞻前顾后了！"

"虽然这样说，但我还是要与妻子和妹妹仔细商议……"

三郎嘴上这样说，心中却坚定了起来，他越来越想促成妹妹与山形家这桩婚事了。送走副村长后，他严肃地向满津子道出了自己的意见。但满津子依然是坚决不同意。

"阿高生得美丽，也难怪明少爷对她念念不忘……可门户之见不是小问题，阿高嫁过去定然受些罪的……还是寻个和自己家室相当的适龄青年更为可靠些。"

三郎很郁闷，道："你如何知晓嫁到豪门便会受苦？说不定……"

满津子欲言又止，只是不停地摇头。

三天后，副村长再度登门。可满津子依然是坚决不同意，就是不让阿高嫁，三郎也不能自作主张，只好敷衍道："这虽是一桩极好的姻缘，但两家地位差异悬殊……"

"你这人，上次不是说过了！家世和地位如今谁还看它，只要阿高愿意嫁，这些都不是问题，你快些给人家一个答复啊！山形家又不是娶不到夫人。"

"实在不好意思，那可否请您再等几天，我再回去商量一下……"

三郎好说歹说，才将副村长送走。他抓紧时间做满津子的工作，但不知为何，素来温驯的满津子态度前所未有地顽固，就是不肯点头。

态度顽固的不止她一人，山形家那位三少爷也是吃了秤砣铁了心，非娶到阿高不行。之后，副村长先后登门三次，均无功而返。无奈之下，他去请了一位重量级的说客帮忙——这位说客姓山村，曾担任过县议员，是当地一位颇有名气的政客。

那天下午，天高云淡。和风吹拂着三郎院内一片红艳艳的三色苋。满津子与阿高正为衣服上浆。她们将几块木板斜靠在院墙上，贴满了上好浆的红布。

就在此时，副村长带着说客山村走进院门。他指着正在工作的阿高，轻声对山村道："右边那位是三郎的夫人，左边那名清秀的女子就是明少爷心仪的阿高。"

山村生得体型彪悍，容光焕发，他与山形家关系匪浅，此次来穷乡僻壤做个说媒拉纤之人，心里有些不耐烦。同时他也想看看迷倒了明少爷的女子到底是何方神圣。他闻言朝左手边望去，一位裹着白头巾身材纤细高挑的女子映入眼帘。

此时，听到脚步声的满津子也回过头来问："谁呀？"她的目光刚好与闻言望来的山村对上。

孰料山村一看清满津子的面容，便发出惊天怒吼声："原来是你这妖女，居然躲在此处！"

说时迟那时快，满津子迅速撂下手中的布向客厅跑去。须臾之间，院内刮起一阵妖风，将靠在墙上的木板尽数刮起。阿高吓得瘫倒在地，副村长与山村则险些被这黑风掀起的木板击中，慌乱中跌了几跤才堪堪躲过。

山村摇着副村长的肩膀喊道："她是妖怪！法力高深的妖怪！快带我去地炉边找火种，我有克制她的法宝！"

二人连忙向后室的地炉跑去。此时，那黑色妖风愈加猛烈，企图将二人吹走。二人在风中顽强前行，以最快的速度冲进纸门内。毫不知情的三郎正坐在地炉旁吸烟，目睹两位惊慌失措的客人不打招呼便闯进来，不由得大惊失色。

山村无暇解释，一个箭步冲到地炉边，自怀中掏出珍藏已久的小纸片，毫不犹豫地丢进地炉。刹那间，屋里刮起比方才猛烈十倍的黑色强风，风中还夹杂着凄厉的女子哭喊声。紧接着，连响两声惊雷，一道闪电射进黑风之中。顷刻之间，黑色妖风戛然而止，屋里瞬间恢复平静，仿佛一切都不曾发生过。

满头大汗、面色苍白的山村厉声质问三郎："你真是一位人物，娶了一位不得了的夫人啊……你在何处识得这妖怪！"

"满津子她怎么了？"

"满津子？！你现在还没明白，这女子根本就不是人！"

"什么？"

"少废话，你到底何时认识的她？！"

三郎被气势汹汹的前县议员问得心慌意乱，语气都变得急促起来："啊，应该是去年春天。"

"果然没错。原来这妖怪逃到你这里了。我问你，那日是不是也如今日这般刮着黑色的龙卷风？"

三郎想了想，那日的确刮着黑色旋风。

山村看他的神情便知晓了一切。他叹了口气道："算了，你也是受害之人。大约去年正月时分，我外出访友，回家途中遇见了这妖女，见她可怜便将其带回家。不料，没过多久我便身染重疾。某日，一位恰巧路过的和尚看出她的真身，于是发善心救了我，还赐予我两道灵符。当时我动作太慢，仅点了其中一道，她便逃之夭夭。方才我抛入地炉的，便是日夜贴身收藏的第二道灵符，想必如今那妖孽已命丧黄泉了吧。"

说完，山村便带领三郎与副村长出门寻找，果然在后门围墙处发现了一只身穿白衣裳的黑色狐狸。只见它口吐鲜血，已然生机断绝。三郎口中喊着，"爱妻"，哭倒在地，数次昏厥，久久不肯接受满津子是妖怪的现实。

没过多久，伤心欲绝的三郎与阿高放弃了万贯家财，悄然离开村庄，从此再也不曾返回这座村子。

02

白色西裝

十字路口的警铃声尖厉地嘶叫着，一列电车呼啸而过。前面一个上班族模样的男子行色匆匆，将山冈务撞了个趔趄。那人正准备道歉，阿务已经爬起来望着驶远的电车发呆。

　　几分钟后，阿务离开十字路口，往不远处的小山走去。眼下，他耳边一直回响着方才那上班族惶恐的道歉声。事实上，应该道歉的并非别人，而是自己——今夜他本是出来寻死的。阿务原本的打算是撞向快速行驶的电车，无奈这位赶路的上班族撞了他一下，令他满腔求死勇气顷刻间化为乌有。

　　看来要想另外的方法了结自己的性命。心乱如麻的阿务，想换一个地方自我了结，于是踉踉跄跄地走上了那山丘。

　　这座小山位于电车线路一侧，原本下面是一片农田，在电车开通之后，这里才发展成一片居民区。每逢初春时节，开满山丘的山茶花与紫红色的杜鹃花相映成趣。倘若在白天搭乘电车路过此处，依稀能从车窗看到五彩缤纷的红花绿柳与青瓦红砖。

　　如今，这些美景已经与阿务绝缘。夜灯初上，这条路边稀稀拉拉地矗立着几盏伶仃孤单的路灯。微弱的路灯光，将阿务原本苍白的脸颊衬托得毫无血色。路灯极少，可能是因为经济窘迫的小区居委会出钱拉电线的缘故吧。此时已经十点多，小路行人罕至。惨白的灯光洒在路旁陡坡的松树上，阿务沿着台阶，一步一步往山上爬，目的地便是坡顶右手边的小径。

阿务走得很顺利，这归功于他是地道的当地人，非常熟悉这里的地形。那小径离这里不远。每天早晚时分，附近居民都会来到此处散步。小径的中间，恰好是这小山最高的顶点，也将是他人生舞台的终点。

小径中间孤零零地立着一盏路灯。阿务边走边发出重重的喘息声，思绪一片混乱。脑中既有对即将到来的死亡的恐惧，亦有抛弃妻子的愧疚，更有着对趁火打劫逼死自己的凶手的憎恶。他的脑海中浮现出一个高个子女人，这个女人面容可憎、双唇发紫，一股无法抑制的厌恶感浮上心头。

告别世界的终点站已悄然在望，顺着小径左侧红松的枝叶指向，抬头便能看到。山丘顶端的灯光朦朦胧胧，显得孤零零的。阿务费力地走到路灯下，喘息着停下脚步。他抬起头，仔细端详着那路灯的杆子。看了很长时间后，他用颤抖的手解开了自己的腰带。然后，他将这条腰带的一头打了死结，另一头丢向电线杆。然而，这条腰带并没穿过电线杆，它在杆子上转了几圈，然后滑了下来。阿务叹了口气，第二次将腰带抛向电线杆。

这一次，阿务成功了。他抓住垂下的腰带，与另一头绑在一起，打成一个死结，并将那绳圈的高度调整到和自己的额头一样的高度。这些准备工作都完成之后，阿务就如同雕像一般在原地呆立着。

不知过了多久，回过神的阿务一咬牙，双手抓住绳圈，努力将自己的脖颈塞进去……

就在这千钧一发之际，忽然有人一声大喊："你这是在干什么！"

阿务不理他，依旧拼命地将头伸进绳圈。来人一步蹿过来，用一双强有力的手抓住了阿务的手腕，后者只能回到地面。

"啊！你不是阿务吗？！"对方的语气中充满了惊讶。一股熟悉的气息扑面而来，阿务大吃一惊，凝神向此人望去。

"阿务，是我啊，你的兄长正义！"

阿务的眼睛湿润了，这位生着鹰钩鼻、身穿白色西装的路人，果然便是他的哥哥正义。阿务的父亲是一位园丁，先后娶了两位妻子。正义是父亲前妻的儿子，是阿务同父异母的兄弟，兄弟二人感情极好，正义非常疼爱阿务。

"哥哥！"

正义将他的腰带解下，问道："我听说你去仓知家处理债务问题，就想过去看看你，走到半路却发觉有人自尽……原来是你啊！话说阿务你为何要上吊啊？"

阿务号啕大哭起来："哥哥……我……我……我实在对不起你啊！"

原来，阿务这两年也算是祸事连连。去年八月份，阿务的一双子女不幸先后患上了严重的疾病。为给孩子治病，阿务瞒着远在中国的哥哥正义，将现在居住的房子抵押给了仓知夫人，借了一笔救命钱。事实上，这个屋子的屋主不是阿务，而是正义。

身材高挑的仓知夫人算是阿务非常信任的人。阿务的父亲是个园丁，以前经常去仓知家干活。阿务如今的工作也是好心的仓知老爷去世前介绍的。仓知夫人名声虽不好，但办事一向细心周到。此次阿务需要借钱的时候，第一时间便想到了仓知夫人。夫人立即借了一笔钱给他，对他言道："你只管放心，这房子我替你抵押给别人了，这些钱也是那人给的。"阿务以为，这只是贴心的夫人找的借口，其实这钱真正来自仓知家，她因怕自己过意不去，才谎称别人给的钱。后来，经济状况一直不太好的阿务只还过两次利息，本金一分都没还过。事情原本也没到十分紧急的地步，可今天早上，一封来自中国的信将阿务推到了两难的境地，这封信来自兄长正义。其时正义正在中国济南地区经商，他在来信里说，眼下中国正陷入战争中，生意十分难做，因此他决定将店面转卖，然后返回日本生活。阿务听闻这个消息后心急如焚。因为他借钱的借据上签的是哥哥的名字，还盖上了正义的私章，若被哥哥发现，那还了得！

今日一下班，阿务便动身前去拜访仓知夫人，央求夫人帮他将那房子赎回来，免得东窗事发。可他一去才知道，仓知夫人竟然无耻地将那地契变卖了，除非他能当场拿出六百块，才能将地赎回去。阿务如遭雷击，当时他总共才借了三百块，如今这个蛇蝎女人却要六百块！阿务与仓知夫人吵起来，被仓知府的仆人赶出门去。阿务天性胆小，要是不能将地拿回来，自己怎样面对兄长！可是，即便仓知夫人索要三百块他也还不起，这官司上了法庭也必输无疑。思来想去，阿务觉得没有任何活路了！于是心灰意冷的他便想以死谢罪。

正义看着号啕大哭的弟弟，微笑问道："你什么事对不起我了？噢，你是将屋子抵押出去借钱给孩子治病了吧？哎呀，这屋子我原本便打算送给你，现在卖掉了，我怎么会责怪你呢，傻弟弟。"

正义发觉他们还站在路边，便道："若让熟人撞见你现在的模样，可是会笑掉大牙的！赶紧收拾一下你的仪容。有兄长在，你就放宽心吧。"

听到兄长的贴心安慰，阿务如释重负，羞愤交加。他一脸尴尬地去解腰带的绳结，费了好大工夫才解开死结，匆忙系回腰间。

"咱们家的房子为何被抵押出去了？"

"哥哥，实在对不起……去年夏天，义隆和千鹤前后患上伤寒，医生开了很多药都无法治好，后来不得不去住院。医院花销巨大，我实在无力支付，便去向仓知夫人求助，借点钱给孩子治病。这女人嘴里应承着帮忙把地皮抵押出去，虚情假意地说：'没问题，我可以帮你去向别人借钱，你写一张借据来，将借据一些信息空着就可以。'我不知有诈，便照她说的来写。我一共借到两笔钱，总计三百块。此前交了两次利息，并延长了抵押期限。但我以为那钱是仓知夫人所出，房子在她手里十分安全，等我拿到公司年中和年底的分红奖金便能还上借款。今天早上我收到了你要回来的那封信，生怕这件事被你发觉，于是匆匆跑去了仓知家，想商议一个办法提前还款，要回借据。可那可恶的仓知夫人却告诉我，那三百块乃是某街一个叫木村的地产商所借，我如今超过还款期限，这块地已经属于他了。我心急如焚，便追问夫人有没有什么办法将房子赎回。她居然狮子大开口说要六百块才能赎回来！"

"六百块吗……阿务，我们可不能为了区区六百块便遗弃了祖先传下来的地产啊。这次中国店铺转让后还剩下一些钱，我这就去仓知家将屋子赎回。"

仓知家坐落在电车铁轨另一侧的小山上。这栋房子十分气派，是五六年前去世的仓知老爷当上银行管理层后购置的。

今天敲诈完阿务之后，仓知夫人正与一名年轻的股票中介商在内屋鬼混。这时，门外有女仆前来通禀，一位叫"山冈正义"的人上门求见。

"山冈正义？莫非是山冈务的哥哥？"

仓知夫人曾听阿务提起过"哥哥正义要从中国返回"，于是决定再敲诈一番。她吩咐女仆将那位客人带去会客室，扭头与年轻的中介商交换了一个眼神，咧开紫色的嘴唇笑了起来，笑得阴森森的。

不一会儿，计划妥当的夫人来到了会客室。一进门便看到一身白色西装的正义端坐在椅子上。

"哎哟，居然真的是山冈先生，我们好久未见了。"

"仓知夫人您客气了。多谢您平日关照我弟弟一家。"

"您才太客气呢，阿务一直对我们仓知家关照有加。"

正义不易察觉地撇撇嘴，道："实不相瞒，我此次冒昧登门，是有要事要与夫人商议。我刚回来便听说阿务前些日子曾向夫人借过一笔款？"

尽管早有准备，可正义如此单刀直入地问出来，还是让夫人有些惊慌失措。

事实上，仓知夫人原来只打算放高利贷给阿务，赚一笔利息，可最近她养了不少小白脸，花钱太多，经济状况江河日下，家里的现金与不动产都快被她糟践光了。于是那年轻的中介商为她出了个馊主意：山冈家的房子很值钱，若将其抢来卖掉，那可是一大笔收入呢。于是仓知夫人便对阿务家的屋子起了觊觎之心。

正义见她不吭声，接着说道："方才阿务已经跟我详细描述了借钱的始末。我也不愿深夜依然叨扰夫人，只想拿出六百块现金换回我弟弟的借款字据。"

仓知夫人本想答应，却突然想到，自己声称屋子卖给了一位叫木村的房地产商，若现在将字据拿出，对方便知道自己是在哄骗他们了。

"字据吗，不在我这里啊……"

正义直接打断了她的话，用十分笃定的语气说道："请夫人不要浪费时间了，字据绝对保存在您家。"

听正义说得如此斩钉截铁，仓知夫人顿时疑心正义已去查过那个木村的老底了。她看了一眼正义，只见对方目光炯炯地盯着她，仿佛能将她内心看穿似的。仓知夫人没来由地慌乱起来，再也不敢找借口搪塞，便点点头。

正义从白色西装的外套口袋内掏出一个钱包，从里面摸出六张崭新的纸币，一一摆在桌上。

"天色太晚了，有些事情我们日后详谈，现金就在这里，请您快点将字据拿出来吧。"

"哦……请稍等。"

仓知夫人慌乱地走出去。不一会儿她返回了会客室，手里拿着那张差点要了阿务性命的借据。

"好。请您清点一下现金数目。"

正义将那几张纸钞推到夫人面前。

"数目正确，这是阿务所立的字据……"

二人一手交钱，一手交单。拿到借据后，正义从兜里掏出一盒火柴，擦着后对准字据一角，后者很快便燃烧起来。正义将那即将燃尽的字据丢进了身旁熊熊燃烧的火盆中，盯着它化为灰烬。随后他望着夫人意味深长地说道："从此以后，阿务与夫人之间再无相欠。多谢夫人仗义相助。"

说完，正义便告辞走了出去。仓知夫人还在品味正义的最后一句话，等她回过神来，正义的身影早已消失在屋门之外。

话分两头。却说阿务正焦急地在仓知家门口等待结果。半晌后，他终于看见自己身着白色西装的哥哥从内屋走了出来。

"我已将屋子赎回来了，那字据也已付之一炬，你就放心回家吧。"

阿务心中那块大石终于落地。正义望着兴奋的弟弟说道："眼下我还要去办一件重要的事情，你出来太久了，就先回家吧。"阿务本想与兄长好好聊聊，听到这里也不好强留，便独自回到家中。他吩咐妻子准备好美酒佳肴，等候哥哥正义回家。

可是，阿务等了一夜，也没等到正义回家。他心想，昨夜分别的时候时间已然不早，或许哥哥办完事后在当地留宿了也说不定。次日，盼兄心切的阿务干脆打电话向公司请了事假，专程在家等待正义归来。谁知没等到哥哥，却等到满面怒气的仓知夫人。

"阿务，你哥哥就是个故弄玄虚的贼！昨夜我明明将正义给我的钱锁进了箱子，可今早竟消失不见了！正义呢？他学了什么肮脏的手段！"

言外之意，仓知夫人认为正义用了某种障眼法骗走了她的借据。这时候，邮递员忽然登门，递给阿务一封电报。阿务以为是留宿在外的哥哥发过来的，于是连忙拆开一看，只见上面的内容是：

山冈正义夫妇二人不幸亡于中国，逝者已逝，生者节哀。济南日本同乡会泣上。

　　读完电报的阿务面无血色，浑身战栗。发觉事情不对的仓知夫人也凑过来浏览电报内容。看完后，她仿佛触电般跳起，跌跌撞撞地冲了出去。

　　被吓得面无人色的仓知夫人一路冲下山丘，来到了危险的十字电车道口。不知为何，此处竟无职员看守。仓知夫人疯狂跑过铁轨的时候，一辆急速前行的电车呼啸而至，直直地撞上了仓知夫人，一时反应不及的仓知夫人就这样死了。

03

黄
色
车
灯

伴随一声吱嘎吱嘎的开门音，一位身披学生专用斗篷的矮个子书生，缓缓拉开了豆腐店的纸拉门。那书生收起手中湿漉漉的油纸伞，走进阴暗的门厅。本以为今夜再无生意的店老板，早已备足了明早要用的材料，正就着自制的小菜，悠闲地小口抿着二合酒。听见开门声，老板端着酒杯望向门口说道："欢迎光临。"

这位书生看起来好像之前在哪见过，可能是某位在坡底那些大宅子里工作的人，只不过老板记不起他究竟服侍的是哪户人家。

"请问还有绢豆腐吗？"

"绢豆腐？"老板望向对面的妻子，她正围着暖炉烤火，"这位客人要绢豆腐，还有剩的吗？"

"还有不多的几块。"老板娘上半身微转向门口，想看看客人是谁，是不是熟客，但恰巧被屋子的纸门挡得严严实实。虽未看清相貌，她还是照例说了一句"欢迎光临"。

"我要三块就够了。"书生一边咳嗽一边说。

"三块啊，那还是有的。"老板娘准备起身，"请问您是哪户人家呀？"

老板开口："他就是坡底下的那个……谁……呃……"不过想了半天，最终还是没想起来。

"我来自坡下的桐岛家。"书生接着自我介绍道。

老板露出恍然大悟的样子："没错没错，您是桐岛伯爵府上的人，我竟没想起来……现在来买绢豆腐，是因为府上是要做什锦火锅吗？"

"不清楚，貌似要做凉拌豆腐。"

寒暄的目的已然达到，老板闻言笑道："啊，原来是凉拌啊，很快我们就送到您府上去。"

老板娘闻言站起身来，探出头道："如此小事还麻烦您特地往小店跑一趟，真是抱歉啊。听闻您家老爷最近身子不适，如今好些了吧？"

书生答道："桐岛老爷可能是肾出了点小问题。今晚陪他的人传话说，晚上天凉，老爷想喝点热酒，吃些小菜。"

"哦，老爷可真不容易啊……唉，虽说钱是万能的，可是一旦有了病，有些病花再多钱也治不好啊。"

书生点点头："府上专门请了两位名医为老爷治疗，但这种病听说非常难缠，要治愈不是一日之功……"

"是啊，是啊……"老板娘附和道。

看豆腐打包完毕，书生说道："这豆腐交给我就行了，我带回去便是。"

"没事，您先请回。我们一会儿就送去您府上。"里屋的老板听到了，连忙直起身说道。

"没关系，天色已经晚了，您拿给我就可以了，再说外头还下着雨呢。"

老板连连点头道："无妨，无妨，您先请回，我们会尽快送去府上。"

老板娘听着他们的对话，心中骂道：真是个多嘴多事的老头子，让这书生自己带回去不是更省事吗！

"那就麻烦了。"书生没有多说，点了点头，转身便离开豆腐店。

"啪！"纸门合上之后，老板与老板娘听到门外传来油纸伞打开的声音。

耳闻脚步声走远，老板迫不及待地端起酒杯来抿了一口。老板娘瞪着丈夫，怒气冲冲道："人家自己要带回去，你偏不让，既然你应承了人家送货上门，那你自己去送吧。……真是多嘴，你不多嘴这一句话，人家早已将豆腐带回去了！天气如此寒冷，为区区三块豆腐出门着了凉，真是不划算啊！"

"桐岛府是我们的老主顾，咱们当然要好好服务啊。"

老板的话将老板娘的怒火彻底点燃，她愤愤道："管他是不是老主顾！再者，不就是个大户人家府里的书生，让他捎几块豆腐回家又有何妨！你喜欢送，你自己送去！"

"哎呀，何必发这么大火！桐岛照顾我们生意多年，多跑一趟又没多大事，你就辛苦一下，替他们送去呗。"

老板娘的怒火犹未熄灭："是你亲口应承要送上门，你就自己去！为什么要推到我身上！"

老板讨好地求着妻子："哎呀，不要如此，就帮我跑这一趟吧？"

"依我看你是不敢去吧！往日满月时分，你连寺庙旁边都不敢接近。今晚外面伸手不见五指，还在下着雨，我都感觉有些害怕了呢！你还是自己去送吧！"老板娘撇撇嘴，满脸的鄙视。

"别这么说，你就行行好送一趟，外面太黑的话就打着灯笼去吧。"

"那你自己为什么不打着灯笼去送！"

"唉，你怎么这么不通人情呢……"胆小的老板无奈地喝干杯中的酒，旋即又倒满一杯，"莫再抱怨了，赶紧送去！"

"明明是你最怕走夜路，还非要多嘴多舌要送货上门！"

不过，老板娘素来也只是刀子嘴豆腐心，她并非不听丈夫吩咐，只不过习惯了抱怨。将心里的怨气一股脑儿发泄出来，心下轻松不少。她走到门厅，在昏暗的灯光下翻箱倒柜寻找灯笼。里屋的老板听她开关柜门时发出的噪声，苦笑着自说自话。这声音传到老板娘耳中，她顿觉又好气又好笑：

"你这人可真有意思，三块豆腐而已，外面天寒地冻的，非要给人家送货上门，完全自讨苦吃！"

不一会儿，老板娘撑着一把油纸伞，提着那装有绢豆腐的食盒，送货去了。老板愣愣地目送妻子离去。待纸门关上，他长吁口气，叹道："真是个没见识的蠢女人！"

昏暗的灯光洒在暗黄的餐桌上。老板抬头看了一眼电灯泡，又望了望自己右手边的通往厨房的纸门。纸门陈旧，上面有两三个破洞。昏暗的灯光穿过破洞，在纸门上投下一层朦胧的影子。老板顿觉心惊胆战，他几乎是发抖地凝聚视线看过去，却未发现任何奇怪的事物。老板长吁一口气，拿起桌子上的酒杯狠狠地喝了一口。

不久之后，忧心忡忡的他将注意力转向店门口，外面依旧阴雨绵绵。听着淅淅沥沥的雨声，老板想起雨夜中送豆腐的妻子，脑海中浮现出这样的情形：

手提食盒的老板娘艰难下了陡坡，然后沿着坡口寺庙的石墙左转。昏暗的路灯挂在寺庙门口的松树上，狭长的石墙边矗立着一排被当成树篱的杉树。杉树之间林立的墓碑影子若隐若现。一两根电线杆孤零零地树立在石墙边上。右边房屋窗门紧闭，老板娘透过门板的缝隙，隐约看到一些微弱的灯光从屋里射了出来。在灯光的映衬下，冰冷的雨滴变成了一条条熠熠发光的丝线。

道路开始朝左侧延伸，转角处一根电线杆孤独地矗立着。突然间冒出一团幽蓝色的鬼火，这团鬼火以令人惊诧的速度撞向那电线杆，然后化作无数碎片，慢慢飘落……

想到此处，老板害怕得连呼吸都急促起来，他双手拼命地抓住餐桌，明明知道只是想象，却还是担心妖魔鬼怪突然窜出。他再次看了看店门口，又瞥了一眼右手边的纸门，竟发现门上的某个洞口后面，出现了一只眼睛，这只眼睛闪着凶光！老板吓坏了，迅速掀起脚炉上的棉被，将头盖得严严的，身子蜷成一团瑟瑟发抖，像无助的猫狗一般。

过了半晌，老板方才平静下来。他猛地想起，妻子很快就要回来了。自己这副窝囊模样，可不要让妻子看到了！他缓缓掀起被子一角，竖起两只耳朵，仔细去听屋外有没有出现脚步声。

但传入耳中的，只有淅淅沥沥的雨声。

此时，他突然想起了两三天前听闻的"鬼火"传说——幽蓝色的鬼火如迅猛的火球一般砸向电线杆，并将电线杆撞得粉碎，这些情景一次次地浮现于他脑海。

这"鬼火"的出现跟桐岛家刚离世的某位书生有关。那天，老板在桐岛家左边的出租大屋里听邻居们议论这件事：

"那位桐岛家的书生是被撞死的！这'鬼火'就是他变的！这事情必有冤屈！听说肇事司机至今仍未找到呢！这事必定有些隐情！不然，怎会出现鬼火！"

"唉，那书生长得英俊潇洒，说他是大户人家的少爷也会有人相信！这样一个妙人就这样稀里糊涂出了车祸，必定有什么内情！"坡底开理发店的老板觉得有问题，也这样说。

"一入侯门深似海呀……"豆腐店老板情不自禁地联想起那些讲述豪门恩怨的电影。

就在此时，吱嘎吱嘎——有人拉开豆腐店的纸门。猝不及防的老板大惊失色，慌忙掀开被子直起身，想坐得更直些。

"真是要冻死人了，真是活受罪……"撑着湿透了的雨伞的老板娘，浑身发抖着迈进屋内。刚才老板掀被子试图坐直身子的丑态被她尽收眼底，她不禁骂道："你太丢人了吧！胆小得可怕！"

"你在那里颠三倒四说些什么！我哪里胆小！你走后没有人照顾我

了，我躺一会儿不可以吗？！"

话虽如此，色厉内荏的老板生怕妻子看出他刚躲在被子里发抖，又装作很镇定的样子缓缓钻出被窝，坐到原位。

"你的饭为什么还没吃呢！临走前我不是已经帮你准备好了吗！你就是害怕！"老板娘边说边走到昏暗的柜门前，将食盒放进去。

"此话荒唐透顶，我这一家之主吃饭怎可无人伺候！"

"哼，不用你去深夜送货，你说话就这么胆大包天了啊？"老板娘闷哼着步入走廊，决定吓唬一下胆小如鼠的丈夫，"不过，幸好今夜去送货的不是你，胆大如我，也快被吓掉了半条命，倘若是你，估计要被吓死了。"

"啊？"听到这话，老板大惊失色。

老板娘依旧惊魂未定，她快步从长火盆和餐桌中穿过，将老板的被子重新放回脚炉上，把自己的双腿伸进脚炉里暖脚，口中说道："我看见'那个东西'了……以前我一直以为那只是大家胡说八道，今天竟然真的看见了……"

"你……你究竟看见……看见了什么东西？"

老板娘的语调变得阴森起来，她说道："今夜我送完豆腐，走到坡下拐角的电线杆时，一团幽蓝色的鬼火猛地飞过来，'嗖'的一下撞到了电线杆上！"

老板大气都不敢喘一下，脸色苍白。老板娘心里觉得好笑，但还是目不转睛地盯着他，继续自己的讲述："我心慌意乱，竟不知该如何是好，转身就跑。好在跑到半路时，迎面遇到了三位夜行的书生，才慢慢回过神来……"

老板不敢出声，只发出一声叹息。老板娘终于忍不住了，哈哈笑道："还嘴硬！你简直就是胆小如鼠！"

老板这时才意识到，妻子刚刚不过是在取笑他。

"哼，我知道了，我才不会怕什么鬼火呢……遇到'那个东西'也是你瞎编乱造的故事吧！"

"真是嘴硬呢，胆小鬼。"老板娘端正脸色道，"行了，你快点吃饭吧。"

"你骂谁是胆小鬼？我胆子大得很！"

老板摇晃着双臂，激烈地自辩。

清晨，坐在枕边的妻子摇醒了沉睡中的丈夫。明显不曾睡够的老板，慵懒地用左手指尖挠了挠右手手腕，用很低的声音说道："时间还早呢！为什么这么早就要叫醒我……"

老板娘没好气地说道："不早了，都四点了，还不快起来开门？！"

"我再多睡一会儿吧……"

"眼下天黑得早，干活的时间本就少！不准睡了，快紧起床！"

妻子第二次摇了摇他。万般无奈的老板只能爬起来，歪坐在被子上不停揉眼睛。昏暗微弱的灯光下，屋里的空气显得更加阴冷。老板娘套着一件黑色的外套，将长条铁瓶挂到火盆上。

"雨还没有停吗？"老板搓着手问道。

"早就停了，等会就开饭。你先去点燃煤气炉，然后把大门也打开。"可懒惰的老板不想起身挨冻。更何况，屋外现在还是漆黑一片，他一向怕黑。他用求饶般的语气和妻子商量道："吃完饭再开门吧！"

"不开门如何做生意！快些去！"

厨房飘来一股米饭的焦味，老板娘慌忙跑了过去。

老板心中虽不情愿，可也不敢再磨叽了，否则老板娘口中怕又要冒出诸如"胆小鬼"之类的言辞。他实在没辙，只好带着满身的疲惫，拿起火盆搁板上的火柴，踱到门口，踮着脚尖，费力地拧开煤气的开关，用火柴点着火。蓝白色的火焰越烧越旺，照亮了磨豆浆的石磨和煮豆浆的大锅。

老板将火柴盒塞进自己怀里，慢慢走去门口，缓缓地拉开纸门。之后，他走到屋外，想打开屋外的木板门。木板门上的锁扣摸上去冰凉极了，老板不由缩了缩头，他费力地用指尖抬起锁扣，手指抬得生疼。伸手开门的时候，他的心里胆怯极了，生怕门外站着凶神恶煞的怪物。

门刚一打开，一股刺骨的寒风扑面而来。老板不由得倒吸一口冷气。幸好门外什么也没有，他的心情轻松不少，便走出板门，准备卸下那块挡雨的门板。

"老板。"

毫无征兆，门外传来了一个人声。老板吓得魂飞魄散。他探出头去看外面……发现来人是一位披着学生斗篷的年轻人。

那人向他点头行礼："昨晚真是太麻烦您了。"

老板认出他正是昨晚前来买豆腐的书生，放下心来。

"咦，这是桐岛府上的书生啊！"

"没错，实在不好意思，今日可能还要麻烦老板跟我走一趟，因为我家主人要购置一大批豆腐？"

不知为何，老板的脑海中立刻浮现出"转角处的电线杆"和"鬼火"的恐怖传说。不过看到天很快就要亮了，心里想着应该也没事，跟这书生跑一趟应该也不会出什么事。

那书生似乎看出了他的为难："我也知道您才刚起床，这天又这么冷……"

"无妨。"老板转向里屋喊道："喂，家里的，我有事要去一趟桐岛府！"

屋里的老板娘闻言答道："晓得了！只是这么早，找你过去做什么呢？"

"桐岛府要订购一大批豆腐，我去帮帮手。桐岛老爷还在病中，府上的人肯定忙得不可开交。"

说完，老板和书生便一前一后离开了豆腐店。

"你们也真不容易呢……话说，桐岛老爷的病好些没有？"

"还没有，真令人忧心。"

老板一边走一边抬头望着天空。雨已停歇，乌云露出些许空隙。黎明时分的天空中，还残存着零零散散的星光。一想到天要亮了，一股没来由的喜悦便涌上老板心头。

目测就要快下到坡底了，两人收了声不再闲聊。老板一直跟在书生的右后方往前行进。寺院门口的红松树干上，电灯依然亮着，投射出暗淡的光。下坡之前的路上，天色隐隐发亮，可坡底依然一片漆黑，丝毫没有阳光的影子。老板顿时又担心起来："天还未亮透呢！"

此时，他只能看到书生的侧脸，只觉得书生的皮肤太白了，甚至显得有些病态。

"嗯，不用担心，很快就要亮了。"书生答道。

老板望向石墙上方，只见那电线杆看起来像张牙舞爪的恶魔……老板心中如此想道，又发觉寺里的墓碑正闪闪发光。他吓得要死，于是快走几步，紧紧跟上书生。

走了一会儿，便到达了一个可怕的转角处。老板惊慌失措地望向传说中被鬼火击中的电线杆……但电线杆和平时一样，依旧是黑漆漆的，没有任何不同。即便如此，老板还是屏息静气，像逃跑一样，快步走过那电线杆。

走了大约五十米，两人终于抵达桐岛府上。府门口用花岗岩砌成的门柱十分气派，上面亮着电灯。门后则是冬日光秃秃的樱花树，树枝在寒风中不断摇摆。

书生转身钻进左边的小门，老板紧跟他进入院内。门后有一栋供看门人歇息的小屋子，屋子的磨砂玻璃中透出灯光，却看不到守门人的踪影。

书生径直朝正门门厅走去。老板心里犯了嘀咕——按理说，以他们的身份应走后门，而后门需要从左手边的竹篱笆绕过去才能抵达。

老板停下脚步，提醒道："我们应该从这边绕过去吧？"

那白脸书生只是招招手，示意老板跟上。老板只好依从。此时，寒风呼啸，院里树木的摇摆幅度越来越大……

门厅门口摆着一口圆形的大缸，里面种植了一棵硕大的铁树。屋内射出的明亮灯光，洒在铁树锯齿状的叶片上。有两辆车停靠在门厅左边，门厅纸门紧闭，门口则摆着十多双皮鞋和木屐。

书生迈步走上门厅。老板心里觉得不能就这样从正门进去，于是没有急着跟上："我还是去后门等您吧！"他觉得这样走，太不合礼数了。

书生却不停步，悄悄拉开了纸门，回头招手示意老板跟上。老板这时猛然发现，书生的手也是病态般的白皙呢！

"可……这不合乎礼节啊……"

书生沉默不语，只是顽固地继续招手。万般无奈之下，老板只能随他自正门进去。门厅温暖的火盆旁边坐着另一个书生，他一只手支撑着脑袋，看起来睡得正香。

在书生的带领下，老板缩着身体缓缓朝里屋走去。他心里惴惴不安，可除了跟随书生，也没有别的办法。不知不觉中，老板发现两人已经来到走廊里。走廊左边的每一间屋子里都灯火通明。左转弯后，老板看见一间屋门紧闭的西式房间。

书生推开房门，一只手撑着门板，另一只手做了个"请进"的动作，示意老板进屋。老板一进去就目睹了这样的情景：屋内竟温暖如春，一位满脸病容的男人侧身躺在床上，发出粗重的呼吸声。老板心中琢磨：这一定便是传说中卧病在床的桐岛老爷了。屋里弥漫着一种异样的气息。两位护士歪坐在枕边的椅子上，几乎要睡着的样子。病床旁边的地毯上，铺着一床厚厚的被褥。被褥上坐着五六个男人，他们也都低着头，背靠墙壁，竟也睡着了。

站在书生旁边的老板心中犯起了嘀咕——这一屋子的人都睡着了？这书生究竟为何带我来此？想到这里，他不动声色地望向书生那白皙的脸……不看还好，这一看，老板便吓得面如土色。此刻站在他面前的白脸书生，正是那位几个月前在车祸中惨死的受害者——山胁！不知为何，老板从前一直觉得看不清这书生的脸庞，现在，山胁那张惨白的脸孔清清楚楚地出现在他面前。

"豆腐店老板，请你竖起耳朵，务必要听清楚我说的话，然后一一照办。"

老板吓得一言不发。

"不必害怕，只要你肯照我说的做，我不会伤害你。"

"好……好……"

山胁伸手从怀里掏出一样东西来。老板定睛一看，那是一条黑色的圈绳。

"你上前去将这条绳子套在桐岛的脖子上……不必害怕，不管你弄出多大的声响，这些人都不会醒，尽管放手去干吧！只要套上去就可以！快去！"

"哦……哦……"

"快点！遵照我的吩咐，将圈绳套到脖颈上就行了。你赶快去做！套上就可以！做完这件事，不用你做其他的事情了！"

山胁强行将圈绳塞进了豆腐店老板手里。老板踉踉跄跄地握住了绳子。

"赶紧动手！"山胁催促道。

惊慌失措的老板只能拿着圈绳，机械般朝病榻迈去。他小心翼翼地走着，生怕旁边这些人突然醒来，他感觉自己的脚已经软得像棉花了。

终于走到了桐岛老爷身边。老爷正在痛苦地呻吟。豆腐店老板本想将那圈绳轻轻套在老爷的脖颈上，孰料圈绳刚一放下，便像被风吹走一般，返回至他手上。老板心道糟糕了，想必是那绳子没放好的缘故。他急忙再度将绳索套至桐岛老爷下巴处。可还是和上次一样，前脚刚套好，后脚绳子便再度弹回。老板还以为是自己太紧张的原因，所以无法准确地套上圈绳。于是他强打精神，又一次上前尝试。可那绳索最终还是弹回他手上。

老板浑身战栗。他不敢看那山胁煞白的脸，只低头用微弱的声音说道："真是怪异啊……我刚把那圈绳套到他身上，就自动弹回了……"

"原来如此。说起来这也怪不到你身上……那你就去将这个放到他枕头边。"那山胁从怀中掏出两颗石子，递给老板道，"就放在桐岛的枕边，这石头肯定不会弹回。"

豆腐店老板左手拿着绳子，右手接过石子，回到老爷的床边，轻轻地将石子放在枕边，便急匆匆地逃出来。

"你过来。在这里怕是套不了圈绳。我们需要找个能套圈绳的地方。"

山胁回头看了老板一眼，打开房门走了出去。老板脚步就如同灌了铅一般，跟在山胁后面走出房间。他们来到了桐岛家的大院中。院子里有一个池塘，满塘池水在昏暗的光线下愈发阴沉。两人沿着池塘前行，踏入别院的套廊。

山胁拉开套廊的纸门，屋里也是异常昏暗。

一幅很是怪异的画面映入老板的眼前：一个女子躺在榻上。她支起那只苍白的左手，托着左耳根。眼前则坐着一个年轻男子，正在与她说着什么。屋顶灯泡上面罩着一个绿色的灯罩，将光线洒在床榻周围，形成一堆堆妖艳的光影。豆腐店老板定睛扫了一眼，顿时愣住了——那位女子，赫然是桐岛伯爵的夫人！而那个年轻男子，则是伯爵府的司机！老板心中暗想：自己来得真不巧……可他转念一想，眼下自己看到的，应都是幻象，所以心中并无太多负罪感。老板望向山胁——到了此时，他意识到身处幻境，对山胁的恐惧已不剩多少。只见山胁露出阴狠的冷笑，举起右手，示意老板静听里屋的动静。

很明显，夫人与司机没有察觉老板和山胁已经进了屋，依然在亲密地说话。但老板却听不见他们的谈话内容，仿佛二人在他眼前上演一幕哑剧。

"你看着，好戏即将上演。"山胁冷笑道。

"他们……这是在干什么？"老板小声问道。

"这对狗男女趁着桐岛重病在床的机会，抓紧时间幽会呢。这也是我报仇雪恨布下的一步棋子。"

"这……这是什么意思？"

"导致我身死的罪魁祸首，便是眼前这水性杨花的女人。她软硬兼施，想要勾引我。我一时糊涂，便与她交往起来。那幕后凶手得知我与夫人的私情后，吩咐这个司机制造机会撞死我。出事那晚，正值我去早稻田的学长家拜访之际。我辞别学长走到石桥旁边的时候，隐藏在暗处的司机开车冲出撞死了我。撞死我后，他便取代我与夫人通奸。可怜世人到现在还不知道谋害我的真凶！其实所有这一切，都由那幕后黑手策划，他真是罪该万死，他本想把那夫人与我的私情公之于众，借此将那夫人赶出府，再将藏在下谷的小妾扶正。可他是上门女婿，根基尚浅。思前想后，不敢妄动。于是决定先杀我灭口，改日再寻找机会驱逐夫人。不过上天有眼，你等着瞧，我马上就可以一雪前仇了！"说到此处，山胁的脸上再度露出一阵冷笑，让人毛骨悚然。

老板的心突然漏跳了半拍——"你所说的幕后黑手……该不会是桐岛伯爵老爷吧？"

"没错，就是大名鼎鼎的桐岛伯爵。这位道貌岸然贵族院的议员，却是人面兽心的败类！"说到这里，山胁忽然在老板的肩膀上拍了一下，"注意！好戏即将开始！"

老板随即将目光投向床榻。只见那位徐娘半老的夫人伸出蛇妖一般的双手，钩住了那年轻司机的脖子。就在这时候，豆腐店老板的耳朵忽然恢复了听力，一阵女人腻腻的轻笑声钻进他的耳朵。

山胁拽着老板的衣服，将他往前拉："我们再站近一点。这对狗男女十分入戏，不会察觉我们。"老板只好跟着他往前走。

　　就在此时，不远处传来一阵踉踉跄跄的脚步声。山胁提前打开一条缝的纸门忽然开了，有人进来了！老板下意识地回头看去。

　　映入眼帘的闯入者，竟是刚才还躺在西式主房内奄奄一息的病人——桐岛伯爵。几分钟前还一副病入膏肓的模样，如何现在便能下床走路了？豆腐店老板几乎不敢相信自己的双眼。桐岛伯爵摇摇晃晃地闯进屋里。一看到床上的荒唐景象，便如同野兽一般，发出了猛烈的怒吼。

　　司机连忙摆脱夫人的纠缠，直起身子从床上爬起。大惊失色的夫人也挣扎着坐起来。伯爵左手抓住司机的胸膛，右手揪住夫人的头发，喘着粗气，一直十分痛苦地在怒吼。

　　夫人拼命挣扎道："你要干什么！太野蛮了！堂堂伯爵居然动手打人，简直有辱身份！"

　　但伯爵丝毫不肯松手。

　　夫人放低声音道："放开我！不要动手！"

　　伯爵不为所动，怒吼不已。

　　"老爷，事到如今，小人也不会再辩解，请您先放开我们。您如此用力，我快连气都喘不过来了！不管发生什么，我们坐下来好好说。您这样的身份，完全没必要将事情闹大！"司机虽在求饶，但语气十分冰冷。他试图把伯爵抓在自己胸前的手挣开，但伯爵的力量出乎意料地大，抓得特别紧。

　　"快动手！趁现在动手！趁现在！将那圈绳套在老贼的脖颈上！现在一定能套上去！"山胁一边说一边将老板往前推。老板却畏缩不前。

　　"他们正在狗咬狗，你即便走到他们面前，也不会有人发觉。只要将圈绳套在桐岛脖子上就行了！"

　　老板被逼无奈，只得走到桐岛伯爵旁边。身材高大的桐岛双线作战，正呼呼地喘粗气。老板双手拉开那圈绳，在伯爵身后绕了过去。只听"啪"的一声，那圈绳套上了伯爵的脖子。与此同时，桐岛仰面跌倒。老板急忙逃回山胁旁边。

"做得好！做得好！大功告成！"

山胁得意扬扬地迎接回来的老板。老板则紧张地回头去看：只见夫人与司机站在仰面倒地的伯爵身边，不知商量着什么。片刻之后，司机向夫人告辞，面色慌张地冲出房间。

"他怕事情暴露，所以脚下抹油了。我该办的事都已办完。该回去了。"山胁说道。老板连忙跟着他的步伐。不一会儿，山胁走到了池塘边，钻进树林中。老板生怕被他丢下，使出了吃奶的劲，拼命追赶他。

片刻之后，院门口的门房赫然在目。屋里依然亮着昏暗的灯光。如寒针一般的细雨，自厚重的天空飘洒而下。老板跟随山胁走出小门，这才长舒一口气。

一辆车停在门口，车前的黄色车灯特别刺眼。老板本以为这辆车也是前来探望病人的乘客坐的。不料山胁径直钻进车内，他那病态般白皙的面容，在黄色的灯光之中显得愈发诡异……

"老板，今晚幸亏有你仗义相助，我才能报了我多年的仇怨，亲手杀掉凶手。虽然那对狗男女这次没有得到报应，但天网恢恢，他们将在三四个月后受到天谴。到那时，我不需借助他人的力量便能报仇，所以不必担心我会再次打扰你。你我就此别过！对了，我走之前还有一件物品要给你看……"

老板顺着山胁的视线投向他的右手——在他的手上，居然放着桐岛的首级！

心中骇然的老板眼前一黑，不省人事。

身前的车子悄无声息地发动了。

"太好了！当家的醒了！终于醒了！"

耳旁传来女人悲喜交加的喊声，老板慢慢睁开双眼。只见妻子正全神贯注地盯着他，眼中透露出惊喜的神情。

"当家的你可算醒了！感觉如何？还有哪里不舒服呢？"

老板明显没搞清楚状况。他瞪大双眼向四周望去。屋内不只妻子在，平时与他关系很好的木屐店老板、杂货店老板和其他几位邻居街坊也都守在他床边。

"我到底出了什么问题？"

"身体还好吗？没有什么不对劲的地方吧？"

"没有。到底发生何事？"

"早上你起身去开店门，可门刚一打开，你便晕了过去，人事不知。我无计可施，只好叫街坊们来帮忙，还专门请了大夫来看过，大清早好一通忙活……"

老板心中暗想：自己出门前和妻子打过招呼了，如今妻子却只字不提，莫非刚才在桐岛府上发生的一切，只是一场梦境？想到这里，他便长出一口气。

"嗯……原来如此……我……我只是做了个特别奇怪的梦……"

不过，老板并没有将梦境内容告诉大家，只觉眼前不时闪过黄色车灯的光亮。

当天中午时分，"桐岛伯爵病逝"的消息在当地传播开来。豆腐店老板闻讯后，面如土色。

第二年初春时节，伯爵的遗孀与那位司机毫无预兆地死在镰仓海边。得知这个消息后，豆腐店老板受不了刺激，从此变成一个疯子……

04

雀森鬼影

明治年间六月末的一个夜晚，某人在昏暗的灯下勤奋地阅读着课堂笔记上的知识。

　　此人出生于岐阜市某町，家境殷实。由于某些原因，笔者不便在文中透露他的真实姓名，以下文章中便用"A君"来代称。

　　那年A君正就读于某高校。临近期末考试，他不得不临时抱佛脚，刻苦攻读，以争取一份过得去的成绩。

　　平素里，A君生活在仙台市的某个偏僻小镇。即便在以冰冻三尺闻名的东北地区，六月底气温也变得比较暖和了。于是此刻他仅穿了一件带着条纹的单薄衣裳。傍晚之前，阵阵西风温柔拂起院里的绿色枫叶。这个时候，风已经停歇多时，四周变得鸦雀无声。他租住在一户普通人家一间二楼的小房间里。屋内西式油灯散发出阵阵煤油的臭味。每次一翻动笔记本，那令人掩鼻的煤油味便扑面而来。

　　"这味道真是难闻极了，不如将房门打开吧？"

　　每次嗅着这股刺鼻的煤油气味，A君都会萌生出门透透气的念头，不过鉴于考学的压力，笔记本上的知识立刻让他将这些琐事抛至脑后。除了不时令他心神不安的煤油味，以及被笔记本文字勾起的些许回忆，他一直都处于心无二用的状态。就在A君刻苦学习的时候，一阵轻微的脚步声钻入他的耳中。听那声音传来的方向，来人似乎正沿着梯子，缓缓走上二楼。

"若不是房东大爷，那就是房东大妈吧。"

A君在心中如此想道——来人若是他的朋友，必定会拉开纸门大叫道："喂！你在不在家啊？"然后便迅速冲上楼来。但是……印象中房东大爷大妈的脚步声，向来铿锵有力。他急忙竖起耳朵倾听楼梯的动静。来人好像已经上了二楼。突然之间，脚步声也中断了。

"到底是谁来了呢？"

正在他毫无头绪的时候，"咯吱"一声，有人拉开了通往走廊的纸门。一个男人穿着白色浴衣进了屋里。

"这是谁啊？现在这时节便穿浴衣，是不是太早了些？"

地处北方，六月底虽已暖和，但远不到穿浴衣的时节。

A君一边想一边用好奇的眼神打量白衣男子。此人看起来二十来岁，苍白的脸庞，看起来十分单薄，一副手无缚鸡之力的样子——他猛地想起，这人是在故乡岐阜时结交的朋友神中。

"啊，这位不是神中吗！你怎么到了这里？"

他知道，神中在家乡岐阜的政府工作。可为何今天神中像串门一样，突然出现在自己的房里？此事看起来好蹊跷啊。还没有等神中出声，他继续追问道："你是何时来到仙台的？"

"就是今天。"

神中的声音和印象中没什么变化，一如既往地稳重浑厚。

"你住在哪处旅店？"

"就在那边。"

A君心中猜想，神中十有八九是来出公差的。神中家庭环境较差，初中时便辍学了，小学刚毕业便在县政府找了一份打杂的工作，听说最近刚刚转正。他知道神中生活颇为不易，很为朋友感到高兴：既然能被政府派出公差，至少说明神中的能力还是被县政府十分认可的。

"这样啊，感谢你特地前来看望！"

"我也知道你快考试了，眼下正忙着复习，但我有个不情之请，想请你帮忙……"

"何事需要帮忙？"

"一件非常简单的事。只要你明天午夜十二点去附近一个叫雀森的森林里等我就好。你放心，我不会占用你太多时间的。"

雀森这个地方，A君是知道的。他经常去那儿散步，也知道那里有一座小小的神社。但让他深更半夜去那里，到底有什么事情？他始终想不明白。不过，毕竟老朋友开了口，他们也多年没见了，也容不得他拒绝。

"我要去做什么呢？"

"什么都不用做，明晚你只要来就可以，不会占用太多时间，也不会让你做不光彩的事情，只是需要你来一下就好。"

"嗯……那可以。"

"太感谢了，请您放心，真的不会占用你太多时间。"

"晓得了，明晚十二点是吧？"

"嗯，真是惭愧，大半夜还让你出门。"

"我到了雀森，在哪儿等你呢？"

"到了那里，你会看到一个石灯笼，你就在那儿等我便好。"

"哦，好，晓得了。"

"你可千万要来啊。"

神中殷切地叮嘱，苍白而羸弱的脸上，显露出一丝凄凉的微笑。

神中的表情，令A君心中有些难过——难道去一趟森林便真的帮了他一个很大的忙？他的心中竟然升出了一些荣耀感。他本想顺便询问神中的近况，可后者却要起身告辞了："我们明晚见，今天就不打扰你学习了。"

A君有点舍不得神中离去。"没关系，你可以再待会儿。"

"还是不了，天色已晚，我先告辞了。"

"也行吧，那明晚见面时再好好聊。"

"好的，你可千万要来赴约啊。"

神中又叮嘱他一句，然后拉开房门离去。A君本想出门去送老友，可神中关上门后，下楼的脚步声便立刻传来，于是他也懒得起身了。

A君的注意力从笔记本上的知识，转向回忆神中的往事。他忽然记起了神中的妹妹。那姑娘外表与神中颇为相似，气质文弱秀气，仿佛一朵娇嫩的小花。这么多年过去，也不知她过得怎样。这个女孩天生丽质，或许已经有了好归宿。想到此处，他又想到了神中。他竖起耳朵倾听，屋外已经悄无声息。显然，神中已经走远了。

第二天，A君赶到学校准备参加考试。不知为什么，答题时他满脑子都是神中的不情之请。他就这样胡思乱想，头脑开始混沌起来，答题乱七八糟。深更半夜时分跑到阴森的树林里等人……他越想这些越觉得心中发毛，心中后悔随口答应神中的请求。回家之后，他开始准备次日的考试，可萦绕他脑中的一直是雀森之约，让他根本无法静下心来复习。

很快，太阳便下山了。犹豫不决的A君在屋里走来走去，迟迟下不定决心。迟疑的工夫，十二点近在眼前了。他是位安守本分的学生，答应了别人的事情，就没有勇气反悔。到了十一点五十五分，他下定了决心，咬了咬牙，推开房门向雀森走去。

那夜寒风凛冽，乌云密布。空气中弥漫着一阵阵令人作呕的腥味，其间也夹杂着青草的芬芳，对于A君因为长时间复习而疲惫的大脑，倒有着极好的放松作用。无奈此时的他惶恐不安，日间因答题而酸痛的肩膀也感觉到了阵阵痛楚，每一步都迈得十分痛苦。

脚下的小路泛起白色的光芒。右手边的旱地中矗立着星星点点的民宅。此时大家都已睡下，周围寂然无声，没有一丝灯火。左手边的水田里插着新秧，漆黑的水面上微波荡漾，蛙叫声此起彼伏。沿着这条小路，A君步行到一处丁字路口——那便是雀森的入口。

这时的森林伸手不见五指，显得阴森异常，只有一小点灯光在黑暗中闪闪跳跃——那便是石头洗手池旁石灯笼的灯光。

这时的洗手池中已经完全干涸，堆满了落叶，却看不到一滴水。

"神中这家伙邀我来这种地方做什么……"

但神中是他的朋友，不可能害他吧，那么，到底要干什么呢？A君百思不得其解。

"他已经到了吗？我还得赶紧回去复习功课……"

A君越想越觉得气愤。神中明知自己正忙着应付考试，还约他到这种地方来，委实让人费解。他越想越生气，A君的步伐便开始加快起来。

"有人吗？"

无人回答。他抬头看看，石灯笼就在不远的地方。再往前走几步，就是铺着厚厚茅草屋顶的小神社了。以往他来散步的时候，常坐在神社的套廊处休息。接近石灯笼旁边时，A君忽然听见一些动静，他看到了一个身穿白衣的人影。A君心想："啊，他已经来了，为何不出声？"

还未等A君出声……

"你好。"

他看到了神中那张苍白羸弱和瘦小的脸。

"嗯，原来是神中君，你早来了啊……"

"打扰了，深更半夜还让你跑一趟。"

"这倒无妨，只是你到底要我帮你做什么呢？"

A君的心中一直惴惴不安，他想尽快搞清神中葫芦里卖的什么药。

"非常简单……"瘦弱的神中伸出了自己的右手，手中藏着一根白色的丝线，"只需你将这根丝线绑在我左手食指上便可。"

将线绑在手指上？A君以为自己听错，再次确认："你的意思是让我将这根丝线绑在你的食指上？"

"是的，我想让你帮忙做的事就是这些。只要绕三圈，然后再绑紧。"

"这是某种我不了解的咒语吗？" A君气恼地问道。

"其实也不算咒语，不过只要你愿意帮这个忙，你把它当咒语也没关系。"

"啊……好……"

A君觉得此事极其荒唐和幼稚，但帮着绑根线毕竟是举手之劳。A君伸出手，接过神中掌上的那根丝线，发觉其实那并不是"丝线"，而是一个用纸搓细的小纸条。

"请你伸出手来。"

"给你添麻烦啦。"

A君发觉神中的左手格外白皙，几乎是病态般透明。无暇多想，他仔细地将纸条在神中白皙的食指上绕了三圈，然后牢牢绑好。

"真是感谢。"

"如此便可以了吗？"

"嗯，万分感谢。"

"你没别的事情了吗？"

"嗯，全解决了。"

"那我可以回去了？"

"多谢你了，请快快返回吧，明日我会再次登门道谢。"

A君越想越觉得今晚的事情荒诞透顶，心中有些懊恼，甚至懒得多和神中说话，直接告辞。返回出租屋的路上，他越想越气：神中这人如今怎么变成这样，做事情太欠考虑，千里迢迢赶到仙台，只为玩这种小孩子的把戏吗？简直太荒唐了！

次日清晨，A君发觉身体很不舒服，久久未能起床。无奈十点便要考试，他只能硬撑着起床去井边洗了脸。他租住的院子里，大家公用一口水井。往日此时，大家会围着井边迅速洗漱，今天却一反常态。只见两三个街坊邻居家的大妈围在一起讨论得热火朝天，连水都顾不上打了。他心想：

这些中老年妇女又开始没完没了地唠叨了。

　　一阵阵讨论声钻进他耳中：

　　"……听说死者是个穿着西装的人！"

　　"哪里的人？"

　　"不晓得，或许是不幸遭遇了强盗呢！"

　　"可是，我听说他身上连个伤口都没有呢！"

　　咦？听这话是出人命了？——A君心中有些好奇，便放下脸盆，走到离他最近的身材丰腴的中年妇女旁边。这位妇女就住在他屋子北边，丈夫是个干体力活的劳工。A君问："这是出什么事了？"

　　那妇女神秘地说道："昨夜雀森里有人死啦！"

　　他大惊失色，心中冒出一个念头：该不会是神中出事了吧？

　　"死在雀森里吗？"

　　"是啊！听说死者身穿西装，身材高大，尸体就倒在那石灯笼的旁边！"

　　尽管昨夜遇到神中时，他身穿白色浴衣，而非西装，但不知为何，A君心中竟有些发毛。

　　"死者是病死的吗？"

　　"不晓得。听闻死者身上连一个伤口都没有，八成是脑中风之类的疾病吧。你也去雀森看看吧！"

　　"哦，好。那我也过去看看热闹。"

　　若不亲眼看看死者，他无法释怀。于是他快速地洗了把脸，匆忙走在赶往雀森的道路上。此时，朝阳已徐徐升起，扑面而来的是微热的气息。路上遇到了不少去森林看热闹的人。他顺着人流，向森林走去。

　　在石灯笼前已经围了不少人，中间是盖着草席的尸体。A君透过人群的缝隙向里望去，只见一双红色的皮鞋露在草席外面，左边黑乎乎的西服里伸出一只肥硕且油腻的手。甫一瞥到死者那只手，他便骇得面色铁青——死者的左手食指上面，正是昨夜他为神中绑上的纸条！A君慌忙去看死者的面容，心想：死者该不会真的是神中吧！这个时候，一位年长的乡绅在死者的头边蹲下，掀开草席，看了死者的面容。只见死者的脸扁平无奇，看上去已然四十多岁，跟神中没有任何相似之处，A君这才松一口气。可他依然很在意死者左手食指上绑有纸条这件事，为此心神不宁。

A君下定决心，必须尽快见神中一面，当面问个清楚。只要能见到神中，一切谜团便可水落石出。但他并不知晓神中的详细住址，只能等神中前来找他——记得昨夜神中曾说过今日会来这里拜访。他回家吃了早饭便出门去考试，临行前吩咐房东大妈道："倘若前天半夜来访的那位客人找我，请您务必转告他，我一点前一定回家。"

"前天半夜来访的客人？前天半夜有人前来拜访你吗？"

A君哑然失笑，大妈的眼神真是迟钝："是啊，大概十二点多。您没看见吗？那是谁给他开的院门呢？"

"我真没看见，要么就是我当家的给他开的门。真是咄咄怪事。"

"不是您，那肯定是房东老爷开的门。"

说完这件事之后，A君便动身去学校考试。他刚走到学校门口，就被一位同学叫住了。

"哎呀，你的脸色如此苍白，会不会生病了？"

A君这才想起，今天早上起床时，身子确实不舒服。肩上好像被什么东西压住似的，难堪重负，头也有一些晕。

"嗯，今天身体的确不太舒服……"

"唉！你的脸色看起来不是一般的差，可别硬撑，还是回去歇息吧，回头可以补考的。"

听到这话，他动心了，反正自己心思的确无法聚焦到考试上，便跟老师商量，改天再过来补考。回家一看，神中爽约了。A君只好请房东大妈帮忙为自己铺一床被褥，然后躺下来休养。A君一边养病一边等神中赴约，可神中迟迟未曾现身。次日，当地出版的报纸大幅版面报道雀森神秘死者案，但当地警方未能查出死因，甚至不知晓死者身份。而死者手指上缠绕的纸条也没引起人们的注意。A君在床上等了一天，神中依旧没有过来。又等了一天，报纸上登出案件的新进展：殒命雀森的神秘死者是岐阜市发行的某某报纸的一位主编。案发当晚，这位主编在车站门口的旅馆开了一间客房之后，便跟旅馆的工作人员说"我要出去办些事情"，此后再也没回来。至于死因，至今无人知晓。放下报纸，A君心中一直打鼓——尽管死者不是神中，可那主编手上毕竟有他亲自绑的纸条。只有他知晓这个线索，却又不敢主动去找警方——因为那是自找麻烦。A君的心里受尽煎熬，只想见神中一面，当面问清真相，可神中一直杳无音信。又过了两三天，他感觉自己身体快要复原了，便回了一趟位于岐阜市郊的老家。

一到家，A君听说了神中的遭遇，惊骇得说不出话来。

原来就在突然造访仙台的数日前，神中曾去岐阜市内的某家银行，拜访那里的一位朋友。然而，在上个月，神中突然被县政府解雇了，所以他又前来拜托这位在银行工作的朋友帮他找份工作。神中为何被政府解雇呢？原来，神中上司看中了他美丽的妹妹，向神中提亲。可这位上司名声不好，是远近闻名的花花公子，之前已经结过三四次婚了。妹妹当然不能嫁给这种人渣，神中一口回绝了上司的提亲要求。这位上司便公报私仇，找了个理由解雇了神中。

神中家境一般，自小与妹妹相依为命。即便在县政府工作期间，他的收入也很微薄，妹妹不得不向县里的布坊租下一台织布机，在家中织布以补贴家用。如今神中失业，他们很快就陷入了无饭可吃的窘境。神中向亲朋好友们求助。那位在银行工作的朋友十分同情神中的不幸遭遇，为他四处奔走想办法。神中也时常前往银行找这位朋友商量工作的事情。

某天，神中又来到银行拜访这位朋友。他惊讶地发现，银行其他职员好像对他有些意见，在他背后指指点点。就在他感觉烦恼不已的时候，那位朋友从他的办公室里走了出来。

　　"你看过今天的某某报纸没有？"朋友问他。尽管生活困苦，但神中还是坚持订阅了报纸。只是今天他出门的时间较早，还没来得及阅读。

　　"我还没看到今天的报纸。出了什么问题？"

　　"啊……今天的报上有一篇关于你和妹妹的文章，写得特别无耻……"说着，朋友从办公桌上拿出当天出版的某某报纸，"内容明显就是恶意诽谤和中伤。"

　　神中忐忑不安地低头阅读，报纸上方印着四个硕大的粗体字——"兄妹乱伦"。神中只觉得一阵头晕目眩。读完报纸后，神中气得脸色发青。这完全是一篇诋毁他与妹妹关系的文章，完全胡说八道！

　　朋友偷看他的脸色，劝道："我自然知晓你是被冤枉的，写这篇报道的人简直丧心病狂。你可以去告他！"

　　可是，心神大乱的神中已听不进朋友的劝说。他深一脚浅一脚地冲出银行，跌跌撞撞地回到家中。六神无主的他更担心看到报道的妹妹会做傻事。

　　不幸的是，当他打开房门的时候，悲惨的事情已经发生：妹妹已在织布的房间内上吊自尽。悲痛欲绝的神中小心翼翼地安置好妹妹的遗体后，用妹妹自尽的绳子，也结束了自己年轻的生命。

　　听闻神中兄妹惨死的消息后，A君经过调查，又得知解雇神中的那位上司与污蔑他们兄妹关系的报纸主编是极其要好的朋友。

　　雀森鬼影，至此真相大白。

　　不过，仙台警方对此一无所知，至今依然将本案列为悬案。

　　相关记录至今仍存放在警局。

05

青丝一缕

木村章一正惦记着目黑站的约会。眼下时间已经非常紧迫，他换衣服的动作显得异常匆忙。

　　章一是一家杂志社的记者，这家杂志社的主营业务是一本女性读物。他每天都必须去位于丸内大厦四楼的编辑部准时报到，否则总编必定会大发雷霆。不过，眼下他已整整三天没有去编辑部报到。如今的章一满脑子都是与情人水乳交融时幸福满满的情景，同时他对总编的恐惧也如同阴影一般盘踞在脑海中。当然，从去年开始逐渐歇斯底里的妻子，也成了阴影的重要组成部分……

　　"你的妞头该等急了吧？"妻子面带冷笑，用嘲讽的语气说道。

　　与章一约好在目黑站会合的那位，的确是他的情人，他们原打算共同坐车去浦田线边上的旅馆逍遥一番。被妻子如此一问，他心中"咯噔"一下。可是，妻子整天待在家中，他也不可能和她说这些，妻子是怎么知晓自己的秘密的呢？

　　"不要胡说了，平日我都忙得四脚朝天，哪有工夫搞这些事情。"

　　章一一边说话一边系着裤腰带，他目光瞥向右前方，妻子就站在刚才他刮胡子的梳妆台前。望着妻子蜡黄的脸，章一愈发感觉厌恶起来。

　　"你休想骗我，你真以为我毫不知情？你这次就是去和妞头幽会的！"

“你在瞎扯些什么？白痴！”

“好！我是白痴，活该受窝囊气！但你别以为我毫不知情！你以为在外头跟姘头风流快活，能将我一直蒙在鼓里？”

“跟谁风流快活？你倒是把话说清楚！”

这些年他采访的对象有很多，包括医生、贵妇、女教育家、子爵夫人、商人夫人、进步女思想家……而爱慕虚荣的章一总喜欢添油加醋地和妻子描述各种采访对象对自己的暧昧态度。这下麻烦了。他想问清楚，妻子的怀疑对象到底是哪一个。

“哼，说出来很简单的。但是我说了，你一定会恼羞成怒。”

“你怕什么呢？你赶紧跟我说清楚！”

“哼。你昨天和前天都没有去编辑部，和你的姘头在外头鬼混。你那姘头也是水性杨花的荡妇，还什么名流贵妇呢，就是一个残花败柳！”

章一的心中“咯噔”了一下。妻子说得十分准确，自己这几日的所作所为仿佛都发生在她眼皮底下一般。章一想了下，一定是有人向妻子告了密。可这几日家里好像也没有别人来过……思来想去，章一最终确定，妻子是在无中生有。

“你得了失心疯吗，你莫不是在怀疑山崎夫人？真是愚蠢至极！”

章一打算随便糊弄她两句，赶紧出门去幽会。

“没错，我就是个白痴，只能眼睁睁地看着自己的丈夫去给别人当姘头。”

“你疯了吗？！”被戳到痛处的章一，怒火中烧，向妻子蜡黄色的脸狠狠一拳打了过去，“真是个不知天高地厚的东西！”其实，他认为妻子之所以变得如此歇斯底里，主要原因是有了身孕。

身形消瘦的妻子被打后倒向了镜台，右手碰到章一刮须时使用的铜盆。铜盆应声落地，水流了一地。怀孕四个月的妻子横躺在铜盆上。章一仍旧怒火中烧，对准妻子的腰又狠狠地踹过去一脚。

倒地的妻子一脸震惊："你……你居然如此对我！从我出生到现在，连我父母都从来没有这样对待过我！你竟然踢我，还敢踢我的腰！"

听了这句话，章一刚按捺下去的火气又燃烧起来。

"你是不是太胡搅蛮缠了？我作为一家之主，你怎能这样和我说话！"

章一越说越气，抬脚又踹了出去。妻子发出受伤野兽一般的咆哮，起身向章一扑去。

"危险！"

一件小小的白色物品从章一眼前瞬间飘过。他惊恐地看到，右嘴角上挂着血丝的妻子手中，竟拿着他剃须用的剃刀！章一死命抓住妻子的手，将她的身子扭转了过去。

"放开我！你想做什么！"

章一感觉汗毛倒竖。在他眼里，这是一个离了他就无法生存的女人，竟然因为一点争执就与他拔刀相向！他快气死了，一掌将剃刀打落在地。

"你这是想用剃刀谋杀我吗，你这个疯女人！"

章一用力将自己的妻子推远。妻子踉踉跄跄地倒在火盆与碗柜之间，并发出痛苦的呻吟声。那呻吟声仿佛五脏六腑混在一起摩擦般，听起来非常骇人。

"没想到你是这样一个心狠手辣的女人！"

妻子年轻时洁白而丰满的身体影像掠过章一的脑海。但这念头一闪而过，很快他又想起正在目黑站某个角落静静等候他的情人。

他想："马上就到时间了，再磨蹭的话估计我要失约了……"

正要出门，章一猛然想起了刚才被打落在地上的那把剃刀，他将剃刀捡了起来。

"你变得这样可怕，以后就听天由命吧，这么可怕的地方，我才懒得再回来呢！"

　　章一走到隔壁那间书房兼卧室，拉开高处柜子上的右侧抽屉，将剃刀塞进抽屉里的书信与明信片中间一层。然后，拿起门口的帽子便出门去了。此时，他的心早已飞到目黑站的某个角落。

　　正值初夏时节，外面艳阳高照，街上尘土飞扬。章一皮肤白皙，额头宽阔，他如往常一般将脸往左歪，慢慢走下坡道，走到坡底就是电车的车站了。今天，他穿着一双胶底的鞋子。若是平时，他必定坐电车去目黑站，但今日因为出门太迟，他便叫了出租车直奔目的地。

　　出租车沿着绿意盎然的高冈飞驰，很快便抵达目黑站。章一刚下车便看到，情人正端坐在车站的角落。她穿着一身黑色的衣服，用报纸将自己的脸遮得严严实实，生怕被路人认出。章一大声咳嗽一声，情人便注意到了他，他带头走上即将出发的列车，情人随后走上后一节车厢。

　　两人同时在多摩川边的车站下车，一前一后往山丘内走去，那里有一间矿泉旅馆。紫红色的杜鹃花在嫩绿的山丘上开得争奇斗艳，但情人情意绵绵的眼中似乎只剩下了章一。

　　"你在忙什么呢？怎么这么晚才到？"

　　"那疯女人今天又发疯了！"章一回头看了一眼跟在后面的情人，微笑答道，和对待妻子时完全像是两个人。

　　"真的吗？该不会是你不小心透露了一些令她发疯的事情吧？"

　　"这怎么可能！"

　　"可你们男人的嘴都不是很严，你会不会说漏嘴，让她知晓了我们的事情？"

　　"别瞎想！"说话间，二人抵达了旅馆。

　　之前他们来过这家温泉旅馆一两次。不一会儿儿，轻车熟路的服务员就将他们带到一间僻静的客房里。在这间客房里，只要靠着栏杆，就能欣赏到整个多摩川地区的美景。他们在屋内饱餐一顿——天知道这算是午餐还是晚餐。席间章一还喝了点小酒。

半梦半醒之间，章一忽然感觉脸颊上多了一点温热。睁开眼睛一看，情人那双明亮的眸子正热辣辣地注视着他。此时，屋内的大灯已经关上，只剩门口一盏朦胧的门灯。

"别睡了，别睡了，时间多宝贵啊……"

情人微笑看着他，热烈地亲吻上章一的脸颊。章一一下子就沦陷了……

"不要睡，不能睡，睡觉多浪费呢……"

窗外，一层云雾将明月遮住，章一突然之间完全清醒了。就在此时，他感觉有人走上楼梯，并停在了他们的纸门外。

"客人，打扰您了。"

屋内的章一抬起头，警惕地竖起耳朵："什么事？"

"嗯，有些事情想跟您说一下……"

"先等等……"

说话间，情人迅速整理好了自己的衣服，在章一的枕边端正坐好。待她全部收拾利索，章一才对门外的人喊道："请进。"

"抱歉，打扰了。"

外部的纸门轻轻开启，一位梳着圆发髻的女仆走入屋内。她专门负责这间客房的服务工作。

"非常抱歉，打扰二位贵客休息。"女仆鞠躬道歉，随后面对章一说道，"客人，请问您尊姓是'木村'吗？"

趴在被褥上的章一，一边伸手去拿桌上的敷岛烟，一边望向那女仆答道："对呀，出了什么事？"

"嗯。方才前台来了一位年轻女子，叮嘱我将此物转交给'木村章一'

与'山崎夫人'。不过她没有留下姓名，只是放下东西便离去了。不知您是否知晓这位女士的身份？"

说着，女仆将手中的白色小包放至榻榻米上。章一十分疑惑，问情人道："这是你让人送的物品吗？"

"我没有派人送什么物品。"

看起来情人也毫不知情。

"这是什么物品呢？"

章一拿起小包，仔细端详起来。情人对女仆说道："行了，你先退下吧。只要打开小包，我们就能知道是谁送的了。"

女仆识大体地离开了。

"真是咄咄怪事！里面装着什么东西，快打开看看！"

"哦……到底是什么东西？又是谁送来的呢？"

这个小包的外皮是麻布手帕。章一打开那手帕一看，里头竟是一撮女人的秀发！头发首尾衔接，绑成一个蛇一般的发圈。时下女子特别珍爱自己秀发，如今剪下一缕送人，既可代表"示爱"，也有"诀别"的意思。

章一大惊失色："天哪！这是谁的头发？！"

情人吓得纹丝难动，用瑟瑟发抖的声音问道："该不会是你老婆送来的吧？"

"肯定是这个疯女人！"

一股诡异的沉默笼罩着整间客房。

"可她是如何找到这里的？"

"不知道啊！"

"我们早些回去吧，你还是想一下怎么解决吧。"

"哦。"

"早些回去吧。我如今也想早些回去了。"

说实话，章一也不想继续在这个地方再停留了，感觉好晦气。

于是两人一同返回目黑车站。章一心神不定地和情人分别，之后便坐上一辆出租车离去。

他并未回家，而是去拜访了一位家住在白山的老妇人。遇到眼前这种情况，那位老妇人是他唯一可以抓住的救命稻草。这位老妇人原本是一个和尚的妻子，丈夫去世后留给她一大笔遗产。章一刚毕业时经济窘困，经朋友介绍认识了这位老妇人。当时老妇人借了一笔钱给他，并为他介绍了一位在女校上学的同乡。这位同乡女子，便是章一现在的妻子。

已经是夜里十一点了。章一在电车大道站下了车，顺着狭窄的缓坡，慢慢地绕到老妇人居住的神社后门，敲响了位于大树底下的房门。

"都睡着了吗？"

女仆的声音从屋里传来："谁呀？这么晚了！"

"是我，木村章一。"

"哎呀，原来是木村先生！"

不一会儿，女仆拉开房门，请章一进屋。

"喂，你今晚是有'客人'吗？"

"都这么晚了，哪有什么客人来参拜。"

"我说的是那些'要过夜的客人'啊，"章一猥琐地笑道，"到底有没有？"

"真讨厌！"女仆红着脸，意味深长地笑着。

"夫人睡下了吗？"

"现在还没呢。"

"哦，那我过去给她请个安。"

说着，章一步入门厅，走进左边的房间。那间屋里只开着一盏台灯，有只白猫趴在地上打盹。一位上了年纪的贵妇人趴在红色的毛纱垫子上阅读小说。

"夫人，晚上好。"

"嗯，这不是木村君嘛。"有着一张长长脸孔的老妇人抬头问，"你今天怎么会有空来我这里？"

"啊，我刚从多摩川那边来，想到您这里吃口饭。"

"呵呵，你哪里有闲心来蹭饭呢。说吧，你们之间是不是有问题了？"

章一愣了一下，走到她的床边，盘腿坐定。

"您说的'你们'，是什么意思？"

"若没问题，你夫人怎会来此？这下可好，两口子都到我家来了。"

章一大吃一惊："她也来过？"

"是呢，发生什么事了？"

章一没有回答老妇人的提问，眼下他只想搞清那一缕青丝的来处。

"她的头发有什么异常吗？"

这时，那只本在打盹的白猫，支起身子，伸了伸腰。

老妇人回忆片刻，道："头发？头发没有什么异常。你问这做什么？"

"那她是几时过来的？还在府上吗？"

"嗯……大约八点半左右过来的，当时府上正好有客人。她没打招呼便走了进来，仿佛有些话要对我讲，只是当时我家里正好有客人，她看了看便转身离去。真是奇怪……你们吵架了吗？"

"唉！白天我准备出门工作时，她说了一些莫名其妙的话。我实在气不过，便动手打了她一下，没想到她竟要拿剃刀伤我！最近她精神状态越来越可怕了，经常歇斯底里地闹……"

"她竟用了剃刀！那真是过分……可她之所以变成这样，也是因为你在外头不安分的缘故吧？"

"这真是冤枉我啊，只不过最近工作太忙罢了。"

"可能问题就出在这个杂志上，那可是一本女性杂志，你每天都要和各种各样的女人打交道，她心中能不犯嘀咕吗？"

"这就冤枉我了……"

"哈，那你今晚先在我这边歇息吧。"

章一这才发觉，今夜老妇人的声音格外娇媚。

"唉。我可没这份闲情逸致，今天出了点怪事……"

"什么怪事？"

"今夜我在目黑那边的旅店吃饭，忽然有个女人送了一个用麻布手帕裹住的小包到旅店，点名要交给'木村章一'。我打开一看，里面是一撮女人的头发。可我根本没将自己吃饭的地方告诉过她！是不是白天因为我动了手，她心中生气，便一路尾随我，搞了这样一件恶作剧。"

"你是何时出的门？"

"大约中午十二点。出门后我便直接去了目黑站。装着头发的小包大约是晚上九点多送来的。"

"晚上九点多，谁会跑到目黑旅店吃饭呢，你必定是与情人在那边幽会吧？会不会有人捉弄你？"

"可……我全程小心翼翼，没人知道我在那边。"

"没人跟踪你不代表没人跟踪你的情人。那你回家看过没有？"

"还没，我担心回去又要大吵大闹。"

老妇人点点头："那明天早上我再去你家看看情况吧。"

"明天再去会不会有些晚了？"章一想起那代表"诀别"的秀发，心中有些发凉。

"放心，即便真是她的所作所为，那也仅是恶作剧而已，不必担心。倘若她真生气了，并且知道你们就在那地方幽会，早就冲进去让你们难堪了。"

"倒也是这个道理……"

"你赶紧将外衣脱掉吧。"

章一顺从地脱下外套以及里层的单衣。老妇人起身给他拿来了枕头。章一瞥了一眼，发觉老妇人顶着黑眼圈，脸颊十分消瘦，这让他心中犯起了嘀咕。

"躺下吧。"

老妇人怀抱章一，想让他在自己身上躺下。章一则闭上双眼，任凭她摆布。就在这个时刻，异变突起。只听老妇人一声惨叫，猛地将章一推开，迅速站起身，双手握住自己的右脚踝。在她面前，那白猫龇牙咧嘴，浑身怒意，发出凄厉的叫声。

"你这畜生，居然敢咬我！"

老妇人气急败坏，抢起手来要打那白猫。可猫很伶俐，它猛地一跳，一眨眼的工夫便蹿出了房间。

"真是一个畜生！"老妇人歇斯底里地大喊。

章一站起身，关切地问道："发生了什么事？"

"什么怎么了？都怪你！真是忘恩负义，猪狗不如！今后我再也不想见到你！赶快给我滚出去！"

章一不知所措，不知道老妇人为何突然这样怒气冲天。

"滚！滚！快点滚！猪狗不如的畜生！你出去拈花惹草，害得我也丧了命！快滚！快给我滚！"

老妇人露出阴森的白牙，猛地朝章一扑去。章一吓得心胆俱裂——他竟在老妇人的口中听到了属于自己妻子的声音！三十六计走为上计，他慌忙抓起外套逃出门去。

当跑到电车大道之后，章一立刻叫了一辆出租车。可是，他不敢回自己家，便决定先去情人山崎夫人府上躲躲。

幽会的时候山崎夫人提过，今晚府上只有下人，章一去的话也很安全。可是，山崎家养了数量众多的书生与女仆，倘若上门，总得先打电话询问一下山崎夫人是否方便。于是，章一准备先给山崎夫人打个电话，他在铁轨的道口前下了车。在铁轨的另一侧，就有一座公用电话亭。章一看见路口关卡无人看守，便开始横穿铁轨。忽然，章一的脚下仿佛被什么绊到，竟然毫无预兆地摔倒了。就在此时，铁轨右侧有辆电车呼啸而来。当时走在章一后面的路人分明察觉，当章一摔倒的时候，有一只小动物猛地从他脚边蹿出，貌似那是一只白猫。

山崎夫人从目黑站败兴而归后，躺在自家床上心烦意乱，难以入眠。她睡的这张床榻是一款新潮的欧式风格大床。不知何时，迷迷糊糊之间她忽然发觉床榻前面的椅子上隐约坐着一个人。

夫人吓坏了，大声责问道："是谁！"

在微弱的灯光下，坐在椅子上的人缓缓抬起头来——竟是木村章一。

"竟然是你……"

夫人惊讶极了，她心想："这个人做事怎么如此没有分寸，竟擅自溜进自己的卧室！实在太不像话！"

"你怎么会在这里？"她压低声音问道。

坐在椅子上的章一看起来软绵绵的，沉默不语。夫人只好走下床，走到椅子跟前低声问道："你怎么在这里？外面谁给你开的门？"

就在这时，章一的身子软软地朝一旁倒去……夫人惊恐地发现，章一气息全无，只是一具冰冷的尸体！尸体的膝盖以下被齐齐切断，小腿不见踪影，膝盖处血肉模糊……

后来，人们在电车的铁轨旁发现了章一尸体的双脚。由于卧室中出现一具断腿男尸，山崎夫人受到了警方严密的盘问，当地的报纸杂志也对这一奇案进行了连篇累牍的报道。三天之后，山崎夫人也突然惨死了，死因未明。

　　警方的记录显示，木村章一的妻子于案发当日神秘失踪，至今下落不明。

　　事实上，这件怪案发生于明治末年的关西某个大城市。由于涉事人物和事件都较为特殊，笔者便对文中的人名与地点进行了一些修改，以免对号入座。

06

离奇梦境

1

火辣的烈日，颜色艳得犹如吸足了鲜红的墨水。山谷中某户人家在院子里种的几棵樱树正在烈日下茁壮成长。栖息于枝头的嫩叶中，夹杂着几片硕果仅存的洁白花瓣。满含青草香气的微风徐徐吹拂，更是一番翩翩起舞的光景，偶尔几片花瓣飞落至崖顶的蜂斗叶上。

天有不测风云。须臾之间，电车换乘车站附近，便下起了包着泥土的细雨。天气变得非常闷热。不一会儿儿，刚用温水擦过的脸以及脖子上又沁出一层汗珠。铁轨与马路交会点外侧矗立着一座工厂。厂房外有一圈红砖制成的围墙，围墙一边的法国梧桐正吐出嫩芽。树枝在风雨中左右挥舞。土黄色的雨滴，为四周景物染上了一层暗淡的色彩。

京子感觉自己的脑袋越来越沉重了，她将头放到枕头上，朝左侧躺下，开始回忆起清晨往返医院途中所看到的一切。

一丝闪着微弱蓝色的灯光慵懒地洒在她薄薄的棉睡衣上。被窝里很温暖，她因为翻身不便，这样让她的身子感觉慢慢发烫。倘若一直这样躺在一个地方不动，简直可能被自己的体温灼伤。行动不便的她将自己的手足伸向了被窝外更凉快的地方——即便只是一瞬间的清凉，也沁人心脾，让人舒服极了。这时，京子又想起晚饭时，丈夫和她说的那番话——"下个月十号，学校开始放假。到时我就有时间了，陪你去海边散散心。我相信静养一个月，你的身子必定会好起来。"事实上，上次流产后，丈夫便对她呵护备至。

去海边度假吗……生长于沙丘上的松杉，细沙铺垫的海滩，湛蓝深幽的海水，蔚蓝高远的天空——京子在脑海中勾勒出海天一色的壮观景象。早在四五年前，她和丈夫新婚宴尔，曾到海边去住过两个星期。京子虽然不喜欢刺眼的阳光，却对海边傍晚的美景非常沉醉。夕阳西下，树枝在凉爽的海风中摇曳生姿的情形，令她这辈子都难以忘怀。想到这里，京子的心几乎要被这股海风带到海边了。倘若丈夫真的再愿意陪她去一次海边，她几乎都等不到明天了，她太期待这样的时光了。

清爽舒适的海风定然会将她阴郁不乐的心情一扫而空，并让她身体恢复。京子本想同丈夫分享一下自己心中的美好计划。可当计划逐渐成形的时候，她又打消了与丈夫分享的念头。这时，丈夫矢岛正在二楼的小书房内翻译一份海军省急需的文件。她若自己上楼，就需要爬一段陡峭的楼梯。若是召唤丈夫到自己床边来，她就必须先拍手将女仆叫来——可惜就连"拍手"这个动作，都让她感觉心力交瘁。

京子又翻了一次身。她的四肢再次品味了久违的清凉和舒适感。自前年春天流产之后，京子的健康状况始终不如人意。不是头疼脑热，就是头晕目眩，可她又无法准确说出哪里不舒服，说不出到底哪里疼、哪里晕。她只是觉得自己浑身绵软无力，感冒发烧也是家常便饭，这中间连月经都停了一年多。去年，经过调理，月经总算恢复，但非常不规律，有好几次京子几乎以为自己怀孕了。这回情况也类似——大约两三天前开始，她又开始感觉全身没有一点力气。昨天晚上甚至还发起了高烧。因此今天一大早，她需要去主治医生那里看病。

"是否有恶心呕吐的感觉？"

恶心呕吐是怀孕的主要症状，同时，她这个月的月经也确实迟了十多天。主治医生便怀疑京子的病症与怀孕有关。

咣当！厨房方向突然传来陶器落地的巨响，将她从早上的回忆中拉了回来。八成是那笨手笨脚的女仆又闯祸了。说到女仆，她对那女仆手指上一条条蚯蚓般红黑色的静脉血管尤为厌恶。"咻——"一阵早已习惯了的噪声再度传入耳中。那是风的呼啸声，还是向远处驶去的列车汽笛声？她的心情再次阴霾起来，与外面令人烦躁的噪声纠缠不清。

她又勉强翻了次身。

不知过了多久，一阵清新的风扑鼻而来。京子向四周望去，只见青葱的松叶随微风上下摇摆。皎洁的月光洒在针一般的松叶上，将黑松的树干照得雪亮。面粉般的白沙柔软细滑，赤脚踩下，一丝声响都没有。远方朦胧的涛声若隐若现。

心无旁骛的京子徜徉在沙滩上。她从一座小沙丘走下，穿过小河上面的木板桥。一座挺拔的小山丘矗立在木桥的另一头，这个山丘上也有一片松树林，沐浴着皎洁的月光。树林尽头，有两三栋西式别墅风格的建筑物映入京子眼帘。走过木板桥，京子觉得有些累，想寻个地方歇脚。她下意识地向其中一栋别墅走去。别墅的门口是一条宽阔的细沙马路。京子顺着这条细沙路，来到院子门口。院门的左右两边布满了竹篱笆，这些竹篱笆都预留有菱形的孔眼，门板的材料则是船板。

紧闭的院门竟挡住了京子的去路。京子就这样从门板中穿了过去，仿佛这栋房子原本就属于她似的。门厅口的房门同样无法阻挡京子。紧闭的门厅门后是四张榻榻米大小的门厅。进门后，她一屁股坐到地上，放松自己疲惫的双腿。门厅的尽头是一堵砖墙，上面挂着一幅满头白发的西方人的半身画像。此人长得与托尔斯泰有几分神似——京子曾在丈夫藏书插图中见过托尔斯泰的模样。

"他就是托尔斯泰吗？"京子望着墙上的半身像陷入沉思，忽然她听到了一阵婴儿哭声。

"啊……这别墅里有个小宝宝？"

她流产后更加喜欢宝宝，这时的她爆发了强烈的好奇心，她伸手拉开了内屋的纸门。纸门后面是客厅，再穿过一道纸门是套廊。京子沿着套廊向前走了几步，向传来婴儿哭声的隔壁房间走去。她轻轻打开纸门，映入眼帘的是两床被褥——有一对夫妻头朝向纸门，睡得正香。其中年轻的母亲留着当时在女星间颇为流行的发髻，她竟在给婴儿喂奶的时候睡着了。华丽毛纱里包裹着的，便是正在哭的婴儿。

京子在年轻母亲的枕边蹲下，想打量下襁褓中的婴儿。就在这时候，年轻的母亲忽然惊醒了，她的脸圆圆的，她一转头便看到京子，惊恐万分，仿佛看到凶神恶煞一般。只听见她用颤抖的声音喊道："你是谁！你是谁！你是什么时候进来的？你在这里干什么？"

"夫人，请不要害怕，我只想看看这婴儿……"京子的语气很平静，这让她自己都不敢相信。

那母亲盯着京子，上上下下地打量，然后吼道："你到底是什么人？！来我们的卧室做什么？！快说？！"

"我……只想看看婴儿。"

"来看婴儿？你连招呼都不打，擅自闯进人家的卧室，真是胆大妄为！给我滚出去！"她已顾不上怀中号啕大哭的婴儿，向身后的丈夫大喊道："别睡了！快起来！出大事了！"

酣睡中的婴儿父亲也惊醒了，他从床榻上跳起来。京子也被他吓了一跳。她的意识逐渐变得模糊起来……

次日清早，睡醒的京子在餐厅侍奉丈夫用餐。丈夫西装革履，盘腿端坐在桌旁——他是供职于日比谷某中学的教师。餐桌上，裙带菜的香气扑鼻而来。这是丈夫特别喜欢的菜肴，所以京子每天早上都会在味噌汤里放一些裙带菜，久而久之，她也喜欢上了这股气味，觉得闻起来特别舒服。

不知何故，京子忽然想起了昨夜那栋"海岸屋子"里发生的神奇的梦境般的遭遇。她忍不住说道：

"昨晚呢，我好像经历了一件非常神奇的事情……"

"什么事情？"丈夫好奇地问道。

"昨夜，我独自走下海边的沙丘，又在一条小河上面的木板桥上走过，发现了一条铺着白色细沙的马路。马路的尽头有两三栋房子。我觉得有些劳累，想歇歇脚，便走进其中一栋用船板制成门板的别墅里。穿过院门和房门之后，我看到了一间有四张榻榻米那样大的房间。我坐在地上，一边休息，一边仔细观察四周的摆设。你猜我发现什么了？我竟瞧见房间的墙上挂着一幅西洋人的画像。那画里的人，便是著名的俄国小说家——列夫·托尔斯泰！我怎么知道是他呢？因为我从前看到过你书中的插图！"

"嗯？这些是你昨夜梦中的情景吧？"丈夫接过京子递过来的饭，笑着说道。

"又不太像。昨夜的那些场景非常真实，没有丝毫梦境的样子！树干的颜色，树叶的形状，海浪的声音，房子中的布置……每一样我都看得明明白白！"

丈夫吃了一口饭，含糊地说道："你一定是在做梦。由于昨天我跟你提起了去海边度假的计划，所以你晚上就梦见了海边。"

"可我真不觉得那是梦！你继续听我说。当我在门厅稍事休息的时候，居然听到了婴儿的哭声！我很想去瞧瞧那宝宝长什么模样，便走进了客厅前面的套廊，来到了传来哭声的房间。进屋一看，有一对夫妻在房中酣睡。那女子很年轻，生着一张圆脸，梳着女星髻，面相凶恶。我还没有看清婴儿，她忽然就醒了，还大声骂我道："你是谁？你来做什么！'我非常镇定地回答她说我是来看婴儿的。结果这位母亲勃然大怒，还将她丈夫叫醒来对付我。她丈夫虽未醒透，但整个人都跳了起来，将我吓了一跳。至于后面发生何事，我完全不记得了。"

"你看，我说你是在做梦呀。从你的描述看，这绝对是个梦。正所谓'日有所思，夜有所梦'，你白天老是惦记海边，夜晚便梦见了。眼下你的身子还很虚弱，下个月我急着赶工的翻译工作也该收尾了，到时候我就陪你去海边休养。我们去住上一个月，好好休养。即便有没做完的工作，我也可以带过去做。"

丈夫吃完早饭，一边喝茶，一边与妻子讨论着度假的事情。到了上班的时间，他便出门了。京子用手撑着脑袋，陷入了沉思，甚至连早饭都忘了吃。

京子又一次来到海边。有两个闲聊的学生从她身边经过。他们脚上所穿的木屐，与马路上的沙石"亲密接触"，发出哗哗的声音。小河被一片浓雾笼罩。京子在雾中穿过木板桥，朝那栋别墅走去。进门之后，京子再次犹如进入无人之境。迈进门厅之后，她又看到了墙上那幅肖像画，和昨天的一样。

"今天晚上，我必须要抱一抱那个婴儿！"

和昨晚一样，京子穿过客厅和套廊，来到夫妻二人的卧室。年轻的母亲依然将襁褓中的婴儿放在自己身边，婴儿睡得正香。那婴儿看起来不过三个多月大，娇嫩得如同一个人偶。在他旁边的父亲鼾声大作，听起来好像有点呼吸系统的疾病。

"这宝宝是男孩还是女孩呢？"京子看清了婴儿的样子，望着那天真无邪的睡脸发呆。一股强烈的渴望涌上京子心头，她真想抱一抱这可爱的小宝宝！她慢慢坐下来，伸出双手去抱那个孩子。这一回，她的手已经摸到了婴儿的襁褓。可就在这时，年轻母亲猛地睁开了双眼。看到京子，她迅速伸出双手，牢牢地揪住了京子的手腕。

"你要做什么！你到底要做什么！"

年轻母亲杀气腾腾的模样，让京子吓了一大跳。她拼命想甩开这位年轻母亲的手，可女人抓得太紧，无论如何也不肯松手。

"当家的，你快醒醒啊！快！快！昨天那个人又来了！她差点就摸到我们孩子了！快醒醒！"

婴儿的母亲爬起身来，用力将京子推倒在地，伸出一只手揪住了她的头发，大喊道："快醒醒！昨夜的恶人又来抢我们的婴儿了！快起来！快起来！"

婴儿的父亲终于惊醒，冲了过来，用强有力的双手掐住了京子的脖颈。

"我已抓住她了！这人便是昨晚的那个恶人吗？"

京子感觉自己透不过气了。年轻母亲用自己的双手奋力地抓挠京子的额头和脸。京子非常痛苦，万般挣扎。

身边传来了婴儿凄厉的哭声。一听见哭声，京子再次什么也不知道了……

陷入癫狂的京子是被睡在身边的丈夫摇醒的。她感觉丈夫的呼唤声非常遥远，她好不容易才清醒过来。

"发生了什么事？你一直在说梦话，好像非常难受的样子，是不是做了噩梦？"

京子艰难地睁开双眼。一束蓝色的灯光射在她的肩头。丈夫双手搭在她的肩膀上用力摇晃。然而，京子却没有感觉到肩膀上的重量，只觉得脖子和面部剧痛无比，和梦中一样。

"你是在做噩梦吗？怎么会吓成这副模样？"

京子心有余悸地说道："若是梦境的话，实在太真实了，一点儿都不像在梦中……我刚刚又去找那个婴儿，差点被婴儿的父母弄死！那个年轻妈妈用力揪住我的头发,还抓我的脸和额头。她的丈夫则用力掐住我的脖颈。"

丈夫不以为然，浅浅地笑道："还是你的身子太虚弱了，愈是这样，愈容易做噩梦。"

"那绝对不像梦！里面的一切，都太过真实！那女人真的将我的脸抓破了……对了，你快看看，我脸上和脖子上有伤痕吗？我现在依然觉得脖子和脸颊非常疼！"京子伸出手，不停抚摸自己的脸，还让丈夫帮她检查。

丈夫摸了摸她的脸颊笑道："你的脸安然无恙，一丝伤口都没有。你只是做了一场噩梦。"

"可……可我感觉那真的不是梦！我的确再次造访了昨夜看到的那栋别墅！我只想抱抱那个婴儿，就出了如此状况……啊，真是气愤难平啊！"

"在我看来，你的身子还是太弱……"

"梦境怎会如此真实？我气愤极了！一定要想办法将那个婴儿抢过来，然后当着他父母的面将那婴儿摔死！"

妻子这些恶毒的话语，让丈夫有些吃惊，但他也没将这些放在心上，只是不停劝道："哎呀，不要生气，莫生气，身子养好了，就不会再做这种噩梦了……"

皎洁的月亮被迷雾一般的云朵遮挡起来，海上刮起了狂风。沙丘上左右摇摆的松树在乱风中沙沙作响。京子的脸被来回摇动的松针刮得生疼。她缓缓走下沙丘，在穿过小河板桥之时，迎面走来了一个人。京子连忙侧身往路边草丛方向让了两步，让这人先过去。来者是位老人，他戴着帽子，或许就住在前面的别墅里。那老人盯着京子看了几眼后，便迈步走上了沙丘。

京子穿越木板桥，继续快步前往别墅。此刻她的心情十分紧张。按照以前的惯例经过院门和房门，她已无暇欣赏墙上的托尔斯泰，径直走向那对夫妻的卧室。幸运的是，被褥中只有婴儿，年轻母亲不知去哪里了，只有父亲躺在旁边。

"大概去厕所了吧，太合我的心意了！"京子坐在被褥上，一把抱起那婴儿。

怀中的婴儿睡得正香，丝毫没有被惊醒的样子。而婴儿的父亲依旧鼾声如雷。

"即便她进来了，只要将这婴儿当成人质，她就无可奈何了！"京子心中涌起一阵胜利的快感。

刚想到这里，就听见犀利的叫喊声："天哪！天哪！当家的，快醒醒啊！那个抢婴儿的坏人又来了！"

婴儿的母亲已回到屋内。见京子怀抱自己的孩子，她急得连连跺脚。面带冷笑的京子望着她，语气阴森地说道："夫人，我手里有孩子，今晚我一定赢了。"

婴儿的父亲也醒了，迅速逼近。

婴儿的母亲咬牙切齿地问道："你跟我家到底有什么冤仇，为何天天这样折磨我们？！"

"我与你们往日无怨，近日无仇。我只是喜欢这个孩子，我只想抱抱他。"京子冷冷答道。

"可是这是我的孩子，我们也不认识你！谁允许你擅闯民宅！"

"没必要跟她啰唆！快将孩子还给我们！"婴儿的父亲慢慢朝京子逼近。

婴儿的母亲也哭着喊道："那是我的孩子，快将那个婴儿还给我！你为什么要抱着他！"

京子怀抱婴儿，站起身道："哼，你们再怎么乱叫也是白搭，我不会把孩子还给你们的！"

混乱间，婴儿的父亲抓住了京子的肩膀，而年轻的母亲则伸手抓住了襁褓。

　　"休想得逞！"京子快速朝客厅跑去。婴儿的父母一边高喊一边追了上来。须臾间，京子便跑进了客厅。客厅里一盏电灯孤零零地亮着，她一眼就看到了年轻母亲缝到了一半的衣裳。衣裳旁边安放一个小型的裁缝工具箱，箱子里有一把显眼的红柄花剪。京子迅速抓起剪刀，将刀口架在那婴儿的脖颈上。此时此刻，夫妻二人也追至客厅门口。

　　"你们如果继续这样逼我的话，休怪我不客气！"

　　婴儿母亲救子心切，没听清京子的话语，她猛地扑向京子拿着剪刀的那只手。只听"咔嚓"一声，鲜血四溅。婴儿的脑袋，应声滚落到了地下。

　　"你看！地上有个婴儿头！"受惊的京子缩在床上瑟瑟发抖。丈夫温柔地抱着她，口中不停说着安慰的话语。片刻后，京子才肯睁开眼睛，怯怯地环视四周。

　　"我们房间哪里有婴儿！怎会出现婴儿的头啊！"丈夫提高声调喝道。

　　可京子依然一副失魂落魄的样子。

　　"早跟你说过，身子太虚，所以老做噩梦！一会儿天亮后，你就去医院找石川大夫诊治一番！眼下你的身体肯定有很严重的问题……"

　　地上干干净净，既没有滴血的剪刀，也没有婴儿头颅，京子的情绪慢慢趋于平静。

　　"那真是一场梦吗……实在太可怕了……"

　　"不是梦难道是真事？你现在的神经已经很衰弱了，做噩梦也正常。"

2

等不及学校放假，丈夫就陪伴京子来到海边静养。那个地方依山傍海，风景秀丽，山顶还有温泉。夫妻二人决定先去朋友推荐的海滨旅馆住两天，然后再搬去当地租来的一间屋子。听当地人说从火车站坐车去海边的路程是一公里半，走过去反而只有半公里。于是他们请了一位挑夫帮他们带着行李。他们自己也各拿一个箱子，步行向旅馆前进。

这个时候大概刚过两点。正是最热的时辰，连一丝风都没有。松叶在炽热的阳光下显得十分油腻。两个人走出松树林，沿着一座长满小松树的沙丘下行，看到前面有条小河。

"这地方，怎么有些眼熟啊……"跟在丈夫身后前行的京子说道。

"莫非你小时候和家人来过此处？"丈夫回头问道。

"我从未来过这里！我的父母都是老实守旧的人，根本没有带我游山玩水的雅兴。"

"那就怪了。"

小河上搭建着一座木板桥。木板桥的那一边，是一条铺着白色细沙的宽阔马路。

"若从火车站坐车来，走的便是那条大路吧？"丈夫扭头询问身后的挑夫。

"是的，老爷。那条路蜿蜒曲折，多出整整一公里呢。"

或许是累了，挑夫将扁担移到另一侧的肩膀，拿出手巾擦擦脸上的汗。

丈夫从木板桥上经过，他往下看去，水中长满细长的芦苇。举目远眺，马路尽头是另一座山丘，顶上也有一片松林。竹林旁边有两三栋别墅风格的民宅。

京子的眉头皱起，仔细打量着马路尽头的一栋别墅。

"矢岛，矢岛！"她跟着丈夫过了桥，忽然大声喊道。

已踏上马路的丈夫回头问道："发生什么事了？"

京子用带着哭腔的声音道："就是那栋别墅！就是我梦中看到的房子！"

丈夫听得一头雾水："别墅？什么别墅？"

"我梦见的那栋别墅啊！"京子魂不守舍地说道。

丈夫转头向那栋别墅望去：用船板定制的院门，两侧拉着菱形孔眼的竹篱笆。丈夫笑出声来："别瞎想，哪会有如此巧合的事情！"

"可是……可那就是我梦中见过的别墅！从长着小松树的沙丘，到小河上的木板桥，再到这栋别墅风格的房子……每一个细节都一模一样！难怪我觉得如此眼熟……"

"不可能啊，是你多心了。你看，既然院门紧闭，就说明屋里无人居住。其实我们倒可以将此处租下。"

此时，挑夫恰巧走到丈夫身后。丈夫问道："请问，这栋别墅有人居住吗？"

"无人居住。"

"那我们可否租一个月？"

"租应该没问题。不过……这栋房子貌似有些古怪。上个月前，这里住着一对来自东京的小夫妻。但在一个月前，他们几个月大的婴儿被一个来路不明的女人杀了。这桩惨案发生后，他们便搬走了，这房子再也没有人过问了。"

丈夫神色大变，看了京子一眼。这时的京子已经面如土色。

"我们还是先去旅馆投宿吧。出过命案的凶宅可住不得……"

说完，丈夫急匆匆向岸边走去。京子快步跟在他旁边。两人都不说一句话，气氛很压抑。正在这时，迎面走来了一位老人。众人擦肩而过之时，那老人盯着京子端详了好久。之后，他将视线转向跟在夫妻俩身后的挑夫。他与挑夫好像相熟的样子，便站在一处聊了几句。

京子和丈夫继续往前走了约四分之一公里。辞别老人的挑夫快步跟上来。

"客人，刚才与我谈话的那位老者，就是那栋别墅的房东。"

"哦，是吗？"问完之后，丈夫没再作声。

挑夫见丈夫对此话题毫无兴趣，转向京子道："夫人，您从前是否来过这里？刚才那老者说，他上个月好像见过您。"

京子没有吱声。丈夫便替她回答道："她没来过。我们都是第一次来这里。或许是那位老人家以前去过东京，偶然间碰见过内人吧。"

京子和丈夫一语不发地继续走路，终于抵达了海滨旅馆，侍者将他们带到二楼的房间。面色苍白的京子，一屁股坐在床上，沉默不语。

丈夫安慰她道："这里的景色只是与你的梦境有些相似罢了，不要自己吓自己。"

京子依然纹丝不动。丈夫脱下外套西装，换上旅馆的舒适浴衣，抿了几口侍者冲泡的香茶。

"你也换身衣服吧，换了衣服，人就舒服了。"

京子依然默不作声。就在此时，旅店经理带着一张名片进了屋。

"客人，外面有位先生有事向您请教。"

丈夫接过那张名片——来人竟是一位警察。

"出了什么事情？警察找我们有什么事情？"

他显得有些惴惴不安了。

经理显得漫不经心，抱怨道："最近山下别墅里死了人，警察总是找上门来，真是烦透了……您是否请他进来？"

"既然是为了公务，还是请他进来吧。"

经理起身离开，到外面请警察进来。

就在此时，丈夫听见后面的京子突然爆发出一声凄厉的嘶吼，猛地站起身来。他大惊失色，也站起了身，京子此时已经冲到了走廊，一只脚踩在栏杆上，想冲到院子里。丈夫连忙追出去，紧紧抱住她。

"你要做什么？！"丈夫也开始失魂落魄，非常紧张地看向院子里。

只见院里红松树旁跑过一个和京子长得完全一样的女人。她手里拎着一只带血的剪刀，丈夫惊骇不已，他又看了看怀中发狂的京子，又望向院子里。然而，刚才那个女人已经踪迹全无。京子发疯一般挣扎，试图挣脱丈夫的双臂……

京子陷入了无边的恐惧中，精神完全崩溃，从此再也没有正常过。

第二天，丈夫扶着仿佛失去灵魂的妻子，坐在返回东京的火车角落中，独自神伤。

07

魔王物语

1

　　日本的怪谈多如过江之鲫,但它们如果不是出自佛教核心理念中的"因果轮回",便大多与狐狸精之类的妖魔鬼怪有关,独立创作的"恶魔"故事可谓寥若晨星。

　　备后国的"魔王物语"便是极其特殊的一个故事,这个故事极具个性,值得与读者们分享。

　　话说此故事发生在日本宽延年间。备后国三次郡布努村居住着一位少年武士,名叫稻生平太郎。他家中有一兄一弟。兄长名叫新八郎,是平太郎的养兄。平太郎父母很长一段时间没生孩子,便从中山源七府上过继了新八郎,以让他将来继承家业。说来也巧,过继没多久,平太郎母亲竟然怀孕了。生下了平太郎,后来又生了一个比平太郎更年幼的弟弟,名叫胜弥。养兄新八郎自小体弱,于是带着幼弟胜弥住回条件更好的中山家。此后,稻生家便只剩下了十六岁的平太郎和一位家仆居住,家仆名叫"六助"。平太郎拜在备后藩地区著名的剑术大师吉田次郎门下,学练剑术三年,学得一身精湛的武艺,被乡邻们称作"稻生小天狗"。

　　五月的小雨很多,淅淅沥沥下不停。这日,阴雨难得停了半晌,平太郎趁此机会前往邻居家做客。邻人名叫权八,是位相扑力士,不过已经退役,艺名唤作"三之井",当年是隶属于纪州家的大关。退役还乡后,权八闲来无事便经常指点一下附近的年轻相扑力士们。

平太郎与权八聊天较多,也极为投缘,称得上是忘年之交。今天,他们二人聊了一会儿后,权八忽然提到"大熊山妖怪"的话题。

大熊山是位于三次郡西的一座巍峨大山,从山脚下往上爬个五千米,就能发现一块宽敞的平地,据说那是三任若狭国守护长官的府邸遗址。再往上走两千米,会看到一座名叫"三次塚"的五轮塔。在塔后面,是有着"天狗杉"美名的大杉树。它的树干足有三四十尺那么粗,郁郁葱葱,枝繁叶茂,将三次塚遮得严严实实。

"如果我们能在山上撞见那妖怪,将是一件多么有趣的事情啊!"权八说道。

平太郎被他说得心痒难耐,眼中放光道:"对!若是能目睹妖怪就好了!"

"不如这样,咱俩抽签博彩,谁中了签,便去三次塚附近碰碰运气,看能否撞见妖怪,如何?"

"这个方法很好!中签之人何时出发?"

"就今晚 11 点左右吧。我们不打无准备之仗,你我都提前做好出发的准备。无论谁中签,都可以立即动身。"

权八提议之时,太阳已经落山。平太郎回家用了晚膳,命仆人六助备好蓑衣和斗笠,按照约定时间前往权八家。万事俱备的权八正在家中静候平太郎到来。两人搓了两根长短不一的纸条,平太郎抽中了长签。

停歇半日的小雨重又连绵起来。屋外一片漆黑。按捺不住兴奋之情的平太郎穿上蓑衣,戴着斗笠,套上草鞋,出门往大熊山进发。这阴雨夜伸手不见五指,平太郎什么都看不见,盲人夜行一般。他一会儿儿踏入稻田,一会儿儿撞上荆棘,走得异常艰难。平太郎初时的兴奋之情很快便被抛到九霄云外，却又无法拉下脸折返，只能一边摸索一边往前行进。

过了一会儿儿，他终于摸索至大熊山脚下，举步踏上了陡峭的石坡。与这条石坡的艰难程度相比，方才的田间小路仿佛宽阔的通衢大道。但平太郎最大的担忧并非来自脚下，而是不知何时现身的妖怪。对妖怪的期待，也分散了他大部分注意力。平太郎尽量平复自己的心情，慢悠悠地往山上走。

走了一段路后，眼前豁然开朗，他来到一处较为宽敞平坦的地方。平太郎心想，这便是守护大人府邸的遗址吧？若这山中真有妖怪，应该很快便能看到。带着这样的期许，平太郎穿过平地，找到另一条石坡上去。走到石坡尽头，他看到了一座高高的石塔。"这就是权八所说的三次塚吧？"平太郎伸手摸了摸塔身。一点没错，这的确是一座五轮塔。就在这时，他想起权八说过，五轮塔后面便是那棵"天狗杉"，于是他伸手向塔的斜后方摸去。果不其然，指尖碰到了一处冰凉的树干……嗯，这就是传说中的天狗杉了。

平太郎在杉树底下坐下稍做休整。豆大的雨点拍打着他的身子，他不由打了个冷战，默默无语地在黑暗中环视四周，一下便坐了小半个时辰。传到耳中的，唯有微风和雨点拂动树叶时发出的"沙沙"声，并未见到任何不可思议的东西。平太郎心中萌生了回家的念头，可若就这样回去，如何证明自己曾经上过山？他灵机一动，弯下腰拔了一撮小草，摸索着再次寻到五轮塔，将那小草系在塔顶的石球上作为凭证。做好这一切之后，平太郎系好草鞋鞋带，转身准备下山。

走到半山腰那片平地时，平太郎忽然惊觉：刚才有一个奇怪的东西与自己擦肩而过！他几乎可以确定，自己触碰到了某种活物的身体。平太郎大惊失色，回头拔刀砍过去。咔嚓！他的长刀被某种金属挡住了。平太郎心中一惊，再次挥刀砍去，却依然没能砍中那个东西，只能看到刀尖相交迸发的火花。

"平太郎吗？住手！我是权八啊！"确实是平太郎的声音，权八无比熟悉。

素闻妖怪善于化成人形蛊惑人心，他虽收回长刀，却依然不敢放下戒心："你如何会在这里？"

"你出门之后，我有些担心，于是便跟了过来……"

确认无误后，平太郎与权八双双收起佩刀，踏上了回程的路。这天晚上平太郎的冒险生涯，就此落下帷幕。不知为何，他与权八都有些怅然失望。

2

时光荏苒。梅雨季节一去，迎来了炎热难当的七月。有一天的傍晚，平太郎与权八二人结伴前往二筋川地区纳凉。太阳落山之后，他们端坐在河边那块白色大石头上，天南地北地胡侃起来。忽然，他们发觉那原本笼罩在大熊山上空的乌云迅速扩张，大有一副山雨欲来的架势。须臾之间，开始电闪雷鸣起来。雷声方才响起，银线般的暴雨便接踵而至。两人慌忙起身，和其他纳凉者一起往家跑。

跑到院门口时，大雨滂沱。两人互道珍重，各自返家。此时，二人都被淋透了，成了落汤鸡，仿佛刚刚游过泳似的。平太郎立刻吩咐家仆六助取来一身干净舒适的睡袍，自己换上。今日跑了好多路，很快就困乏起来，平太郎很快便钻进蚊帐躺下了。仆人六助将主人被淋湿的衣服挂上竹竿晾晒后，也返回自己房间休息。

平太郎即将进入梦乡的时候，忽然听见隔壁传来了六助的呻吟。他冲进去一看，六助仰面朝天躺在地上，四肢不停抽搐。

"啊，你怎么啦？出了什么事啊？！"平太郎大声问道。

六助这才停止抽搐，清醒过来，回答道："原来是一场梦啊……方才我梦见一个身材高大的和尚冲进屋来，骑在小人身上，死死压住我，我几乎要无法呼吸了……"惊魂未定的六助边说边环视四周，生怕梦中的大和尚在身边某处蹿出来。

"你就是个胆小鬼，所以做这种噩梦！"

平太郎忍不住责骂了六助一番后，起身返回自己卧室。经过这一番折腾，他也早已没有了睡意，完全清醒起来。忽然间，一股风吹灭了枕边的纸灯，这股风有着浓重的腥味。黑暗中平太郎睁大双眼，却发觉有熊熊烈焰倒映在通往套廊的纸门上。他大惊失色，慌忙起身开门。可那门竟似有千钧重，纹丝不动，仿佛被人钉死了似的。无奈之下，平太郎只得从纸门处一脚踹开。然而，当他冲到外面的套廊，却发觉外头一片漆黑，连一丝火星都没有。平太郎非常纳闷，陷入了沉思之中。片刻之后，想回屋的他忽然发觉自己被人施了定身术一般，丝毫动弹不得。他心中大惊，下意识地将目光转向庭院中间。只见不远处站着一个人高马大、目露凶光的和尚。和尚迈步向他走来，伸出颀长的胳膊，一把揪住了平太郎的衣领。平太郎吃了一惊，奋力将那和尚的手拉开，因用力过猛的缘故，摔得人仰马翻。这一摔，倒令他摸到了藏在枕边的佩刀。平太郎顺势拔刀而起，猛地朝和尚砍去。和尚一个弯腰避过佩刀，竟钻进了地板下面。平太郎无法钻进地板下，只能另想他法——隔着榻榻米向那个和尚挥刀。平太郎刚举起佩刀，却惊讶地觉察地上的榻榻米不翼而飞。惊愕万分的他跌跌撞撞地在黑暗中摸到纸灯。重新点灯后，平太郎才发觉失踪的榻榻米正安安静静地堆在房间的角落里。

隔壁府中即将进入梦乡的权八被平太郎家的动静给吵醒了。他匆忙冲到隔壁门口，却发现一个十二三岁的小姑娘笑着从屋里冲出来。说时迟那时快，小姑娘猛身扑向权八，一把扼住他的喉咙。片刻之后，缺氧的权八晕厥倒地，过了很久才清醒过来。此时黎明将至，远处传来阵阵雄鸡报晓声。权八听闻平太郎家异常安静，唯恐府上出了事，冲进院门，在门厅口喊了两声。然而，屋里没有任何动静。他只得从侧门进去绕到院子里。一进院子，便发觉平太郎手持佩刀，呆呆地站在原地。权八一进门，平太郎以为爬上套廊的权八是化形的妖怪，于是不管不顾地挥刀砍去。"住手，平太郎！是我啊！我是权八！"权八一声高喊，平太郎才回过神来。权八回府后，便开始生病，并卧床不起。

3

　　天明后，昨夜发生在稻生府的"怪事"被家仆六助四处宣扬开了。很快，全村上下都知晓了这件奇事。平太郎的三位好友武内传吉、横井孙作、森川一平自告奋勇找上门来，要轮流为平太郎守夜，擒住那可恶的妖怪。尚未从昨夜的疲惫中恢复过来的平太郎，将这项重任交予三位好友，自己则去另一个房间歇息养神。三位好友围坐在纸灯边，就此事各抒己见。一个说："这世上哪有什么妖怪！真是荒唐至极！"另一个则煞有介事道："也不能急着下定论，万一真有呢？开开眼界吧。"闲谈之间，时间一分一秒地过去。丑时时分，三人实在找不出话题了，有人提议："不如我们煮壶茶喝吧。"

　　这卧室角落里就有茶具。一位友人起身走去角落，顺手拿起一个茶杯。突然，茶杯毫无借力地浮上半空，在房内飞来飞去。不一会儿，屋内的纸灯也自动浮起，来回打转，仿佛有人将它提起，在空中飞舞。这三人看得瞠目结舌。怪事还在继续,下一个自动浮起的是火盆。只见那火盆徐徐上升,最终在天花板上翻了个身,将一团炭灰撒到他们头上,三人吓得撒腿就跑。

一时间,稻生府发生奇怪的事情成了村中热议的焦点话题。这一天,平太郎的伯父川田茂右卫门专程来到他府上,提出要请平太郎去川田家小住。这位伯父十分担心平太郎自己住在"鬼屋"内会出现什么意外。不过,平太郎年纪虽小,胆量却过于常人。他说道:"请伯父宽心,小小妖怪而已,侄儿不怕,更不必离家。"

听到此话后,家仆六助跪到平太郎跟前,哭着恳求道:"少爷……小人实在不敢在您府上这栋鬼屋当差了。稻生家对小人有恩,我没齿难忘,但小人实在害怕极了!小人自知对不起少爷,还请少爷成全小人,让我走吧!"

平太郎见他可怜,便放他离去。这样,府上就只剩下平太郎一人。

"鬼屋事件"传出之后,养兄新八郎栖身的中山家家主中山源七也前来探望过平太郎。他见平太郎无人伺候,便将自家的得力仆人八藏借给平太郎使用。

此时,好事的村民不分昼夜地前往稻生府周围围观,村官以"妨碍农务"为理由,张贴出一张禁止围观的告示:

近日,稻生府怪事传闻甚嚣尘上,本乡及附近村镇居民争相造访,不分昼夜,前往围观,此举既有碍百姓专心务农之义,也有可能惊吓老弱妇孺。因此,特颁布禁令,即日起,如非必然不得于稻生府前聚集,违者重谴。

备后国三次郡布努村官所

4

黄昏时分，大雨从天而降。这天，养兄新八郎来府中探望平太郎。由于天降大雨，平太郎便留兄长住下。兄弟二人躺在一顶蚊帐中，秉烛夜话。

屋内十分安静，外面的雨声愈发清冷。养兄新八郎生来胆小，他虽故作镇定，假装淡定地与平太郎聊着天，内心却非常惶恐，唯恐真的遭遇妖怪。耳中稍微听到些窸窸窣窣的响声，他便立刻满脸惊恐地朝声音的来源望去。

忽然间，养兄新八郎感觉有东西从门框上掉下，并在蚊帐上弹了一下，随后落在地上，骨碌碌地滚了几圈。他惊慌失措道："那是……那是什么东西？"

"大概是妖怪吧，见怪不怪，其怪自破。"习惯了的平太郎一笑置之。

养兄新八郎仔细一瞧，刚刚掉下来的东西，竟然是他白天穿过的木屐，这太匪夷所思了！他刚想出去捡，可眨眼的工夫，那只木屐踪影全无。新八郎心中盘算，妖怪既已来过，总不会再来一次吧！正要闭眼，却发现自己挂在蚊帐旁边的外套袖口白光一闪。新八郎转头一看，却发现一个人头从袖口里伸出来，望着新八郎露出诡异的笑容。新八郎慌忙钻进被窝，浑身瑟瑟发抖，一夜不敢安眠。

次日，平太郎亲自将养兄新八郎送了回去，顺便在养兄栖息的中山府盘桓一天，直到夜幕降临方才回家。到家时发现屋里有五六位身强力壮的同村青年在等他。

这些青年平素以胆大著称，他们干劲十足地请缨道："今晚由我们来为你守夜！"

平太郎近来已迎送过好多自告奋勇的胆大之士，每批都乘兴而来，破胆而归。他虽觉此事有些滑稽，但不忍拂了众人心意，于是点头道："真是感激不尽！"等到歇息之时，平太郎就将"守夜"的重任交给了青年们，自己去另一间房歇息。

青年们一边围坐在火盆边取暖，一边嘲笑之前铩羽而归的人们。

其中一人摆出一副老江湖的样子说道："茶杯与纸灯怎会自动飞起来呢！必定是隐形妖怪做的好事。只要能抓住这妖怪，一切全都会水落石出！"众人附和。

夜色逐渐深沉。青年们慢慢变得沉默，他们忽然感到屋里异常寒冷，仿佛步入了十月深秋。他们拉紧自己的领口，你看看我，我看看你，都不敢说话。其中有人想用继续聊天的方式来分散众人的注意力，却总觉得房间内除了清晰的说话声，其余地方都幽静得可怕，听到耳朵里的每一个字都清晰无比，能够传到房子的边边角角，甚至还有回音。没说几句，无人敢再吭声。突然，火盆中的火逐渐变旺，最终凝聚成硕大的火球。自诩胆大的青年们被吓得连连后退。那火球缓缓上升，然后猛地落在地上，发出惊雷般的响声。在场的青年们吓得屁滚尿流，慌不择路地逃出门去。

平太郎被隔壁的嘈杂声惊醒。他走进那些"守夜"的青年的屋子一看，这些"义士"早就逃得无影无踪。地上被火球烧出了一块两尺见方的焦痕。平太郎摇头笑了笑，便回自己的卧房继续歇息。

不顺的事情一件接一件。当晚传来噩耗，养兄新八郎再度身染重疾，并卧病在床。

5

有一位名叫"上田治太夫"的人，家住横新田地区，他与平太郎私交甚好。七月十三日，因为一些重要的事情，平太郎特地登门拜访治太夫。后者十分高兴，摆出丰盛的酒宴款待了他。太阳落山后，平太郎才踏上归途。

天空中高悬一轮皓月。平太郎心中愉悦，边赏月边行路。路边有一条名为"三芳川"的大河。平太郎漫步经过河堤，欣赏着月下的河景——摇曳生姿的水面，一道道清冽的月光从上面反射而出，迂回的水流在白色河滩上哗哗作响，在寂静的月夜中愈发清幽。

正前行中，平太郎忽然发现前面有位年轻貌美的女子。那女子一动不动地趴在河边草丛中，雪白的小腿在夜光下显得分外耀眼。平太郎以为是个死人，吓坏了，飞身冲上前去，用力摇着女子的肩膀。

"醒来！喂！"

女子的肩膀开始微微颤动。平太郎见状欣喜，继续喊道："你怎么了？快快醒来！"

女子终于抬起头来，满面惊恐地看着他。尽管脸上呈现出明显惶恐交加的表情，但一张动人的鹅蛋脸依然让人心动。

"在下乃是居住在布努村的武士稻生平太郎，不是为非作歹的坏人！敢问姑娘为何……"

女子一听，端正坐姿，整理一下凌乱的衣衫，羞赧道："妾身从三芳川上游的山脚下而来，被恶人追赶，不幸沦落至此。"

"姑娘受惊了，不知姑娘家住何处？"

女子低头答道："妾身老家本在山北，自幼便父母双亡，由伯父伯母抚养成人。不久前，我伯父身染重病，无钱医治，家境窘困。为报答伯父养育之恩，妾身决定卖身替伯父筹款治病。我伯父素来正直重义，若让他知晓，必然不会允诺，因此妾身便想与一位熟人先私下商谈。伯父家有个熟人，名叫菊次，他谎称认识一位长崎丸山来的客商，近来四处寻找侍女，说要安排妾身与其见面。妾身没想到里面有诈，便于今日傍晚悄悄离家，只身赴约。孰料菊次与那长崎客商心生歹意，将妾身带到这荒无人烟的不毛之地，意图逼奸。妾身宁死不从，瞅准空隙逃出，一路飞奔至此。如今力气用尽，无法动弹，幸好遇到了武士您，希望您能仗义相救！"

"姑娘遭遇好生可怜，此地穷山恶水，不宜久留，姑娘还是先随在下回府去吧。"

平太郎带着姑娘回到自己的家中。仆人八藏完全没想到主人怎么出去一趟，竟然带回了一位姑娘。不过也顾不上想太多，他手忙脚乱，打了盆水来请姑娘洗脚。姑娘十分尴尬，洗净双脚后，慢慢走进客厅等候。

平太郎此时已回房换好一身衣裳，便想着要详细询问一下姑娘的情形。等他走到客厅时，姑娘竟踪影全无。平太郎将府上所有的房间翻了个底朝天，却依然不见姑娘的踪影。就连八藏也不知道姑娘的去处……此时此刻，平八郎才意识到，这姑娘可能就是"妖怪"，不禁苦笑。

6

经常出入稻生府中的猎户作平,近来也听说了"稻生家的怪谈"。这天,他找到平太郎,对他言道:"素闻西行寺的药师如来颇为灵验,只要派人真诚地前去请一幅画像来,日夜念经诵佛,那些妖魔鬼怪就能被赶走了。"

平太郎听后眼睛一亮,便道:"一事不劳二主,可否请你去西行寺替我跑一趟?"

作平当即应允,立刻出发。他从稻生家出发之时已是黄昏。走到途中,太阳便落山了。通往西行寺的必经之路位于一片竹林之中,若在月夜十分好走。无奈当晚乌云骤起,天色阴暗,伸手不见五指。作平是猎户,经常摸黑进山打猛兽,走夜路对他来说虽是家常便饭,但这林间小路委实太暗,诸多不便。正行进间,一束灯笼的亮光映入眼帘。作平心中大喜,来者若是熟人,便能向对方借个火继续前行。走近一看,打灯笼之人果是熟人——一位名叫曾根源之丞的武士。作平与源之丞相交甚笃,一见到他便叫道:"这不是曾根老哥嘛!"

对方也早认出他,说道:"哟,原来是作平啊,深更半夜,你这是去哪儿?"

"要去西行寺办一件事。"

"哦,你为什么连个灯笼都不带,摸黑走夜路多不方便!不如这样,你将我的灯笼拿上,反正我家就在前面不远,闭着眼睛都能摸回去。"

作平推辞几句,最终经不住源之丞的热情,提着他的灯笼前行。刚走出竹林,前面是一片静谧的松树林。作平注意力一直在脚下,可行至松树林中间时，忽然感觉到前方有人。他下意识地抬头一看，只见一名身强力壮、凶神恶煞的高个子和尚挡在他跟前，那张凶狠的脸庞几乎凑到他的脸上。"哇！"作平猝不及防，吓得晕厥过去。

不知过了多久，作平悠悠睁开双眼，发现那凶和尚不见踪影，这时乌云也已散去。皎洁的月光照亮了整片树林。即便如此，心有余悸的他最终还是放弃了继续前往西行寺的念头，连滚带爬地往回跑，连灯笼都忘了拿。

第二天清早，作平专程去了源之丞家。刚起床的源之丞非常惊讶他的到来。

"昨晚分别后，小人在松林里撞见了个凶恶的和尚，吓得魂飞魄散，将您的灯笼落下了，小的特来谢罪。"作平抱歉地说道。

"你说什么？我何时借过灯笼给你？昨夜我们根本没见过啊，又谈什么分别呢？我压根没出过门。"源之丞一脸疑惑。作平闻言顿时傻了眼。

话分两头。却说昨天晚上，平太郎见那猎户作平迟迟不曾返回，心想：天黑路滑，实不该让他连夜赶路，今晚大概是回不来了。二更的钟声响过，他起身去卧房歇息。忽然，他感觉到身后有人在拉自己的袖子。他吃了一惊，回头一看，原来是前夜见到的神秘姑娘。她坐在地上，对他微微一笑。

"妖女，快受死！"平太郎拔下佩刀砍去。那姑娘却宛如青烟一般消失无踪。平太郎苦笑着收刀入鞘。天亮后，作平终于返回，并对平太郎讲述了昨夜的遭遇。见怪不怪的平太郎一笑了之。

说明情况后，作平再度赶往西行寺，终于请来了画像。平太郎将那画像挂在壁龛中，点上清香，摆上鲜花。入夜之后，点起油灯，平太郎端坐在画像前诵经念佛。谁知画中那如来佛像竟自动"钻"出卷轴，在屋内飞行转圈。平太郎看着那画像，面露苦笑。过了一会儿，画像自动"钻"回卷轴里，就像什么也没发生过一般。

是夜，平太郎忽然醒来，发觉大大小小的人头挤满床榻周围。有的发出凄厉的笑声，有的则在蚊帐当中滚来滚去……

几天后的晚上，锁好门窗的平太郎回房，发现一名丑陋的孕妇正仰面躺在卧房的床上。这时的平太郎哈哈大笑，一剑刺向孕妇。须臾之间，孕妇消失不见，只余满室恶臭。

7

其实，关心稻生家的人绝不只作平一人。很多热心人都在为平太郎出谋划策。七月十八日，平太郎的挚友向井次郎右卫门带来一位猎户，这名猎户非常擅长使用捕兽夹子。

这位名叫重兵卫的猎户告诉平太郎，曾经在一个寺庙里出现过一只老奸巨猾的狸猫精，极喜恶作剧，总将寺庙的大般若经抛到空中，吓唬寺内的僧人和进香的香客。后来他亲手抓住了这只狸猫精。另外，某祠堂那只神出鬼没吓唬别人的老猫精也栽在他的捕兽夹下。重兵卫对稻生府的室内和院子进行了一番细致的勘察，最后将捕兽夹设置在院子的矮墙边。

入夜之后，重兵卫躲在府内茅房中，透过门板上的透气窗，专注观察捕兽夹四周的动静，等待妖怪中招的时刻到来。

乌云遮月，寒星点点，阴风阵阵，夜越深越静谧。

重兵卫将脸颊紧紧贴在透气窗框上，眼睛一动不动地盯着自己放置的捕兽夹。忽然间，茅房的门板发出嘎吱的声音，一只如同棍棒般的大手伸进来，抓住重兵卫的脖子，将他重重丢出去。

在屋内静候佳音的平太郎听见动静，以为是妖怪被捕兽夹捕获。他兴奋地举着蜡烛，单手持刀，冲到院子里查看情况。只见重兵卫瘫倒在矮墙边，人事不知。那捕兽夹丝毫未动。

"快醒来！"平太郎用力摇着重兵卫的肩膀，好不容易才将他唤醒。

重兵卫用颤抖的声音喊道："这妖怪不是狸猫，也不是狐狸，而是天狗！天狗啊！"

既是天狗，神通要比其他的妖怪高出不少。平太郎心想：事已至此，要驱赶天狗已无可能。如今看来，唯一的法子就是比耐心了，看自己先屈服还是捣蛋的妖怪先屈服。自那天起，即便有人主动请缨来收妖，平太郎都一一婉言拒绝。

在一个冷雨绵绵的夜晚，挚友阴山庄左卫门的弟弟正太夫专程前来稻生府探望。正太夫与平太郎自小便在一处玩耍，相交甚笃。一番寒暄过后，正太夫将自己的佩刀解下递给平太郎，道："此刀出自日本铸剑名家备前长船派之手，乃是藩主亲赐家兄的宝刀。再厉害的妖怪，都挡不住它的锋芒。今晚就由在下携此刀守夜！妖怪若敢现身，一刀砍死它，也算为民除害！"

藩主亲赐长船宝刀给庄左卫门的故事，平太郎早有耳闻，也十分羡慕。他接过宝刀，只见寒锋清冽，吹发成半，果然一口好刀！

二人聊到夜半时分，开始无话可说起来。就在此时，一个女性人头自厨房里滚出来。正太夫怒喝一声，拔出宝刀便向那个女性人头砍去。人头被砍为两半，消失得无影无踪。与此同时，固定刀柄的钉子因这刀折断，刀身弹到了柱子上，断为两截！两人相顾大惊失色。

"兄长的宝刀竟毁于此处！"正太夫望着那断刀，捶胸顿足道，"事已至此，我只好以死来抵消自己的罪过了！"

说着，他摸出腰间的匕首，准备自裁。平太郎连忙制止道："你一心一意，只想救我于水火之中，这才失手毁了宝刀。若有错责，也该在下承担！天亮后，我与你一同前去庄左卫门府上致歉，这不是你的错误！应该由我来承担！"

"阁下一片好意，我心领了。身为骄傲的武士，绝不能将自己的过错推诿于人……"趁平太郎不注意之际，正太夫拔出短刀，猛地捅入腹部。

平太郎慌忙抓他的手，无奈为时已晚，回天乏术。他抓着正太夫的肩膀，大叫："正太夫！正太夫！千万不能死啊！"然而，正太夫的伤口实在太深，片刻后便在平太郎怀中咽了气。

目睹挚友因自己而死，平太郎心如刀割。他一动不动地端坐在正太夫的尸体前，悔恨交加。在他看来，正太夫虽不是自己所杀，但自己也脱不了干系。因为年轻气盛招惹了妖怪，最终害死了至交好友。消息传出，他今后如何面对世人的责难？再者，妖怪的实力如此强大，连长船宝刀都折损了，自己殒命之日怕就在眼前。既然如此，不如自尽，还能与好友在黄泉路上做个伴。天快亮时，平太郎下定决心，走去另一间屋子，亲手写下两封遗书。一封给伯父，一封给养兄新八郎。之后，他坐回正太夫尸体前，除去上半身的衣服，拔出短刀，准备切腹自尽。就在此时，有人一声大喊："住手！你要做什么！"来人匆忙跑到平太郎身边，夺下他的短刀。

平太郎抬头一看，来人竟是生病多日的邻居权八。

"你何苦如此！"权八抓住平太郎的手厉声呵斥道。

平太郎平静地将前因后果告诉权八，哽咽道："我若不死，愧对正太夫和前来帮忙的亲友，请允许我自裁……"平太郎一边说一边要挣脱权八的手。

"正太夫死了？他的尸首在哪儿？！"权八紧紧握住平太郎挣扎的手，四处寻找尸体。

"他尸身就在你的背后。是我害死了他，岂能独自苟活……"

权八回头向自己的背后望去——可他什么都没看到。

"哪里还能看到什么尸首！"

平太郎愣了一下，如一场大梦初醒一般。此时天已大亮，屋里亮堂堂的。他慢慢放下短刀，疑惑地环视四周。正太夫的尸首不见影踪，就连折断的宝刀也不见了。平太郎苦笑着望向权八，说道："原来是妖怪假扮的！真是千钧一发，若非你赶到，我差点就上了当。"

这时，只听空中有人笑道："幻象尽破日，否极泰来时！"

权八咂舌不已。

8

这日是七月的最后一晚——那妖怪已在稻生府整整折腾了一个月。平太郎独坐灯前，思忖前一夜的情形。要非权八及时赶到，他便中了那妖怪的奸计，结束了自己性命。想到此处，他不禁自嘲："真是太愚蠢了！"他又想起临了那句"幻象尽破日，否极泰来时"，到底是什么含义，他百思不得其解。正想得入神，他抬头一看，只见面前矗立着一位身着正装、腰别双刀的威严武士。

"又是你这妖怪，往哪里逃！"平太郎起身拔刀，以迅雷之势刺向武士。武士微微一笑，缓缓朝身后的墙壁退去。平太郎眼睁睁看着他的身子逐渐进入墙壁，一眨眼的工夫，踪迹全无。

平太郎举着佩刀，不知所措地盯着那堵墙。

此时，墙壁中传出了声音："弃刀吧，年轻的武士，你不可能砍到本王。今夜现身，只是有话告知。你速速收起佩刀，洗耳静听！"

平太郎突然意识到，对方本领要比府中作祟的天狗高出甚多，绝不是他可以对付的小角色。他老实地将刀收回。那威严的武士随后缓缓走出墙壁。

"本王绝非天狗、狐狸之类的妖怪，而是往来于日本各地高山的魔王，名唤'山本五郎左卫门'。那梅雨之夜，本王驾临大熊山，曾与你擦肩而过。当时见你满面衰相，算定你七月必有大劫，便起了恻隐之心，这才派各路异形来你府中消灾挡难。你府中持续一个月的奇怪现象都来源于此。它们为你制造磨难，是为令你度劫，救你性命，绝无害你之心。"说着，武士自怀中掏出一捆卷轴，"此卷轴名为'苍生心经术'，记录了治病救人的咒法。今日本王特将此卷轴赐你，望你早日学成，解救众生。"

平太郎闻言，跪拜于魔王跟前，双手接过卷轴。

魔王颔首道："即刻摊开卷轴，通读一遍即可。"

平太郎便遵循那魔王的吩咐，打开那卷轴，通读了一遍内容。此时，外面恰好传来二更的钟声。

"时辰已至，本王即将起驾前往奥州金华山，此生再也没有缘分与你相见了。"说完，魔王起身向套廊走去。

不知为何，平太郎仿佛失去了至亲好友，心中十分不舍。他跟随着魔王走到套廊，发觉院子里停着一乘轿子。那日正是下弦月，借着月光，他清楚地看见五六十个天狗模样的奇怪生物围在轿子周围恭候。那魔王一到院内，异形们便齐齐跪倒，并磕头行礼。魔王上了轿之后，一片祥云从天而降，将轿子和异形们裹得严严实实，飞往了天空……

同年九月份，养兄新八郎病情恶化，不治身亡。平太郎继承了稻生家家主职位，享受五百石俸禄。

平太郎曾造访过藩主位于江户霞关的藩邸。这个故事，便由他亲口所述。

08

水

魔

1

这是一个春暖花开的温暖夜晚。皎洁的月光自刚吐出嫩芽的银杏树间沐浴而下。浅草地区某间观音堂后面的树林在月夜里显得更加清冷。相邻的池塘边依旧人流如潮。电影的背景乐与嘈杂的话语声此起彼伏。

被官稻荷神社旁边的小酒馆中走出一名女子。她慢慢地从浅草神社后面走过，向着观音堂的方向径直走去。马路右手边生长着一棵高大的银杏树。女子走到树下时，一个头戴礼帽的青年如黑夜里的蝙蝠一样猛地从树后窜了出来，同她擦肩而过。虽然是慌乱之中，女子还是感觉青年的手似乎有意碰到了自己裹着大衣的右手，心中不悦，不由加快脚步离去。

这孟浪青年诡计得逞，便走向女子方才离开的小酒馆隔壁那间荞麦面馆。他来到围墙的转角处，忽然遇见一个熟人。此时，月光倾泻在围墙上的牌子上，照亮了五个大字——"公园第五区"。

"咦，原来是山西君啊？"一位走出小酒馆的客人开口对这青年说道。名唤"山西时次"的青年停下了脚步，看着眼前这个头戴一顶鸭舌帽的小个男子。

"原来是岩本君啊！你这是要去哪里？"

"不去哪里，就在这附近闲逛。你呢？"

"我？原本约了人见面，却出了些状况，只能改日再约了。"

"就你？别吹牛了，还是有些'放不开'吧？"

山西甩了个白眼，道："你一天到晚围着保姆转的人能懂什么？"

"瞧你这嘴，你相好不就是那个经常坐在长椅上的中年妇女吗？"

"我才不会找那种品味低下的女人呢。"

"那便是集市卖假花的姑娘吧？"

"我都说过不会找那种女人了……算了，相逢即是缘，我们到俱乐部去喝一杯，慢慢聊吧。"

两人一边说笑，一边走出仁王门，沿着区公所方向，走进旁边那间小酒吧。酒吧不大，里面摆着六七张餐桌，一共就十来个客人吃饭。两人特意挑了左手最角落里的座位，点了两杯啤酒，立即有熟稔的胖服务员为他们拿来两个酒杯。

"你快点老实交代，你的目标是谁？"岩本冷笑着问道。

"先让我喝杯润润喉咙嘛……"山西抿了口啤酒，瞥了一眼邻桌的男子。此人留着一脸连鬓胡，正盯着眼前两三瓶清酒，看起来并未注意自己这边的情况。"那妞本是柳桥地区出身，如今飞上枝头变凤凰，成为被人包养的小妾，平日里住驹形堂附近的深宅大院里。长得那叫一个水灵……"山西压低声音轻笑道。

"到底是不是啊，小心再被警察请去局子哦！话说昨晚我在千束町偶遇了那位很'关心'你的龅牙刑警，他还探听你最近在做什么呢。"岩本也压低了嗓门说。

"嘿，要是那小妾敢报警，我也无计可施。"

"虽然现在天气暖和了，春暖花开，可警察局的看守所还是很冷哦。"

"承蒙关心了，我刚好有件火红色的丝绸睡衣，非常御寒。"两人很快

120

便将啤酒喝完了。山西又让服务员续杯。他边喝边道："再等十天吧。到那时，你怕是羡慕我都来不及呢。"

"真的假的？你可别吹牛。"眼见山西如此淡定自如，岩本忍不住冷言冷语地想嘲讽他一番。

"千真万确。"

"那到时你可得好好给我讲一下细节啊。"

两人开怀畅饮，由于同属在浅草公园出没的地痞无赖，口头谈论的都是各种香艳的话题。其中岩本家住千束町，平日以张贴电影海报为生。山西则跟随父亲在马道边开了一间理发店。

这时候，酒吧的客人逐渐多起来。他俩饮酒的餐桌旁多了几个穿西装的客人。岩本发觉在这里说话有些不方便，转身看看柜台上的八角时钟。

"啊，都这么晚了，都快十点半了，我必须离开了。"

山西打趣道："老兄这是打算去哪里撒网啊，去找哪个女人呢？"

"今晚我要办的是正经事。"岩本咧开嘴笑道，戴上帽子说，"承蒙款待。"

岩本离去后，山西便叫服务员来结了账。他缓缓掀开酒吧门口的蓝色门布，正要离去，心中却想起他之前的那封恐吓信，就是被他丢在观音堂后方的那封——估计她应该已经发现了吧？

2

外面的风景沐浴在一片皎洁的月光中。晚场电影与话剧全都散场了，街上顿时涌出了很多行人。山西走过传法院外围墙那排小吃摊，快步前往池塘。

　　他边走边兴奋地想，或许她明晚就会来赴约了，时间大致在八点到九点之间……如果岩本知晓这件事，不晓得会艳羡成什么样子……他在脑中幻想着"她"赴约现身时的情景。这位女子是一位开当铺的区议员所包养的小妾，也算是风尘中人。经常光顾他家的理发店。山西在某次机缘巧合之下，得知此女与某个戏子有染，便想借此威胁她就范。他费尽心思查出两人幽会的地点，瞅准时机，将恐吓信放了过去：

　　从明日开始十天之内，务必于夜里八点至九点间到浅草区公所附近的酒吧等我。届时我会在大衣上系一条红丝带，一看便可知晓。若不赴约，我便将一切告知你的"金主"，并将此消息爆料给《浅草公报》。

　　回忆起自己恐吓信所写的内容，山西扬扬得意。看到这信的时候，她肯定六神无主吧？

　　这时天地一片宁静，连一丝风都没有，池塘边的柳树耷拉着笔直细长的枝条，无精打采地站着。电影院里的霓虹灯光，时亮时暗，宛若黑暗中起舞的火焰，挣扎在皎洁的月光里。

　　兴奋的山西信步踏上土桥。忽然，他发现桥对面走来一位娇小可人的少女。这少女皮肤白皙，穿着有印花的鲜艳和服，看上去只有十六七岁。

　　山西立刻被少女的美貌吸引住了。那少女貌似也在漫无目的地漫步，她慢慢悠悠地踱到山西跟前，同他擦身而过。就在擦身之时，少女那乌黑明亮的双眸瞥了山西一眼，差点把山西的魂都勾走了。她是一个人来散步的吗？山西看了看少女的身后，只有三四个醉醺醺的劳工，看来并不是她的同伴。

　　山西立刻萌生了邪念。他一转身便跟上了那位少女。劳工们很快超过少女，他们回头瞄了山西两眼，口中嘟囔了几句，却没出面阻止山西的尾随行为。

过了一会儿，少女慢慢拐入左边树林。那林中光线昏暗，只挂着几盏稀疏的瓦斯灯。行人更是稀少。山西发现林中有打扮得花枝招展的女人在游荡，一看就不是什么良家妇女。路边的长椅上倒坐着几个人，有的凑在一起说悄悄话，有的在抽烟，露出星星点点的萤火。那少女沿着小路，慢慢朝茶馆所在的方向行进。山西则与她保持着一点距离，边走边观察四周的情况——此举不仅是怕惊到少女，更怕巡逻的刑警盯上他。

　　虽然林中的光线阴暗，但少女的白色和服竟然释放出了苍白的光芒，山西能清清楚楚地看到她。他仔细打量着那少女的衣裳，发觉上面的花纹异常奇特，前所未见。那细细的线条，勾勒出类似海藻的花纹，如同大海中的漩涡，很是迷人。眼看少女走过茶馆门前，来到了人烟稀少的水族馆后的紫藤架下，山西觉得机会来了，加快脚步，开口喊道："喂！等一下！请等一下！"

　　那少女边走边回头，白皙的脸颊映入山西眼帘。

　　"小姑娘，你要去哪里？"山西尽量让自己的语气温柔有礼。

　　少女回头看了他一眼，微微一笑。这使山西认定，这小姑娘是个雏儿，绝对手到擒来。

　　"要不要跟大哥哥我一同散步？"

　　少女脚步不停，却边走边回头。山西心痒难耐，早将提防刑警的念头抛到九霄云外，紧紧跟在少女背后。

　　走到观音堂左边时，少女拐进了堂后的小巷。山西心中大喜，巴不得她往暗处行进。

　　"小姑娘你住哪里呢？"山西的腔调越发轻佻。

　　少女仿佛在引诱他，步态更加娇娆多姿起来。

　　"快告诉我嘛，你家住哪里？"

　　少女突然停住脚步，等他片刻后，继续迈步前行。山西壮着胆子伸手去握少女的小手。忽然，迎面走来两三个歌伎打扮的女人，吓得山西连忙把手缩回去。

这个时候，二人已经走到喷泉附近。北方多闻尊天王护法雕像已不再喷水，在皎洁月光照耀下反射出黄色的光芒。山西好奇地瞥了一眼雕像，伸手去摸走在右边的少女，然而却摸了空。"咦？"他定睛一看，那少女竟消失了。山西大吃一惊，在原地找了又找，却连一个鬼影都没找到。

"真是怪事……"山西快步跑到观音堂后面，却依然找不到那位少女的影子。他只好重回喷泉附近，继续毫无意义的搜寻行动。

"这小妞到底去哪里了？"

这天晚上，不死心的山西又到附近的树林里找了一圈，依旧一无所获。即便如此，他还不放弃，跑去仁王门和池塘周围，最终也失望而归。

3

夜晚时分，山西独自来到区公所旁边的酒吧，等候那位小妾赴约。他不时瞥一眼柜台上摆放的八角时钟，或转头看看掀开蓝色门帘进屋的客人。眼睁睁看着时钟的分针走到了八点五十。

只剩最后十分钟了。她今晚到底来不来呢……山西一边思考着，一边下意识地看了看自己胸口上的红丝带，然后又将视线投向门口。这时，一位身穿阔腿裤的高个子学生恰好结账走人。山西恶意思忖着：这小子八成要去小酒馆召妓吧。

想到这里，昨晚跟丢少女白皙的脸便浮上心头，那印花的单衣，白皙的面容，令他春心荡漾。话说回来，她究竟是怎么溜走的呢？不可能当着我的面长了翅膀飞走吧？昨夜那少女神秘失踪，令山西怎么也想不明白。

他单手撑住椅子扶手，将脸颊斜贴于手背上，露出闪闪发光的金牙。就在此时，时钟响了九下。"这么快就九点了呢！"山西瞥了时钟一眼，又将目光投向店门口。门口的蓝色门帘却没有任何动静，丝毫没有被掀开的迹象。

"山西先生，您今天怎么啦？为何如此安静呀？"胖胖的服务员问道。

山西哼了一声，瞄了一眼，懒得理她。他的心思完全放在那尚未到来的小妾身上，急切地盯着酒馆门口，双目几乎要喷出火来。蓝色门帘终于被掀开，来的却是两位结伴而来的客人，那小妾的身影仍未出现。

时钟的分针继续往前滑动，越过了"五"字，又划过了"十"字。山西心中盘算："或许她这两天还能沉住气。倘若过了一两天还不来赴约，我就得再丢一封内容更严重的恐吓信了！"

这时，昨夜那少女的身姿再度浮现在他的脑海中。"说不定今夜还能遇到那个小妞！"想到这里，他竟有些急不可耐，一分钟也不愿意等了，立刻叫来那胖服务员买单。

走出酒吧，天空中仍然挂着一轮皎洁的明月。

他缓缓走向池塘边，一路上仔细打量身旁的路人。当他经过传法院的围墙来到池塘上时，果然发现那位身着印花衣裳的美少女徜徉在人群中。他若无其事地接近，凝视着少女天真无邪的脸庞，露出得意的微笑。

少女也发现了他，看他的眼神十分妖媚。山西心中暗想："今夜我绝不可能再跟丢你了！"

"你昨天什么时候溜走的呢？"山西靠近少女后，便急急问道。

少女微微一笑，却不回答。

"你叫什么名字？"山西又问道。

少女轻声回答："美奈和。"

这是少女对他说的第一句话。"美奈和……你的名字是美奈和啊……"
多可爱的名字！山西对她的怜爱更进一步。

"你家住何处？"

少女又不说话了。

"要不要跟哥哥我一起散步？"

这时，山西察觉到附近的路人都在看他，只好闭上了嘴。

少女笑了笑，穿过土桥朝山上前进。山西心里很高兴，他以为这少女
的意思可能是约他去山上的长椅聊天，便高兴地跟了上去。

"不如在这里稍做歇息？"

少女依然不说一句话，转身走进了右手边的小路，走向池塘中的小桥。
桥边因为月光被路旁茂密的树枝挡住，漆黑一片。

两人走上小桥之后，山西更是迫不及待地靠近，想握一下少女的玉手。
可是他再次震惊了——少女又一次神秘消失了。

山西心痒难耐地又在周围一通好找。从桥对岸走过的一双男女，瞥见
山西那急不可耐鬼鬼祟祟的模样，立即加快了脚步离去。

4

次日晚间，山西再度来到池塘边。他先到酒吧等了好久，都快十点了，
依然没有见到理应就范的小姜，便干脆出来寻找那位神秘的少女。

走到公园的时候，里面的演出已经结束。池塘四周的人影顿时稀疏起
来，可那少女迟迟未露面。走累的山西不时在山中或林中的长椅上歇歇脚。

最终，他在江川边看踩球杂耍表演时，灰心地想：今晚怕是没戏了。

本想打道回府，却又不甘心就这么灰溜溜地回家，话说邮局旁边在肉铺上班的那个姑娘姿色也可以……

今夜的天空被一层薄薄的云彩遮住，月光愈加朦胧。街上的人越来越少，"哗啦啦……"到处充斥着商铺拉下卷帘门的声音。整条街陷入阴暗之中，店铺关了一大半。山西踩着木屐，沿着石板路，向电车大道走去。

步行至商店街中央时，他忽然发现右手边小巷中走出来一位少女。不是别人，正是他魂牵梦萦的神秘美少女。她依然穿着那身印花鲜艳衣裳，简直美得不可方物。

"晚上好！"山西跟她打招呼道。

少女闻言停下脚步，转过白皙的脸庞看着他。

"美奈和小姐，昨晚你怎么又溜走了呢？"

少女不发一语，莞尔一笑。

"你这是要去哪里？"

少女望向电车大道的方向。

"正好顺路，我可否跟你同行？"

少女轻轻点头，随即迈步前行。山西紧紧跟上，边走边想："今晚一定会留心，绝对不会再让你溜走！"他眼睛一动不动地盯着少女，唯恐她再度消失了。

离开商店街不远，少女向吾妻桥走去，她沿着车道一路前行。眼下靠站的电车应该是末班车，上下的乘客很少。山西美美地想，少女该不会是带他去花川户的便捷旅馆，想要和他一起共度春宵吧？

"今晚我们还不如去一家我熟悉的旅馆？我请你吃美餐好吧？"

少女终于回头看了他一眼，笑着说道："请跟我来吧。"

"你有熟识的地方？"

少女点点头，脚步加快不少。"这小姐到底是何方神圣？该不会是出卖

127

色相的流莺吧？"山西虽然大起疑心，可他怕坏了好事，不敢强求少女去自己熟悉的旅馆，乖乖地跟在她的后面。

二人缓缓经过吾妻桥边的警亭。一位站在门口的巡警用警惕的目光盯着这对奇怪的组合，山西的背后感觉到了阵阵发凉。

"你的脚疼吗？"看到巡警的怀疑，山西特意表现出对少女关怀备至的样子，果然，此举打消了巡警的怀疑，巡警不再盯着他们看了。

二人从桥上走过，脚下木屐发出清脆的响声。桥下的隅田川仿佛一条流动的灰色地毯，径直通往神秘莫测的世界。

桥的另一边也有一座巡逻警亭，但巡查的刑警正靠在门口打瞌睡，山西心中长舒一口气。少女在桥墩左转，走上了河岸。山西看看四周，右手边是啤酒公司的砖瓦厂房。红色的砖块，就好像浸透了干涸的血迹一般。这一带人迹罕至，山西心中灵光一闪：或许少女其实并没有地方可去，只是不好意思告诉他，所以才会跑来这种人迹罕至的地方与自己成就好事。

"我们还没到吗？还要走多远？"山西诧异地问道。少女回头笑笑，那表情仿佛在说："前面就是。"

"我们这是去你家吗？"

少女摇头，依然无语。此时，两人已经行至桥墩转角处。河岸边不远处有一座公共厕所。一到这里，少女突然快步跑向岸边的石堤。山西唯恐少女再次溜掉，迅速在后面追赶。说时迟那时快，只见少女扬起印花花纹的袖子，飞身蹿入石堤后荡漾的河水。然而，诡异的是，山西竟没有听到哪怕一丝水声。他站在堤上目瞪口呆，眼睁睁看着那少女渐渐沉入水底却无能为力。片刻后，少女散开的秀发完全没入水底，也完全看不到了。吞噬了少女的河水，倒映着阴冷的月光，恍若无事般，未起一丝涟漪。

回过神的山西在岸上如热锅上的蚂蚁团团转，他死死盯着河面，希望能看到少女浮出水面。情急之下，不会游泳的他甚至伸手去解自己的腰带，准备下水救人。

无奈，水中的少女再也不曾现身。山西这才意识到自己的窘迫处境——若刚才被人撞见他与投河自尽的少女走在一处，刑警一定会以逼奸致死的罪名逮捕他，那时真是百口莫辩。他立刻将下水救人的念头抛在脑后。见四下无人，他迅速系好了腰带，转身离开。

5

一位美少女当着山西的面投河自杀了——山西一整天都陷入恐惧之中。他连门都不敢出，只是躲在家中哆哆嗦嗦。这几天，他从早到晚都在仔细研究理发店订阅的两三种报纸，唯恐在报上看到"河边发现无名女尸"的消息。出人意料，四五天过去后，报上依然没出现这类新闻。山西的心稍稍放宽，或许女子的尸体被河水冲进了大海里。即便被人发现，也没人知晓少女的第一死亡现场。于是，在第六天晚上，山西终于鼓起勇气走出家门——一个平素夜夜笙歌的人突然闭门不出，反而更让四周的人们起疑。

出门后，他想起好久没去千束町的假花店寻开心了。于是他从仁王门穿过公园，步入猿之助小巷。这附近穿街小巷极多，路况堪比迷宫。一两年之前，这里矗立着好几栋竹栅栏围绕的小房子，都是暗娼的窝点。不过今年政府明令禁娼后，这里只剩下一栋屋子了。这屋子门口悬挂一块写有"假花店"字样的招牌，若有人进屋去看，架子上果然陈列着各式各样的假花，里面却另有乾坤。

山西在小巷中左转右拐，穿过几栋房子，终于找到一间挂着红灯笼的小型餐馆。淡红色的月亮终于熬过了一个多小时的黄昏时分，在房檐上亮了相。消遣之前，山西想先到这小餐馆填饱肚子，就掀开门帘走进店中。此刻，店里只有一个学生打扮的男顾客，正低头津津有味地吃着热气腾腾的关东煮。

山西与这家店的老板颇为熟稔。他一进门便高喊："来瓶热酒！"

年长的老板从右边架子上取拿下一瓶酒，拧开瓶盖后，递给身后的服务员，并交代道："给客人热热再送去。"

老板身后摆着一个热腾腾的长火盆，火盆上夹着一只铜水壶，发出"咕噜咕噜"的声音。有位少女坐在火盆边，貌似是新来的服务员。

"好的！"那少女接过老人递给她的酒瓶，将其浸在铜壶中加热。

"要什么下酒菜佐酒？"老人用长筷子搅动锅里的菜肴，抬头问道。

"酒糟乌贼来点吧。"

"哎哟，客人，真不凑巧，乌贼卖光了，油豆腐倒还有一点。"

"那就来油豆腐和鱼肉山芋饼吧。"

老板从盛下酒菜的大锅中夹出山西点的小菜，一一摆放在他面前，又为他拿了一个空杯子。此时酒也热好端上来了。腹中饥饿的山西没细看送酒过来的服务员，低下头来大吃大喝。很快，这杯酒就见了底。

"老板，再来一杯！"

老板答应一声，手中正切着酱菜，忙不过来。于是他回头喊道："美奈和！我抽不出身来，你再为客人热一杯酒！"

美奈和——猛然间听到这个名字，山西面如土色，急忙转头去看为他热酒的少女。只见屋内铜锅冒出腾腾热气，一位少女从热气中直起身来，伸手去拿架子上的酒瓶。许是察觉到他灼热的目光，那少女回头望了他一眼，莞尔一笑。那如丝的眼眸，以及眼中的款款柔情……分明便是那个投河自尽的少女美奈和！山西心中打鼓，目光下移，那少女身上穿的，也是那件泛着亮光的印花衣裳。他手一哆嗦，手中的筷子应声落地。

"老板！我不喝了！结账！"

"啊？为何不喝了呢？"

"不喝了就是不喝了，一共多少酒钱？"

"二十钱。"

山西用颤抖的手从钱包内掏出两张十円的纸币，一股脑丢到柜台上，头也不回地冲出门去。他早没了去"假花店"消遣的兴致，专挑人多热闹的地方行走。无奈他已被吓得失魂落魄了，连路都分辨不出。就这样在同一条小巷反反复复走了几个来回后，他终于走到了一条人声鼎沸的大路。此时，他的心情也稍稍平复了一些。"真是见了鬼了！……投河自杀的女人如何突然出现在眼前？莫非她怨气冲天，想找我索命？"一念及此，他感觉魂飞魄散。这时，他眼前出现了一家灯火辉煌的酒吧，他想进去喝几杯压惊，连忙走了进去。这家店里摆着两三张用寒水石做的高级餐桌，此时顾客盈门，热闹非凡。他走到角落，找了个位置坐下。

"快去个人招待一下，有客人上门了！"正站在柜台为其他客人结账的服务员朝柜台里面喊道。不一会儿，一位身材挺拔的女服务员悄然走到山西眼前。

"您想点些什么呀？"

"先来一瓶啤酒。"山西闻声抬头望去——他抬头看到的竟然又是美奈和那张千娇百媚的脸！山西吓得脑中一片空白，不顾众人诧异的目光，几乎是连滚带爬地逃出那家酒吧。

不知跑了多久，山西忽然听见背后有人叫他："喂！山西君，出了什么事！如何慌成这样！"那人一边说，一边拉住他的肩膀。

山西停下脚步回头一看，原来是臭味相投的岩本。

"你如何被吓成这样？又闯了什么祸？"岩本幸灾乐祸地坏笑。

山西一言不发，只是用闪烁不定的目光打量岩本的面庞。

"你到底怎么啦，被狐妖迷住啦？"岩本哑然失笑。

山西这才平静下来。

"哦……没什么，刚刚受了点惊吓而已。"他敷衍道，但声音中透着嘶哑，明显被吓着的样子。

"不说算了，咱们去酒吧喝两杯去！"

一听喝酒，山西心中就会犯嘀咕，不过他想：两个人去酒吧总不会再有问题了吧。于是二人结伴走到区公所旁边的酒吧。惊魂未定的山西不敢先进门，只能躲在岩本身后颤抖着走进店门。进门后，他先将店里四五个服务员的面庞瞅了个遍。看完后长出一口气——太好了，每一位都很眼熟，没有不认识的人。

"你到底在怕什么，贼眉鼠目的……"岩本不满地嘟囔道。

山西不理他的牢骚，放心大胆地坐下。

"来两杯啤酒吧。"岩本对服务员说道。

"不，我要一杯威士忌。"山西想用高度酒为自己壮胆。

不一会儿，二人点的酒相继送上。

"大概有四五天没见到你，去哪里晃悠啦？"

"理发店里这几天有点忙，实在走不开……"

"你骗谁呢，我晓得，肯定是被刑警严重警告了吧？这还是怪你自己，为什么要盯上驹形那个被人包养的小妾……"

山西有点后悔那次说漏了嘴，辩解道："不不不，真是店内有事……"

"你这急赤白脸的样子，看来真是倒了大霉啊！"

山西唯恐岩本知晓他惹上的麻烦，只能极力辩解。

"唉，既不承认，我就当你这两天是因为店里忙走不开吧。"岩本意味深长地坏笑起来。

就在这时，酒吧门口的服务员冲他们这边喊道："山西先生，外面有客人找您！"

山西吃了一惊，抬头望去，只见店门口站着一位女仆打扮的年轻女子，一看便知道她是专程来店里找人的。山西唯恐再次"撞鬼"，于是仔细将那女仆上上下下地打量一番，确认那十八九岁的女仆与少女美奈和毫无相似之处，这才放下心来。

"山西先生，这位客人前来找您！"服务员指着女仆望向山西说道。

山西心中灵光一闪：这女仆该不是那个就范的小妾派来的？他连忙起身，出店门走到那女仆面前。

女仆彬彬有礼地笑着问道："请问您就是山西时次先生吗？"

"不错，我便是山西时次。"山西回答道。

确认无误后，那女仆便从怀里掏出一个蓝色信封，递给山西道："请您马上给我家主人一个回复。"

山西拆开信封一看，里面写着："妾身有要事与君当面商议，还请您不动声色地离开，我的女仆会前头为您带路。"读完后，山西喜形于色，果不其然，这封信就是那驹形的小妾所写。

"你稍等我一下，我结了账就跟你走。"山西走回位子，小声对瞠目结舌的岩本说道："我有事出门一趟，你回头帮我一起结账。"说完，从钱包内掏出两张五十块钱纸币递给岩本。

"鱼儿终于咬钩啦？"岩本眼中流露出嫉妒的神色。

"或许吧。"山西不再与他啰唆，快步走到门口，跟着女仆离开了酒吧。

岩本既眼红又好奇，真想亲眼看看女仆带山西去哪里。他当机立断，掏出一些钱，往桌上一丢，喊道："服务员！我将二十块放在桌上了！倘若不够，我明晚再来补！"说完，他就迫不及待地冲了出去。

门外云雾缭绕，月色朦胧。岩本心中琢磨，那小妾既然住在驹形，那就往右追吧。果然，没多久，他便看到女仆与山西并排走在前面不远的地方。

那女仆身着蓝色的友禅布衣，容貌秀丽。岩本心中感叹道："这十六七岁的少女好漂亮啊，做个伺候别人的下人未免有些委屈……"

话说山西与那女仆走过小路，从铁轨上穿过，在街对面转向驹形方向。岩本始终与他们保持着一定的距离。不知为何，岩本觉得那女仆的身子不时会被灰白色的雾霾包围，渐渐有点模糊……

即将到达驹形堂门口，二人快步穿过铁轨，步入下坡路。岩本小心翼翼地跟在后面，唯恐被人发现。他心中妒火中烧："果然是那个美丽的小妾啊！山西那小子究竟如何勾搭上的呢！"

只见两人行至驹形堂后侧小路，往回绕了几里地。不知转到何处，那女仆打开旁边一扇黑乎乎的小门，示意山西走进去。女仆紧跟着也侧身钻进去，她一边关门，一边将那副白皙娇小的脸庞转向岩本追来的方向，诡秘一笑。之后，她缩进了里面，关上了门。

"可恶，居然进到府中了！"岩本边懊恼边往那小门走去。这户人家共有两层屋子，围墙用旧船板制成，门槛下亮着一盏阴暗的小灯。一块名牌高悬门边，上面写着"山口花"三个大字。一看便可知晓这房主是个女人。

"等着吧，我决不会让你独自在里面风流快活！"岩本盯着名牌恨恨地想，却始终不敢进去，只好转身离去。

6

大约五六天后，山西的母亲忽然寻到岩本在千束町的家中。见了面岩本才知道，山西已多日未曾回家，而且他失踪的日子，算起来便是去驹形的那个晚上。思前想后，岩本便将那晚的所见所闻和盘托出，并自告奋勇带山西的母亲寻到了驹形那女人的府上。

前来应门的是位上了年纪的老女仆。听闻来意，她便带来了看起来二十五六岁、梳着圆形发髻的女主人。

"六天前那晚，我儿子有没有到过您府上？"山西的母亲心急如焚，开门见山道。

"您的儿子……究竟是哪位？"女主人一脸莫名地问道。

"他的名字叫作山西时次。"

"山西时次……我不认识您的儿子啊……"

"怎么可能？我儿子已足足六天不曾回家，这位岩本先生是他最好的朋友，据他说，我儿子失踪之前曾与他一同在酒吧喝酒，是您委派的女仆将他接走。当时岩本先生有些好奇，便一路跟踪他们，目睹他们七弯八拐，最后从后门进了您府中……"

女主人越听越惊讶："您可能搞错了！我家后门开在河边，不跟陆路相通，只有坐船才能到达。这位先生你怎么可能看到他从后门走进府中？再者，您所见的'女仆'是替你们开门的这位吗？"

岩本回答："不是这位，那人皮肤白皙，大概十六七岁，穿着印花花纹的衣裳。"

女主人斩钉截铁否认道："啊，那您肯定搞错了，我家的仆人只有这位老侍女。若不信，您可以去四邻打听。我家从未有十六七岁的少女仆人。"

山西的母亲与岩本无话可说，只能失望地告辞。岩本很不甘心，毕竟他曾亲眼看到山西与女仆走进一扇黑乎乎的小门内。他走到女主人屋子附近仔细观察。结果发现山西那夜所进的并非后门，而是边门。那边门上刷着一层白灰，他伸手轻轻一推，门就开了。门外也不通女主人的院子，而是一条一米多宽的小道。进门后，小道左手边是女主人家的围墙，右手边是隔壁人家的围墙，围墙高不可攀。

二人沿着两堵墙之间的小路走到底，发现前面无路可走，只有一条很像走廊的栈桥，栈桥紧靠河边的石堤，尽头便是隅田川碧绿深邃的水面。若山西跟着心怀叵测之徒来到此处，其归宿怕也只有这阴森恐怖的河水了。二人盯着河面看了好久，面面相觑，无言以对。

　　不久后，隅田川内生存着"神秘水魔"的消息不胫而走。

　　而山西至今杳无音信。恐怕世人再也见不到他了。

09

山寺之灵

住在旅店中的武士与旅馆老板已手谈数局。即便是乐趣无穷的围棋，下久了也觉得厌腻。于是武士便与老板一同来到了旅馆的后院。他居住的这家旅馆，位于箱根汤本温泉附近。院子位于一片捣蒜钵似的洼地下面，前方则有一条形似药碾的溪流。下午四点多时，太阳已失去了那刺眼的光泽，只无声染红溪流旁的山林。山脚下小河岸边开满了红紫相间的杜鹃花，与碧绿深邃的树叶相映成趣。武士被这美景感染，低头看看艳丽的杜鹃花，又仰头远眺山峰。眼前这座山虽不太高，但遍地绿树，好似一块深绿色的天鹅绒。那武士非常喜爱这座山的外形，便望向老板道："我想上那座山看看。"

　　"您说的，是那……那座山吗……"

　　老板面露难色，结结巴巴地说道。

　　武士没注意老板的脸色，自顾自说道："眼下离饭点还有很长时间，倘若现在上山逛逛，晚上兴许能多吃些。"

　　老板思索片刻，终于决定实话实说："那座山是山灵的地盘，此时登山恐怕不大安全呢……"

　　"山灵？老板你在说天狗还是树精啊？"武士不以为然，笑道，"我原本以为那就是座普通的小山包呢，你如此一说，我非去不可了。"

"这……这……这可不能胡说啊……小人父亲过世前曾叮嘱，不可随意登山，倘若上山的人对此山一无所知，或可全身而退；可若明知道有山灵，还要贸然地闯上去，必将受到惩罚。以往常有不听劝的客人执意上山结果一去不复返的事情发生，也有人因迷路不凑巧撞到山灵，回来之后便一病不起。客人，小人所言，句句属实！"

"老板，你来瞧瞧我腰上挂的这些牌子吧——我可是幕府将军大人的亲戚、纪州侯府里的武官。身为堂堂武士，一言九鼎，说一不二。即便山上真有天狗树精，我也要去走一遭。你若是不敢，我一个人去便是。"

这位武士这次出行的目的地本是江户的纪州藩邸。由于时日宽裕，不急于赶路，便计划在箱根地区逗留几日。旅馆老板是位老实厚道的好人，唯恐旅馆的住客在山上出了什么意外，毁了自己不说，还影响自家旅馆的声誉，所以百般劝阻。

"可是尊贵的客人，箱根山自古以来便是山灵的驻地啊……"

"世上哪有如此荒诞无稽之事。你便在旅馆静候佳音，我独自前去。堂堂武士，岂能胆小如鼠。"

"但是客人……"

"你休要再劝，我一定要去！"

说完，这武士便从院子的右边那扇竹编的栅栏门出发登山。之前他曾经由那道小门到溪边去过一两趟，也算得心应手。门后乃是一片草地，向右走便出现一条通往箱根八里街道的捷径。沿着那条小道一直往前走，便能看到一座小桥，穿过这座小桥，就能去到河对岸。

武士心中笃定，他慢慢地穿过草地，沿着捷径往山上前行。

走到半路，前方出现了一棵外形像极栗树的大树，长长的树枝耷拉到武士面前。他下意识地抬头一看，一条巨蛇映入眼帘。那巨蛇身上有灰色条纹，足有两米长，下半身死死缠在树枝上，上半身高昂浮于半空中，口中还吐出了血红的芯子。武士连忙停下脚步。那条蛇没有攻击他,松开树枝,掉在地上,蜿蜒爬入了茂密的矮竹丛中。武士继续前进,起初,从旅馆远眺此处,本以为这一带是一马平川的草原,可过来一看才晓得,这里原来是与人等高的箱根特产——矮竹与树木混杂一起形成的树林。武士心中暗想,此处草木如此茂密,怕是看不到草原盛景了,心里生出一点不好的感觉,甚至萌生了原路返回的念头。就在此时,武士右脚的木屐似乎踩到了某种外形像枯枝,却比枯枝更柔软的事物。武士莫名惊诧,迅速后退一步。定睛一看,脚下踩到之物,竟是一条足足有三尺长的巨蛇。巨蛇全身被黑色的鳞片所覆盖,在太阳下闪闪发光。武士伸手紧握刀柄,全力应敌。巨蛇倒不慌不忙,缓缓向右边蠕动,其身下的树叶沙沙作响。唰!武士先下手为强,手起刀落。他将刀重新插回刀鞘时,巨蛇拖着血淋淋的断尾钻入草丛,踪迹全无。武士一侧的嘴角扬起,冷笑一声,继续前行。

矮竹与树木交错的丛林道路起伏不定,满地都是荠菜似的野草。武士不时压低头颅,以免踩到一些莫名其妙的玩意。"轰隆隆",从远处的小路传来阵阵奇怪的声音。难道是武士方才经过的那条溪流的流水声?

前面的树林愈发浓密。武士行走的时候必须不断用双手分开枝叶。他才刚走过,身后的矮竹与树木便悄无声息地恢复原状。不过,浓密的树丛也壮大了武士的胆量。走了一公里后,沐浴着残阳的天鹅绒山顶便出现在武士眼前。他来到了山底一片平地上歇脚。这里到处都是开花的小树。武士不知树的名字,只见枝头的花朵粉如菊樱,艳似山茶,洁比玉兰,丽像牡丹,清若蜡梅,娇过杜鹃。花林之后则现出山峦的轮廓,盘旋蜿蜒,如同假山。这平地陷入山坳,虽无法眺望远处的风景,但漫山遍野的花朵别有一番风味。黄莺一般的鸟飞舞在枝头。云雀似的鸟儿高歌入云天。夕阳西下,天空布满彩色云霞。飞上天空的鸟儿偶尔将身影隐于云端,只闻其声,不见身影,片刻之后,它们便会挟雷霆之势冲落入花丛之中。大树下面铺满翠绿色的草皮，仿佛一张柔软的绿毛毯。

武士看得心旷神怡，心想，此地景色如此秀美，旅馆老板居然卖力拦阻，不许他上来，真不可理喻。山下已然美成这般，山顶的风光恐怕更美不胜收。心中起了这样的念头，他尽快赶到山顶的希望更加迫切。若早些登顶，或许能在太阳落山前回到旅馆。武士昂首望去，只见碧绿青草之间静静流淌着一条清澈的小溪。小溪中间架着一块大石板，貌似为给人过河所准备。他便踩着那块石板，向对岸的花林走去。花林中的景象赏心悦目：鸟儿在花枝间嬉戏，鸟鸣声萦绕耳畔，花香更是让人神清气爽……

武士本以为花林只有一公里那么长，但走了很长时间都没有走到尽头。疑惑的他估计走了足有七八公里，却依然没有走出。他不禁驻足不前——就在此时，一座古色古香的小门出现在他眼帘中。

"那仿佛是寺院的山门呢！"

武士顿觉轻松不少。他昂首挺胸地走进那门一看，发觉山门后是座拥有一间大殿的小小寺庙。大殿的门窗大开大敞，正门口的墙边放置了佛坛，佛坛上供奉着一尊稍褪色的金佛像。院子内杂草丛生，十分荒凉。武士本以为这是个荒寺，便径直向大殿走去。大殿破旧不堪，连套廊都没有，里面则铺着早已发黄的破草席。进殿后，武士下意识地将注意力转向佛坛上的佛像，惊讶地发现那尊佛像缺少左眼。武士从不曾见过独眼佛像，更不相信世上还有如此造型奇特的佛像，一度以为是自己眼睛出了问题，于是仔细地端详起佛像来。然而，他却发现，这佛像的确缺少了左眼。武士思忖道：大千世界，无奇不有，世间竟有如此不可思议的佛像。这时候，他忽然发觉殿中有人声传来，便向大殿左侧望去，只见有一老一小两个和尚正在那处下棋。老和尚身形消瘦，身穿破烂不堪的灰色法衣。本以为进了无人荒寺的武士大吃一惊，便想上前询问一番。谁知他定睛看去之时，发觉侧身下棋的老和尚也缺了左眼。武士既吃惊又好笑，将目光投向对面的小和尚。果然不出所料，那位小和尚没有右眼。

"怎么佛像和两个和尚都只有一只眼睛呢……这未免太诡异了……"

武士惴惴不安，再次望向佛坛处。只见佛坛两侧放置了几尊罗汉雕像，这些罗汉也都缺少一只眼睛。武士又抬头望了望天花板，上面有用深蓝与朱色的颜料绘制成的一幅天女凤凰图，画中那些天女与凤凰全都是独眼。接着，那武士望向大殿右侧墙壁——墙上也有一幅年代悠久的壁画，颜料都快掉光了。壁画中刻画了仙鹤、乌龟与野鸡之类的动物，栩栩如生，但无一例外都是"独眼龙"。那两位和尚下棋的地方也有壁画，画中的狮子与麒麟也仅有一只眼睛。武士越看越觉得瘆得慌，但还是故作镇静地望向那老和尚问道："请问此为何处？"

老和尚脸上露出悲哀的神情，连连摇头道："施主为何至此？唉，此寺名为'独眼山一目寺'，平常人来之不祥，施主为何以身涉险呢？"

说话时老和尚的语气中竟带着一丝哭腔。

武士一听这话，心中打鼓。但他的自尊心不许自己不战而退。于是他脱下木屐，走近佛像面前，从怀里摸出了钱包，掏出一枚小金币，将其供奉在佛前。

"还请佛祖看在这香油钱的分上，睁开另一只眼睛看看吧。"

他的话刚说完，那佛像竟张开发黑的大嘴，狂笑三声："哈！哈！哈！"继而，老和尚、小和尚、罗汉像、天女、凤凰、孔雀、仙鹤、野鸡、狮子、麒麟……殿内所有事物都放声大笑起来。笑声中充满了嘲讽之意。武士吓得面无人色，他穿上木屐，连滚带爬地逃出大殿，冲出寺院。此时，天色越发昏暗。

正逃窜间，忽闻背后传来人声："老爷，老爷，需要坐轿子吗？"武士缓缓回过神来，回头望去，只见路边停着一座宽敞的大轿，轿夫们都坐在旁边休息。武士无暇多想，只求尽快离开这可怕的地方，便道："哦，很好，那就速速送我去汤本的旅馆吧。"

那轿夫起身对同伴说道:"喂,兄弟,这位老爷要坐我们的轿子啦!"

"好!"

于是两位轿夫撤下了撑轿子的木棍。那武士走到轿子跟前,正要抬脚上轿时,不经意间看到了前面那名轿夫的脸——他身材高大,鼻头发红,而且——只有一只右眼!武士心中暗想:该不会,另一个轿夫也是……他借故回头望去,只见后面的轿夫也缺了左眼。武士心中打鼓,又不敢让轿夫们瞧出端倪,只得强撑着上了轿子。

"今日为何老是遇到怪事!"

就在这时,后面的轿夫高声说道:"这位老爷,小人们是本地人,知道去汤本的捷径,但这小道异常颠簸,您若睁着眼睛,身体特别难受,所以请您闭目养神,休养一段时间吧。"

武士心想,这两个轿夫看起来不晓武艺,若敢轻举妄动,他随便一刀就能撂倒他们。

"哦,那我就闭眼休养一会儿吧。"

前面的轿夫附和道:"唉,两只眼睛的人往往容易迷失。"

武士不曾深究他话中深意,叱道:"少啰唆!快点出发!"

后面的轿夫又提醒武士道:"这位老爷,请您快些闭上眼睛,路途颠簸,我们请您睁眼时您再睁,千万不要随便睁眼哦!"

"知晓了。"

听他答应了,轿子悄然离地。感觉轿子移动后,武士便闭目养神,用心感受四周的动静。可是,轿子出人意料地平稳,没有任何抖动,不知是因为路途太平坦,还是轿夫的脚根本不曾着地的缘故。

武士正胡思乱想,轿子一直以风驰电掣的速度前行。他只觉风声在耳后不住呼啸,心中十分好奇轿夫走了哪条路,又如何走得这样快,但他毕竟已经答应轿夫不睁开眼睛，身为武士，自然不可食言。

后来，武士甚至觉得自己乘坐的轿子长出了翅膀，正在空中展翅翱翔。此时，迎面吹来一阵阵冷风，甚至比隆冬的寒风更加凛冽，几乎要将他的耳朵扯裂。

"客人您千万不能睁眼！"

"稍微容忍一下！马上就到！"

两位轿夫的语气比方才更加凝重。轿子行进的速度愈来愈快。耳边的呼啸声更加强烈，和狂风骤雨一般。这轿子走得如此之快，早该到汤本旅馆了吧？——武士脑中才刚刚冒出这个想法，轿子便突然静止了。

"这位老爷，到地方了！"

"您请下轿！"

武士慢慢睁开双眼。与此同时，轿子前头触地，猝不及防的武士一下从轿内跌了出来。他面色苍白，慢慢回过神，向四周望去，结果发现自己正站在一片昏暗异常的陌生地方。他已顾不上责骂轿夫，急忙环视四周。映入眼帘的是一座宏伟的府邸，两边的长屋灯火通明。身后也有一座大宅，还有一望无际的砖瓦墙。街上稀稀拉拉的几个行人正行色匆匆地赶路。

"没听说箱根有这种地方啊！"

武士仔细观察了周围的景色，却依然没搞清身在何处，回头询问的时候，发觉轿夫和轿子全消失不见了。就在这时，有两名提着灯笼的男子向他这边走来。武士连忙拦住他们问道："打扰了，请问这里是什么地方啊？"

提着灯笼的男子止步不前，警惕地用灯笼照了照武士的脸，答道："此处乃是某地纪州的藩邸啊。"

"什么？此处是某地纪州的藩邸？难道……我竟到了江户？"

武士的震惊之情无法用语言描述。持灯的两名男子面面相觑，点头道："没错，这里就是江户啊。你都不晓得自己到了何处？"

"哦……是这样……"

那武士陷入了沉思。他忽然意识到，自己刚被旅馆老板所说的"山灵"狠狠地捉弄了一番。堂堂纪州藩的武士，竟被一些天狗树精耍得团团转。他气得咬牙切齿，但转念一想，若此事被上司知晓，必定会遭受责罚。受罚也就罢了，万一把全家人都牵连进来，可如何收拾。好在眼下天色已晚，只要他不曾泄露，其他人绝不会发觉此事。想到这里，那武士长出一口气，快步走去藩邸的小门报到。

"有人值夜吗？"

守夜的门卫替他开了门。

"我乃是藩国来的使者，特来报到。"

武士办完手续，走进藩邸，住进长屋。原本他打算造访一下隔壁邻居，无奈天色太晚，也不好意思打扰别人，便决定先休息，次日再去探访。睡到半夜时，武士忽然惊醒，发觉油灯旁立着一个人影。武士大惊失色，定睛一瞧，那人身材瘦弱，面色苍白，穿着一件灰色的破旧法衣。没错，正是他在箱根山寺中遭遇的独眼老和尚。

"混账！竟敢消遣老爷！"

武士伸手便要取刀。正在这时，老和尚开了口。他的声音依然羸弱，仿佛来自地底深处，语音听起来让人胆战心惊。

"世人为何总爱逞一时的威风？人生苦短，譬如朝露，是福是祸，犹未可知。"

"胡说八道！"

武士拔出刀砍下去。那老和尚却化作一团青烟，消失不见了。武士环视四周，根本找不到老和尚的影子，只能将刀收好，重新钻回被窝。不知睡到什么时候，武士再次从梦中惊醒，耳边再次传来悲凉的声音。他睁眼一看，油灯旁边再次出现了那老和尚的影子。

"人生苦短，譬如朝露，是福是祸，犹未可知。"

武士再次拔刀，向那老和尚砍去。然而，老和尚再次神秘消失。

从那天起，老和尚频频在武士身边现身。不久之后，武士便因精神上的折磨一病不起。后来，老和尚活动得愈发猖獗，甚至在光天化日下便会出现在武士的床旁，许多前来探病的人都看到过他的身影。而武士的身体日渐瘦弱，最后变得和那老和尚一般骨瘦如柴，最终撒手人寰。

直至今日，传说只要有人走进那武士生前居住的长屋，便一定会见到异象。

10

蛤蟆之血

1

　　三岛让离开藤原学长家的时候，已夜幕降临，天色已深。浓密的过云雨依然在空中流淌。眼前一片黑暗，地上潮湿泥泞，走得稍微快些就会溅起水花，所以三岛走得异常小心谨慎。眼下他身处高岗上的居民区内。十点刚过，马路两旁的民宅便陷入沉默，将前路衬托得漫长无比。三岛其实很想坐出租车前往电车站，可转念一想，傍晚前来时也未曾在附近发现出租车的影子，于是便死了这条心。这时，他忽然想起那个正等待他回家的女人。事实上，他今天之所以来拜访学长，就是为了与其商量如何处理自己的情感纠葛。

　　学长的劝告在他耳边回响："和她交往前，你最好再查下她的身份以及来历……"法律专业出身的藤原学长认为，与一个来历不明的女子同居实在欠妥，但三岛一点也不在乎。

　　三岛出生在一座偏僻的海边小镇。三岁时，在医院执业的父亲去世，母亲带着幼小的他改嫁一位渔业公司老板。他在继父家慢慢长大。三年前，可怜的母亲撒手人寰。从那以后，继父一家便开始对他百般刁难。到了去年，忍无可忍的他终于离家出走。如今他虽不知道家中那个女人姓甚名谁，来自何方，总比与继父一起生活好吧……

"不过，你居然这么轻易地在大街上捡到一个情人，也算很有能耐的了……"学长的话虽充满戏谑意味，但仔细想来的确如此，三岛与这个女人的邂逅过程，说起来只有四个字——机缘巧合。但这世间男女的相识相知相爱，难道不都源于"机缘巧合"吗？这实在没什么值得惊讶的。

那时正在备战全国高等文官考试的他，想在考前到海边放松几日，偶然间邂逅了那位女子。如今的报纸社会版上几乎每天都会出现"年轻男子与海边偶遇美女发生一夜情"之类的新闻，值得大惊小怪吗？

三岛脑中慢慢回忆起那日初见女子的情景。

淡金色的夕阳洒满松林，空气中充斥着春日般的潮湿，脸上和手上黏糊不堪，教人一阵阵犯困。三岛沿着松林散步，走过栎树林中间的小路，到达海边。这阵子忙于备考的他，每天都会走这条路线散心。栎树叶片已然褪去绿色，伴随风声沙沙作响。

栎树林正前方是一片田地，宽广开阔，其中种着金黄色的稻子和浅绿色的萝卜和大葱。田地附近有一条与栎树林平行的清澈小河。河边土堤上星星点点生出几棵柳树。柳树下五六个人正坐在堤上垂钓。三岛每天都差不多看到相同的景象，只不过垂钓者的人数每天发生一些变化罢了。在这群垂钓者中，每天必定会掺杂着一两位前来海边散心的游客。游客通常带上标志性的旅馆塑料桶做鱼篓。大多数时候，鱼篓里只盛着一两条小鲫鱼，走运时则会钓上一些四五寸长的虾虎鱼。

又走了一会儿，三岛走到了小路和小河的交会处。只见河上横着一座板桥，桥面上铺了些土，右边的桥墩旁有个男人正站着钓鱼。这男人的颧骨突出，鼻下留着日本人常留的鞋刷一般的点须，腰间系着一条黑色醒目的毛纱腰带。从外表看起来，气势上很像老师或者巡警。三岛低头瞅瞅自己脚下的鱼篓，没想到，竟然有五六条虾虎鱼在里面蹦跶呢。

"哟，收获颇丰啊。"三岛随口寒暄道。

男人有些意外，说道："今天适合垂钓，只是稍微钓到了几条，算不上多。"

"能钓到多少果然还要靠好天气呢！"

"是这样的。如果阳光太亮，水底都能被照得清清楚楚，鱼能看到岸上的人，那便不行了。今天如果再多些云就更好了。"

"原来如此……"

三岛下意识地抬头望天。只见薄云随风飘动，在空中织成一张白色的网。他本来计划到土堤边走走，便将视线转向了铁桥，猛然间却发现，桥的对面有位年轻女子正望向他。这位女子身材娇小，穿着一身紫色的上等铭仙绸衣裳，衣服上的图案十分华美，引人注目。瞧这打扮，若不是大户人家的侍女出身，便是仍在上学的学生。一张白皙的鸭蛋脸上镶着一对乌黑而水灵的大眼睛。三岛心想，这定然是来附近别墅度假的游客，便没有对她产生多少好奇心，他径直往土堤的上游走去，将偶遇女子的事情抛在脑后。

走了两公里后，左边已没了田地，松树林的红土高台取而代之。此处也有一座通向对岸的木桥，但他不想从桥上走，走上通往红土高台的缓坡。

高台上有一棵硕大的松树，树根歪歪扭扭地钻出地面，如同土蜘蛛的脚一样可怕。过去两天，三岛都坐在这里看杂志，对这个地方有了些感情。今天他照例在树根上安坐，向小河下游望去。柔和的夕阳映衬下，专心致志垂钓的人们仿佛画作中的人物，静止不动。不知为何，三岛忽然想起刚才偶遇的那名女子，下意识地扭头寻找她的踪影，却一无所获。

他便掏出从酒店内随手带来的杂志，认真阅读起来。他看得很专注，渐渐忘却了周围一切。杂志中的消息深深吸引了他——内阁决定缩减军备预算、贫富差距拉大导致各种社会罪恶、华盛顿会议与军备限制等，杂志上充斥着对这些话题的评论报道。后来，他还读到了一篇著名思想家的消息——这位评论家为逃避现实生活中的种种烦恼，已投身于哲学与宗教的高雅世界中。文中莫名的负能量深深感染了他，令他不禁放下杂志，抬头环顾四周。太阳貌似已经没入山下，黑暗逐渐笼罩大地，再过会儿连字都看不清，该是回去的时候了，眼下旅馆的侍者必已备好饭菜，在等他回去饱餐一顿——他这样想道。于是三岛胡乱将杂志塞回怀里，迈步往回走。就在此时，他忽然瞥见一个女人坐在右边不远处的草坪上。那女子双手抱膝，低头若有所思，衣服看起来与方才视线交汇的那位女子一模一样。

三岛心中一动。为何刚刚才站在河对岸的女子突然出现在这种地方？莫非她与我一样因无聊而散步至此？看她如此闷闷不乐的样子，或许有难言之隐……三岛心中盘算，若贸然上前搭话可能会引发对方反感，但好奇心促使他还是决定上前问上一问。他刚要上前，又思忖：若我蹑手蹑脚过去，她或许会认为我不怀好意，不如光明正大走过去算了。他先故意大声清清嗓子，然后往女子那边走。

女子听到了清嗓子的声音，便回头望向这边。三岛一看，果然是方才站在河对岸那位女子。她脸上并没有什么惊讶的表情，很快将头转了回去。三岛顾不上被荆棘刺钩住的衣角，快步踱到女子面前。那女子又将清丽的脸蛋转了过来。

三岛清清嗓子，问道："姑娘你从何处来的啊？"

"我刚抵达此处……"女子稍显落寞地说道。

"那是不是还未找到合适的旅馆下榻啊？"

"嗯，还没工夫去找……"

三岛心想，或者这女子是在等人吧，接着道："我看你这么晚了还独坐此处，放心不下，所以过来问问情况。"

"多谢先生关心……话说您就在这附近的旅馆居住吗？"

"对，我到这里已经五六天了，就住在附近的鸡鸣馆。若姑娘你实在找不到合适的地方落脚，可到鸡鸣馆找我。可叫我三岛。"

"多谢先生，若我实在没处去就来麻烦您。"

"好的。先告辞了，随时欢迎你过来。"

三岛与那女子辞行，但还是很在乎她那垂头丧气的样子。走了一会儿，他忽然惊觉：这女子该不会是最近报上经常报道的那些特意到海边度假胜地来"自杀"的人吧？他停下脚步，从松树林间远远观察。

只见那位女子双手掩面，看上去伤心不已，痛哭流涕的样子。三岛早将晚餐的事情抛在脑后，只是全神贯注地盯着她……

思绪返回现实中的三岛让走到大路拐角处。正要往左转的他，忽然发现不远处有一扇门。门口种着一棵榉树，一根门柱立在树后的木板围墙里。柱子旁边种着两三根长着小巧而纤长叶片的女竹，柱子上亮着一盏外表罩着钢丝网圆形灯罩的灯。三岛发现灯罩内侧有一个活动的黑色斑点。定睛一看，原来那是一只壁虎。此时，壁虎好像发现了食物，缓缓伸长脖子，将咬住的食物撕碎。那脖子竟然长了足足五寸，仿佛一只缩小版的妖怪。三岛心中咯噔一下。忽然，灯罩如被拨动的地球仪一般飞速旋转起来，壁虎的影子如走马灯一般旋转起来。三岛吓坏了，确认一下当时确实没刮风，灯罩怎会自动旋转呢？联想到妖魔一般的壁虎撕扯食物的画面，三岛感觉腹腔中涌上一阵阵酸液，心中暗叫倒霉。为忘却刚才目睹的恶心画面，他一路快速小跑，拐了个弯，向左边跑去。

2

好在这奇怪的画面并未在他脑中浮现太久。三岛自言自语道，世上哪有什么妖魔鬼怪啊，肯定是看花了眼。不过，若眼真花成这个样子，说明今晚自己的确不太对劲。不会是发疯的前兆吧？一想到这儿，他又开始郁闷起来。

他头脑中甚至出现这样的念头——那位从天而降的情人并非真实存在，只是自己的幻觉。

不知不觉中，三岛来到了一条宽敞、明亮的大马路上，心情也随之稍稍轻松一些。他忽然想起，情人还在家苦等他回去呢，脑中勾勒出这样一幅画面：小鸟依人一般恬静的美丽女子靠着书桌，单手托腮，竖着耳朵静静等候门厅的大门开启的响声……

今天之所以去拜访学长，起因是他想在房东的二楼租一间房间，与这女子同居。

他耳边又响起学长的调笑声："反正你早晚也要走进婚姻的围城，倘若那个女人人品不错，与其结婚也不失为一个好的选择。不过你这速度快得令人惊异……"

说实话，三岛并非没去过花街柳巷的"宅男"，但这位女子是第一个与他产生交集的良家女子。即便她另有隐情，在三岛的角度看起来，"天降情人"这种事跟天方夜谭一般，显得非常不真实，藤原学长这样半真半假的调侃也是理所当然。

他也在前辈面前坦承："我自己也觉得特别不可思议，仿佛自己掉进了童话世界一般。"

三岛又回忆起了与情人初见那天的情景……就在他专注于观察那名女子的时候，她忽然站了起来，摇摇晃晃地步入昏暗的森林。满脸泪水的她与他擦肩而过，朝着海岸的方向行进。三岛确定，这女子要结束自己的性命，于是动了恻隐之心。由于担心吓到那女子，便等她走出一段距离之后才追上去。

"喂！请等一下！"

女子回头瞟了他一眼，随即便加快脚步往海里走去。

"请等一下，我是刚才跟你说话那个人，绝非什么可疑人物！我只是看你满腹心事的样子，想要为你出出主意啊！请停一下！"

女子又一次回头，但始终没有停下脚步。

"喂！请你停一下！你一定有什么苦衷吧！"

好容易追上那位女子，三岛奋力抓住她的腰带。

"我便是刚才跟你聊过几句的三岛啊，姑娘你是不是有什么难言之隐？"

女子终于停下脚步，双手掩面，悲从中来。

"你到底有何难处？说出来听听，或许我可以为你出主意。"

那女子只是不停哭泣，也不开言。

"在此处说话也不方便，不如先去我下榻的旅馆，坐下慢慢说……"

鼓起勇气的三岛终于握住了女子的手。

"我实在无处可去，只有死路一条了……"

那女子哀苦的声音回响在三岛脑中。她边哭边说，自己离家出走后孤身来到东京，曾在一两处大户人家当女仆。后来，她结识了一位在私立学校教学的女人，后者为她介绍了某富豪家的女仆工作。谁知那富豪所寻的并非单纯的"女仆"，居心叵测。工作的第二天晚上，她终于意识到严重性，便逃到这座海边小镇。

想到此处，三岛已经弯进了另一条昏暗狭窄的小路。他选择一条这样的近路，无非想尽早回到自己的住处，令自己的情人早些安心。当他快步走上一条缓坡的时候，眼前忽然出现了一位看起来天真乖巧的女子。

那女子走在三岛右边。三岛一边走，一边仔细观察这位女子。二人所走的马路右侧乃是一座深不见底的悬崖，悬崖边孤独地亮着一盏路灯。忽然，右边的女子回头问道："打扰了，请问去电车站是不是往这个方向？"

从娇滴滴的声音判断，此女年纪甚轻。三岛留意到，她的唇色颇为红艳。他停下脚步答道："是的，走到这条路尽头左拐，您便会看到右边有一处转弯的地方，然后拐到那条路，继续往前走一段便能看到电车终点站。我正要去那边。"

"实在太感谢您了。我要去拜访一位住在那边的亲戚，但以往从未走过这条路，总觉得有些不太踏实。既顺路，那我便跟着您走吧。"

归家心切的三岛本不愿与走路速度缓慢的女子同行，却又不便拒绝。

"好，您跟我前行就是了。"

"实在是太麻烦您了……"

三岛让继续往车站进发，却不能如刚才一般健步如飞了，只能强迫自己放慢速度。

"这路况真是一般。"那女子走在三岛身后，一字一顿地说道。

"的确不太好走。话说您是从哪里过来的啊？"

"我是搭乘山手线的电车来的，刚从前面的站点下车，我曾听说搭乘市内电车更快，便朝这个方向过来了。以往我经常乘坐市内电车来亲戚家，却从未走过这条路。"

"原来如此，我说呢，毕竟这一带十分荒凉，大家早早便睡下了。"

说到这里，三岛突然想起了来时灯罩里见到的壁虎。他心想：如果这位天真无邪的女子看到那壁虎，天知道会吓成何种样子。

"是啊，的确荒无人烟。"

"唉，您现在一定很害怕吧，即便我身为男子都感觉瘆得慌。"

"的确是这样，我甚至不知道应该怎样独自走去车站呢。这次出来拜访朋友，朋友本想留我在家过夜，但家中还有病人需要照顾，必须早些返回。若要过夜，肯定还是住亲戚家比较妥当，所以我就告辞回家。先前朋友住家附近还算热闹，路上行人不少，可走到此处一看，四周又黑又暗，简直跟阴曹地府一样。"

那狭窄暗仄的坡道总算到了尽头。二人来到一处路灯较多的地方。三岛趁拐弯的时候，回头瞥了那女子一眼。只见她瘦长的脸上化着精致的妆容，看起来很清秀。

"请往这边走，光线稍微亮一些。"

"实在太感谢先生了。"

"从现在开始，四周逐渐亮堂起来了。"

"是的，前面的路我也感觉熟悉了。"

"那真是太好了！前面的路况虽然不佳，但比刚才明亮多了。"

"您这是要去什么地方？"

"我吗？我住在本乡。您住哪里？"

"我住在柏木。"

"真是有够远的。"

"的确，所以我方才一直犹豫要不要先在前面的亲戚家过夜。若今夜有地方栖身就好了。"

说这话的时候，这女子毫无预兆地看了三岛一眼，好像在暗示什么。后者心想，这女子一会儿告诉朋友说自己家中有病人走不开，一会儿却将病人抛诸脑后说什么要去亲戚家留宿，前后矛盾，或许不是什么良家女子。闻着身后女子香喷喷的气息，他觉得自己受到了妖媚的诱惑，但一想到此刻正苦苦等他回家的情人，这个邪恶的念头便转瞬即逝了。

"说得也对，天这么晚，还是在亲戚家住一晚比较妥当。我干脆顺路送您过去吧。"

"可以吗？那实在太不好意思了……"

"没关系，让我送您一程吧。"

女子娇笑道："那就麻烦先生了。"

"您应该知道亲戚家具体在哪儿吧？"

女子绕到了三岛的左手边，点头道："知道。"

马路拐角有一家酒吧。酒吧里寂静无声，只有一个身穿浅黄色洋装的人站在酒吧入口的屏风旁。

"是在此处拐弯吗？"三岛指着酒吧问道。

"不是。我在下一条小巷转弯，然后再往前走一段路程就到了。真是麻烦您了。"

"不碍事的，我送您过去吧。"

不知从何时开始，这条路变得十分昏暗，仿佛暗中监视的某人故意掐灭了路灯一样。

"这附近实在昏暗呢。"女子的声音仿佛笼上了一层雾霭，充斥着一种说不出的诱惑感。

三岛正色道："的确是呢……"

那女子再没有说什么。

3

"就是这里了。"

就在三岛沉默不语闷头赶路的时候，忽然听见身后女子说到了，便驻足不前。他抬头看去，眼前是一座旧式的大宅门，门灯大亮，门上的油漆锈迹斑斑。

"哦，已经到了目的地，那我便离开了。"

其实，自从多嘴说要送女子那一刻，心有牵挂的三岛就后悔了。此时，他迫不及待地向这位女子辞行。

"实在不好意思，我还有个不情之请，能否请您将我送进府中啊？"女子笑着说道，"有些事情需要您帮忙，但现在不好启齿。"

三岛心中狐疑，但还是答应了："可以，那我就再送您几步路。"

旧宅大门左侧建有一扇小门。那女子走到门前轻轻一推，门悄然敞开。女子回过头来，微笑看着三岛，仿佛示意他快些进门。

三岛只好走上前去。那女子以手扶门相候，稍微往旁边让了一下。三岛小心翼翼，几乎擦着女子的身体走进门中，鼻中嗅到那女子淡淡的体香。二人进门后，小门便悄无声息地合拢了。

朦胧的月光洒满院子。三岛觉得自己仿佛置身梦境，举目环视四周：院内长满碧绿的青草，仿佛铺了天然的绿色地毯。门厅的纸门投射出灯光影子，一棵长满金茶色花朵的大树矗立门口。三岛觉得那金色花朵散发出一股甘甜而刺鼻的花香，貌似是凌霄花的香气。

"您请自便，这里是我姐姐的房子。"

三岛心想，应该不是嫡亲的姐妹，否则方才她不会说是亲戚的屋子。他担心若进了屋，没有半天怕是出不来。

"您自己进去吧，我在这里看您进门之后就回家了。"

"哎哟，主要是想让您见见我姐姐，很快就见完了，不会耽误您太长时间的。"

"可我真的有事……"

"一会儿就好，拜托拜托。"

说完，女子不容置喙地朝门厅走去。三岛待在原地，一筹莫展。

他听到女子对屋里的人喊了一句什么，忽然起了疑心：眼下已是秋天了，为何院内的草如此青翠？

此时，屋里传来了娇滴滴的女声。三岛心想，发声这女人八成便是女子刚才提到的"姐姐"了。他下意识抬起头来，发觉有人拉开了屋子内侧的格子门，一通银色灯光泻出来。只见一位身材高挑的女子背对灯光，出现在门口，旁边站着与他同行的女子。三岛隐约觉得，门厅与他的距离似乎缩短了不少，可能是光线造成的错觉。

他忽又想起刚才那个自动旋转的灯罩，心中又犯了嘀咕，不知是不是错觉，当他望向门口那花朵盛开的大树时，竟发觉树上的花朵竟然在转圈圈。

"这位是我姐姐。她想跟您聊聊，请进屋稍坐。"同行女子来到三岛面前，轻声道。陷入混乱的三岛这才回过神来。他抬头望着那女子的脸，却发觉脑中一片混沌，思维仿佛被固定住，只能如行尸走肉一般朝有灯光的屋内走去。他一边走，一边战战兢兢地望向那棵开着花的树。然而，树上的金茶色花朵并没任何移动的迹象。

"快请进，我都听说了，多谢您对我妹妹一路悉心照顾，来，请进。"

恍恍惚惚之中，三岛马上要踏进房门了。那位姐姐靠在纸门把手上，笑吟吟地看着他。她身材高挑，一头乌黑亮丽的秀发扎在脑后，脸蛋漂亮得跟蜡人娃娃一般。

三岛忽然回过神来，停住脚步，道："多谢贵姐妹一片盛情，但我今晚有急事要处理，必须先告辞了！"

"请别心急，进来坐一下，至少喝杯茶再走嘛。"

"多谢您的美意，但我的确有急事要去处理……"

"是佳人有约吗？稍微坐一会儿儿吧，不会耽误您的事情。"

女子用水灵灵的大眼睛盯着他。三岛不禁心动了一下。

"您就进来坐一下，别客气了。"同行的女子也帮腔道。

无奈之下，三岛只能将刚戴上的帽子摘下来，起身准备进屋："那……我就恭敬不如从命了。"

"千万别客气。"

高个子姐姐转身朝里屋走去。三岛脱下鞋子，跟着她走进里屋。纸门后面站着一位年约十七八岁的女仆，头上梳着高高的发髻。那女仆迎上来，示意三岛可以将帽子递给她。三岛下意识地将帽子递给她，晃晃悠悠地跟随高个女子往屋里走去。

4

女子将三岛带到一间装饰豪华的屋子。屋内有一张盖着印度印花布的长方形桌子，旁边摆着五六把中国式朱漆大椅子。披着华美金纱绉绸外衣的高个女子伸手扶住其中一把，示意道："先生请坐。"

三岛走到椅子旁边，女子一把抓住左边的椅子，在三岛对面坐下。见女子已然坐下，三岛也只能就座，但他有些警惕，便将身子稍稍往左边侧过一些。

他苦笑道："还没跟您介绍自己呢，在下名叫三岛让……"

三岛还未说完，高个女子便举起手阻止道："我们不需在这些讨厌的繁文缛节上客套。如您所见，我就是半老徐娘一个，您若不嫌弃，就交个朋友吧。"

"看您这话……今后请您多多关照。"

这时候，那位接走帽子的女仆用菱形的托盘端来两个杯子。托盘中还有一个竹筒状的壶。那壶造型别致，出水口在壶顶，把手在侧面。

"将盘子端过来。"

听到主人的命令，那女仆便将托盘放在二人之间的长桌上。她正要走，却听见女子问道："二小姐呢？"

三岛这才发现，同行女子并未进屋。女仆回答道："二小姐好像在路上着了凉，自去歇息了，一会儿儿再过来陪客。"

"身子不舒服啊，那由我来陪客人便是，请她身体好些再来吧。"

女仆闻言鞠了一躬，转身离去。

"天色太晚，就不为贵客上茶了，我们以酒代茶。"

女子将手伸向了那壶的把手。

"不必，不必，我过会儿就告辞。"

"哎呀，您客气什么！喝点酒有什么关系。您就多坐一会儿儿好了。只要您不嫌弃我年老色衰，就算让我陪您一晚上，我也愿意呢。"

三岛心想：这话就有些勾搭的意思了！那女子将壶中的酒液分别倒入两个杯子，将其中一杯推到三岛面前。三岛定睛一看，那杯不知是什么酒，颜色竟跟牛奶一样白。

"请用，我也陪先生您喝一杯。"

三岛心想，事到临头不喝也不行了，赶紧喝了这杯酒回家吧。

"那我就喝这一杯。"

三岛端起酒杯啜了一小口。那酒十分甘甜，有些艾酒的味道。

"我也陪您喝一点，您可得将这杯喝完哦。"

高个女子举起酒杯，抿了一小口。

"多谢夫人盛情款待，但我今夜确实有事，喝完这杯我便告辞了。"

"您不要再推辞了。深更半夜的，您能有什么要紧事。偶尔晚点回家，让家中的小情人焦虑着急一次，说不定还能增进二位的感情哦。"

那中年女子端起酒杯，扬起下巴，暧昧地笑了笑。尴尬的三岛感觉尴尬到死，只能干笑几声。

"来，请再喝些美酒。"

三岛一口气将剩下的酒喝完，起身告辞道："多谢夫人款待，但在下确实不能久留了，告辞。"

女子闻言，忽地用力把酒杯丢在桌上，并将双手轻轻搭上他的肩膀，生生将他按回椅子上。

"您是专程送我妹妹回来的，要走总得见她一面。她马上就来，您稍等一下。"

女子身上那香甜的气息扑鼻而来，令三岛根本无法动弹。这芬芳而温润的香气，几乎让他有些魂不守舍了。

正在此时，门口忽然传来一个苍老女子的声音："夫人在吗？"

"是谁？不要来打扰我的好事，滚！"

这个对话，让三岛慢慢回过神来。他想起了还在家中苦苦等候的情人，于是再次坚定了自己的信念，要起身告辞。

女子慢慢坐回了原处，笑着问道："哎呀呀，先生就这么厌恶我这老太婆吗？"

她一边说一边露出娇媚的微笑。三岛觉得心神俱醉，盘算道：必须立刻下狠心告辞，否则今晚怕是回不去了。

"告辞了。"

三岛几乎是跑着冲向门口，用力拉开纸门蹿了出去。

不料，走廊上站着一个梳着圆髻的大妈，一把将他抱住。

"你是什么人！快放开我！我要返回家中处理要事！"

三岛拼命地挣扎，却怎么也无法挣脱那个大妈的怀抱。

"这位小哥，你先别着急啊，我有些话想跟您说。"

三岛停止了挣扎。他十分担心屋里的高个女子追出来，于是小心观察着屋内的情况，但并没有什么动静，她仿佛没有追出来的迹象。

"我有话想跟您说，请跟我走一趟吧，只需要占用您一点点时间。"

大妈慢慢松开三岛，但依然挡着他的去路。

"有什么话要说？在下真的赶时间，您家夫人刚刚百般挽留，我已严词拒绝，正准备赶紧回家呢。有什么话就在这儿说吧！"

"这话还真不能在此处说，请跟我到隔壁房间吧，很快就说完了。"

三岛心想，既然是"一会儿儿就说完了"，眼看也很难脱身，那就赶紧去听听吧，总比在此处争论不休的好，万一那女子追出来……

"好吧，请带路吧。"

"不骗您，几句话而已，请跟我来。"

大妈走到隔壁房间的门口，打开屋门，请三岛进去。

三岛定睛一看，眼前墙壁边上摆着一张安乐椅，此外还有五六把各种各样的椅子。再往前则是蓝色的幔帐……很显然，这是一位女子的卧室。

"先生，请坐。"大妈指着墙壁下的椅子说道。

三岛坐下，急切地问道："您到底打算跟我说些什么？"

大妈走到他跟前，微笑道："您别急，慢慢听我道来。"

"'您别急'这话我今晚听了无数遍了！"

"哎呀，您别急……相信您也知晓我家夫人的心思了吧？"

"什么心思，我不知道，也不想知道。"

"您这明明就是揣着明白装糊涂啊。我家夫人夜夜独守空闺，想找个人陪陪她。我看，您今晚就留下来陪她一宿吧。我家夫人相貌姣好，家财万贯，无论您想要什么，都不成问题。"

"绝对不行！我不可能陪她过夜！"

"就一夜，只要我家夫人满意，您想留洋也成啊！请务必好好考虑。"

"没得商量！"

"哎哟，您一点也不想与佳人共度春宵吗？"

"不行，我真的不能陪夫人过夜……"

"像我家夫人这般貌美又多金的女子可是少见的哦，多少人想陪还没机会呢，您就看清现实吧。"

"不行就是不行，没得商量！"

大妈将手搭在三岛的一只手上。

"哎呀，别这样绝情嘛，我们谈谈条件好不好？您就从了吧，对您有百利而无一害。"

执拗的三岛不为所动："不可以！我才不想做这种没有底线的事呢！"

"底线能当饭吃吗？不听老人言，吃亏在眼前。"

三岛怒火中烧，越发不耐烦了。"不行！"他大喝一声，用力甩开了大妈的手。

"这位先生您可真是铁石心肠啊……"

这时，房门突然再次打开。一位身材矮小的老婆婆缓缓走进屋里。她满头白发，长了一双令人厌恶的死鱼眼。三岛发现，刚刚在门外说话被高个女子赶走的人，就是这老婆婆。

"情况如何？"

"不行啊，这就是一块茅坑里的石头，又臭又硬。"

"唉，又来一个棘手的……"

"我早说过，就不能找那些被野狐狸缠上的蠢蛋！"大妈用讥讽的语气说道。但三岛并没有听到她在说什么，也不在乎她说了什么。因为他早已推开大妈，冲出门去。

"啧啧啧……"屋内响起了那死鱼眼老婆婆的奸笑声。

5

慌不择路的三岛想找到自己进来时那个装着纸门的门厅，他沿着走廊一路往左狂奔。走廊内的灯光昏暗朦胧，仿佛这户人家用的是间接照明灯，阴暗的灯光反射出诡异的人影……

在恐惧心驱使下，三岛一刻不停，足不点地。跑着跑着，忽然发现走廊的尽头变成了房间的墙壁，分为左右两条路。他思考了一会儿才忆起，自己好像是从左边进来的，于是便向左拐弯。谁知他刚一转身，四周光线便昏暗了不少。他觉得是因为自己走错路的缘故，便想原路返回，却发觉身后变成了一堵冰凉的墙壁，再也无路可走。三岛大惊失色，猛地停下脚步。他寻不到来时的走廊，却发现一扇亮着黄色灯光的小窗户。那窗户约有一尺四五寸长，七八寸宽。万般无奈的他只得向那窗户走去。

窗户离地很高，竟和他的脖子平齐。三岛将脸贴到窗玻璃上一看，一幅诡异的场景映入他眼帘。只见窗户后面是一间未铺地板的房间。黑土地上放置着一把椅子。一位学生模样的少年，被人用手指粗的蓝色绳索牢牢捆在那把椅子上。与三岛同行的二小姐与接过三岛帽子的女仆就站在少年前面。二人正轮流辱骂那少年。少年则双目紧闭，丝毫不动。

三岛被这一幕吓住了。他站在原地，目不转睛地盯着眼前的景象。那女仆的声音传来："你这人可真是顽固啊，为什么不肯点头呢，你无论如何抵抗也是徒劳啊，还不速速答应！你心中也知道，即便再不情愿也得就范！不如趁现在早点应承，还能少受些皮肉之苦，而且我们夫人一定会百般疼爱你的！快些答应了吧！"

三岛望向那少年的脸。只见那少年虽浑身瘫软，但满脸倔强，连嘴唇都没动一下，也丝毫没睁眼的迹象。稍待片刻后，二小姐说道："真倔呢，你以为自己扛着不从，我们便会放你回去吗？你若这样打算，委实傻到家了。只要是被姐姐看上的目标，绝不可能离开这栋屋子。你可真是傻得可爱。我们已费尽了口舌，你居然还不领情！"

女仆发出一阵骇人的笑声，望向二小姐道："他以为如此这样就能回家去吗？可真是傻得一塌糊涂。他想被我们拳打脚踢，最终成为我们的盘中餐吗？"

二小姐笑笑说道："我倒是无所谓，就是可怜这如花少年，何必这样倔强呢。不然你再劝劝他吧，倘若还是不答应，只能将婆婆叫来，喂他吃那药了。"

女仆闻言转向少年说道："你并非听不懂我们说的话，我们也不再与你多啰唆。如今你已经被我家夫人看上，再倔只会受皮肉之苦，反正你这辈子也出不去了，不如老老实实委身夫人，这样的话，你便能在这栋大院中一生衣食无忧，享尽荣华富贵了。到那时候，你便能为所欲为了。我如此苦口婆心地劝你，也是为了你好，你就从了吧。怎样？还是不答应吗？"

少年依然没吭声，脸都没动过一下。

"还是不行呢……你去将婆婆叫来处置吧，我们是劝不动了。"

听到二小姐如此吩咐，女仆答应着走出房间。

目送女仆离开后，二小姐便绕到少年身后，双手轻轻搭在少年的肩膀上，轻声说起了悄悄话。窗外的三岛完全听不清她在说什么。

那女子将自己白皙的脸蛋凑到少年左脸颊上，甚至还恶心地将鲜红的双唇印到他的脸上。然而，少年仿佛行尸走肉一般，纹丝不动。

这时，两个人一前一后走进屋里。一个是刚刚出去的女仆，另一个则是那死鱼眼婆婆。亲吻少年的二小姐立即站回原处。

"又要喂他吃那药啦……看不出这少年长得那么文弱，脾气却很倔强呢！"

三岛看到，在那老婆婆的右手中，抓着一只活蹦乱跳的蛤蟆。蛤蟆背上都是恶心的疙瘩，令他一阵阵作呕。

"完全不开窍呢。"二小姐望向老婆婆说道。

"不要紧，吃了药就可以了。"

老婆婆双手分别抓住那只蛤蟆的两条后腿。女仆走上前来，将一个杯子对准蛤蟆的正下方。

不一会儿儿，她们便接满一杯浅红色的液体。

"婆婆，我看差不多了吧，应该够用了。"举着杯子的女仆看看杯子里的血量说道。老婆婆闻言俯瞰一下杯子。

"嗯？我看看……啊，有这些就差不多了。"

老婆婆将死蛤蟆丢在脚下，接过女仆手中的杯子。

"若是吃了药还不行，那就只能将他折磨死然后吃掉了。啧啧啧……"

窗外的三岛看得毛骨悚然，一股深不可测的恐惧感，使他焦虑难耐。他不敢再看，一心只想快些逃出这栋可怕的房子。

他离开那窗边，在黑暗中朝前方走去。走了半天，依然只能摸到冰凉的墙壁。他心中盘算道，已经走了这么长时间，却连一扇门都没见到，实在太过诡异，这间房为何连一扇门都没有？无奈之下，他只能顺着墙壁向左走去。不知过了多久，他终于惊喜地在墙壁尽头发现了一个小洞。他以为自己刚才就是从这里进来的，便想也不想地钻了过去。

钻出去后，一团朦胧的白光便映入他眼帘，原来是到了宽敞的庭院内。三岛喜不自禁。他想，即便现在没找到正门，但只要到了室外，便有逃走的办法。他正要迈脚踏上房屋与院子之间的两三段阶梯，忽然看见一个年纪与在走廊里抱住自己的女子相仿的大妈，单手提个大水桶，自左边缓缓走来。三岛唯恐被发现，立刻后退几步，藏身于房屋出口的柱子后。

这位身材肥硕的大妈好像并没看见三岛，她走到前方将水桶放到地上，然后对着院子吹了一声响亮的口哨，仿佛在召唤某只小狗。口哨声刚停，院内那些地毯般的青草便出现一阵抖动……无数小蛇从草丛内钻出来，聚集到肥硕大妈跟前。它们之中有青色的，也有黑色的，蛇头攒动，发出咝咝咝的声音。

大妈将手伸进地上的水桶，将里头的东西甩了出来。三岛定睛一看，那好像是什么动物的肉。小蛇们聚到一处，仿佛缠绕在一起的毛线团，争先恐后地抢夺那块肉。

三岛感到喉咙发痒，两眼发黑，连忙躲进旁边一间屋子里。刚藏好，身后一双柔软的手抱住了他。

"我们找你好久啦，你到哪里去啦？"

瑟瑟发抖的三岛回头一看，这人竟是之前走廊上抱住他的大妈。

6

"你这孩子可真是顽固不化，再这样闹下去便是给我添多大的麻烦啊，快跟我回去吧。"

那健壮的大妈抓住三岛的双手，将他往屋外拉。三岛又惊又怒，大声道：

"快让我回家去，我的确有很重要的事要做，不能在此处盘桓，请你快些放我回去吧！"

他一边说一边拼命甩动那大妈的手，却无法将她甩掉。

"你这孩子就别说什么胡话了，你所谓的'要紧事'，不就是回家去见你的小情人吗。"

"不要胡说八道……"

"是不是胡说八道，你心中可清楚得很。那贱人比起我家夫人差远了！你这人为什么不开窍呢！赶紧回去！我可不能再让你跑掉，你如今插翅难飞！快过来！"

大妈拽他越发用力。三岛敌不过她的力气，一下子失去平衡，被拽了回去。

"你放开我！"

"别妄想了！你有些骨气行不行啊，别扭扭捏捏像个大姑娘似的！"

大妈硬生生将三岛拽回了那间布置了蓝色幔帐的房间。这房间的三面墙边都矗立着奇形怪状的屏风，墙上还挂着一些色彩浓重的奇画。

"夫人已等得不耐烦了，快些过来！"

大妈松开一只手，撩起蓝色幔帐，将三岛硬推进去。

幔帐中央竟是一张宽阔的大床。那位风情万种的夫人端坐在床边，盯着被推进来的三岛。

"夫人，我总算将这个不听话的家伙抓回来了。"

大妈将三岛让拉到夫人跟前，按着他的头跪在夫人对面的床边。

"请放开我！我不会陪她的！我还有要事在身啊！真的不行啊！"

三岛在地上拼命挣扎，却依然不能摆脱大妈的双手。

"你就放下那份幼稚的想法吧，不管如何嚷嚷，我都不会放你走的。省点力气，老老实实伺候我就好了。真是个傻孩子……"夫人死死盯着三岛，言道。

大妈狠狠将三岛按在床边，狞笑道："你还是老老实实在此陪我们夫人过夜吧。"万般无奈的三岛放弃了挣扎，颓然坐下。他心中暗想，若论蛮力，他肯定无法与这群人对抗，不如先假意屈从，使她们放松警惕，然后趁机逃走。然而，到底如何逃走，脑海中一片混乱，完全无法冷静思考对策。

"别心急，长夜漫漫，我们可以慢慢聊……"

大妈刚一松手，夫人便急切地将自己的手搭到三岛的手上，不动声色地将他拉向自己身边。

"对不住了！"

三岛猛地甩开夫人的手，迅速起身，想从大妈身边逃出屋子。

"你这个蠢货！还想逃走吗？简直痴心妄想！"

只听大妈一声大吼，再次从后面一把抱住三岛。三岛用尽了全身力气挣扎，仍旧无济于事……

"夫人，还是您来处置好了，这人真是倔强到无药可救啊。"大妈转头说道。

夫人微笑着回答："将他给我捆起来！怪只怪那只缠着他的野狐狸，所以他才不肯就范。"

这时，之前那位年轻女仆和夫人的妹妹也都进了屋。女仆手中拿着一条蓝色的长绳——很明显，她们也打算用绳子来捆绑三岛了。

"将他捆起来吗？"女仆问道。

"捆！捆结实些！"大妈一边回答，一边用力将三岛双臂往后拉去。三岛完全无法挣扎，只能任人宰割。

夫人站在房间的正中间，大笑道："将这个傻瓜牢牢捆住，绑在床上，让他看清楚苦心等候的小情人到底是什么妖怪。然后我亲自上阵，好好'伺候'他。"

与此同时，女仆们用那条蓝色的绳索牢牢将三岛捆住。

"我先将他抬上床。"

大妈不费吹灰之力地将他丢到床上。三岛拼命想扭动身躯，却毫无用处。

"派个人去把那只迷惑他的野狐狸抓来，先拿它开刀！"

夫人说完这句话后，再次坐回了床边，开始抚摸三岛的脸颊。三岛眼前一黑，什么都不知道了——原来他被迷晕了。

三岛在蒙眬中感到，女子们刺耳的笑声回响在他耳边。大约一两个小时过后——其实他也不能确定到底过去多久——有人将他的头扭向旁边。

夫人的声音传来："蠢货，睁开眼睛看清楚，你牵肠挂肚的小情人的真身吧！"

三岛猛地睁开眼睛，只见那健壮的大妈抓着一位年轻女子的脖子，狞笑着看着他。这位年轻女子面露恐惧，瘫软无力，正是他在海边邂逅的情人！三岛五内俱焚，却一丝也动弹不得，用力在床上挣扎。

见他挣扎的情景，夫人大怒道："给我狠狠掐死那只野狐狸！都是它的错！"

大妈闻言，便用双手狠狠勒住那年轻女子的脖子。女子挣扎了几下，便没了呼吸，而她竟逐渐化形为一只红褐色的野兽……

"你的小情人其实是只野狐狸，如今她也死啦，你是不是很伤心呢？"

三岛的视野再度被永恒的黑暗所笼罩。身旁女子们的笑声愈加放肆起来。

不久，警视厅接到报案：本打算参加日本高等文官考试的三岛让，某日离开住处前往海边散心后杳无音信。他的朋友们心急如焚，终于报警。

后来没多久，当地的报纸上出现了这样一条简讯：早稻田某处的一间空屋中，发现了一具死因不明的男性尸体。

11

红
茎
白
花

许久以前，高崎地区的观音山脚下居住着一位妇人，她的丈夫早已去世。这位寡妇育有三个孩子。年关将至，除旧迎新的时节到来，住在山对面的亲戚向她捎信说，因为要捣年糕了，希望寡妇可以前去帮忙。寡妇一来念及平时需要亲戚帮忙，二来也想为孩子们带几块新鲜出炉的年糕，于是决定次日一早独自翻山前往亲戚家，吩咐孩子们留在家里。

　　寡妇三个孩子中，大女儿十三岁，儿子八岁，小女儿只有五岁。出门之前，寡妇叮嘱大女儿道："我会带些年糕回来，你们可要乖乖在家等我回来哦。"

　　"母亲，家里的事情您不用过于担心了。反而是您自己要小心。女儿听说这山上有鬼婆婆出没，如果捣完年糕时天色已经太晚的话，你就干脆在亲戚家住上一宿，第二天再回来就行。"大女儿面色郑重地说道。

　　"好的，知道了，鬼婆婆的确非常可怕，如果忙完太晚的话，我就在亲戚家住一晚，不过我尽量赶在傍晚之前回家。"

　　说完，寡妇摸了摸儿子和小女儿的头，叮嘱道："我不在家，你们一定要乖乖的，要听姐姐的话，等我回来，我会带美味的年糕回来给你们吃。你们一定要好好看家！"

　　一通叮嘱后，寡妇便动身赶去亲戚家。

计划不如变化快。捣年糕毕竟是件费时费力的营生，等一切尘埃落定时，太阳已经快要落山了。亲戚觉得半夜上山太过危险，苦劝寡妇留宿一晚上。但她太过担心孩子们，同时也想让他们早点吃上新鲜的年糕，于是便在夕阳下踏上了回家的路。

今夜天气还算晴朗，皎洁的月光透过云层，照亮了崎岖的山路。观音山原本便是一座幽深僻静的小山，即便白天也没什么人烟，山上只有一些蜿蜒绵亘的小路，极容易走错。寡妇记得来时走的是一条铺满落叶的路，便在月光下原路返回，以免迷路。

走了三四公里后，她所走的小径居然到了尽头，眼前出现了一片泛黄的杂树林。她顿时心慌起来。往后退了几步，又发现了另一条小径，于是便走上这条路。可没走多远，道路尽头又出现了一片树林。她惊慌失措，连忙折返回来，无奈连原来的路也找不到了。又走了一会儿，她发现自己完全迷路了。

寡妇心想：这下糟了，如果一直这样走下去，天晓得会遇到什么事呢。不如干脆回返亲戚家，等明天早上再翻山回家。想到这里，她急忙往山下走去。正在这时，她忽然瞥见了一个正在往山上爬的人影，她感觉轻松了一些，顿时长吁一口气。不一会儿儿，那人影便走到她面前。寡妇定睛一看，来人是一位身材短小、满脸笑意的老婆婆。

"天黑路滑，你一个妇人家在此处做什么？"老婆婆脸上的微笑让寡妇心安了一些。

"婆婆，我迷路了，正准备原路返回山下呢。"寡妇回答道。

"哦，原来是迷路的人啊！这山路九曲十八弯，的确容易走错，不如我陪你一起走吧，你原本打算去哪里？"

"我就住在山的那头。"

"那我们顺路呢！不如我陪你去吧，你也不必返回亲戚家了。"

"真是万分感谢，那就麻烦您在前面带路，我家的孩子正等着我回去呢！"

"唉，你放心吧，这山上的小路呢，我走了几十年了，闭着眼睛也来去自如。来，请跟我走吧。"

老婆婆在前头带路，寡妇小心翼翼地跟在后面。摆脱了迷路的阴影，平静下来后，寡妇感觉四周阴森森的，甚至寒气逼人。

"你这是去哪里办事呀？"老婆婆边走边问道。

"我从山下亲戚家来。年关将至，我去帮他们捣年糕。出发的时候天色已晚，亲戚纷纷劝我住一晚，说夜间走山路十分危险，但我家中的孩子还等着吃我带回去的新鲜年糕呢，所以我便想早些赶回去……"寡妇在后面解释道。

"啊，原来你身上带着年糕啊，不瞒你啊，我急着赶路，已经一整天粒米未进，可否分一块给我尝尝？"

出门时，寡妇将年糕装在右肩的包袱里。虽然带来的年糕不多，但她向来是个热心人，分一两块给这位老婆婆也是很愿意的。毕竟人家为她带路，表示一下也是人之常情。

"这次带得不多，只为三个孩子带了几块……不过，为感谢您替我指路，我便分您两块吧。"

于是寡妇停下脚步，把盛放年糕的包裹放到自己的胸前，从打结的地方伸手进去掏出两块年糕。老婆婆喜不自胜，转身向寡妇伸出了一只蜡黄的手掌。寡妇便将两块年糕放至她手上。

"谢谢了。"

得到年糕的老婆婆转身边吃边走。走了一会儿儿，她忽然停了下来，转向寡妇说道："真是不好意思，可否再给我一块年糕？我实在太饿了……"

寡妇心道，这老太婆也真是好奇怪啊，也真能张得开嘴！但她又担心老婆婆会撂下她不管，只好再掏出两块递过去。

"我剩下的也不多了，还得带回去给我孩子们吃呢，所以只能再给您两块了！"

老婆婆微笑着将年糕接过去，狼吞虎咽地吃掉。走了没多久，老婆婆居然又停下来，转身说道："这位大姐，实在不好意思张嘴，但我已饿得走不动路了。"

寡妇心中很是恼火，真想狠狠说说那老婆婆。

"老婆婆，实在不能再给您了，我总得给孩子们留些呢，出发前已经答应孩子们了呢。"

"倘若不吃点年糕，我饿得一步都走不动了。请再分给我一块吧。"

老婆婆一边说，一边还用双手捂住了肚子，表示自己有多么"饥肠辘辘"。不知何时，寡妇发觉老婆婆脸上的微笑已不见踪影。月光下，一张蜡黄的面容愈加丑陋。寡妇心中竟有些怕她，只好又掏出两块年糕递了过去。

"这是最后两块了，我就只能给您这么多了啊！"

老婆婆接过去边吃边走。寡妇心中盘算着包袱里还剩几块年糕……啊，仅剩六块了！她气愤难平，只能将怒气发泄在脚下厚厚的落叶上，踩出"嘎嘎"的声音。就在这时，老婆婆又转过身来。

"喂！我还是很饿啊，已经走不动了，年糕再给我一块吧！"

"这位婆婆，做人不能如此贪婪，我的三个孩子还在家里等着吃年糕呢！我大女儿今年十三岁，儿子八岁，小女儿才五岁而已。他们已在家里等了整整一天，只盼能吃上一口新鲜的年糕！我已经给了您那么多，您能不能替我家的孩子考虑一下呢？"寡妇的语气愈来愈激烈，抬头一看，只见那老婆婆的双眼发红，伸出鲜红的舌头，在薄薄的红唇上舔过，面容说不出的狰狞。

180

这时，在寡妇的脑海中突然浮现出三个可怕的字眼：鬼婆婆！想到这里，她只觉自己害怕极了，浑身的血液都涌上大脑。怎么办？怎么办？如何摆脱她？如何能快些翻过山头？

"那……这样吧！婆婆，我身上就只剩六块年糕了，分一半给您，但是您能快些带我走出观音山吗？"

老婆婆伸出手来，却不说话。那寡妇战战兢兢地将三块年糕递了过去。老婆婆又是狼吞虎咽地将三块年糕吃完。吃完后，她再次转身，狠狠瞪着寡妇说道："我还是想吃，我还是很饿，你给我点什么都行！"

寡妇心中盘算，只能丢弃年糕来保命了。她沉默地将剩下的年糕双手奉上。

"婆婆，我们快赶路吧。"

可那老婆婆只走了两三步，就将年糕吃完，再次转过身。

"我还要吃！什么都可以！"

"我的年糕已全部给您了啊！实在没什么可吃了！"

"我什么都吃，包括你的血肉！"

老婆婆的嘴慢慢张大，一直咧到耳根，凶狠地朝瘫作一团的寡妇扑去……

话分两头。却说寡妇的三个孩子很是乖巧，在家中等了整整一天。到了傍晚时分，姐弟三人一起来到门口，望着远处巍峨的观音山，希望能看到母亲回返的身影。太阳慢慢落山，观音山后的赤城山已笼罩在黑暗中。月上天空，薄雾四起，观音山下稀稀拉拉的灯火，仿佛怪物血红的眼睛。孩子们越看越是心惊，便进屋等候。

三人挤在火炉边，苦苦等候母亲归来。见母亲此时仍未归家，大女儿便对弟妹说道："母亲担心遇到山上的鬼婆婆，今晚必定在亲戚家过夜，明天早上才会回来，我们先去睡吧。"于是三人锁好门窗，并排在地炉边睡下。

谁知到了夜半时分，外面忽然有人敲门。大女儿睁开眼，壮着胆子问道："是谁？是谁啊？"

"是我啊，快开门！"门外的人叫道。

听到这句话，大女儿的第一反应是，母亲连夜赶回来了！但转念一想，又觉得不对。母亲明明答应过他们，若忙完时太阳已经下山，就等到明天再回来，她不会摸黑去爬观音山的！

"孩子，快开门，快点开门！"门外的人继续喊道。

大女儿听了一会儿，总觉得那声音好像并非发自母亲。

"真是母亲回来了？"大女儿竖起耳朵，大声问道。

"我是你母亲啊，是你母亲啊……外头真冷，快些放我进去啊！"

大女儿起身走向门口，准备开门。可她仍觉得"母亲"的语气有些异常。她的手已放在门锁上了，却迟迟无法下定开门的决心。

"你真是我母亲？"

"千真万确，谁会冒充别人的母亲啊！我怕你们等急了，这才不顾危险连夜翻山赶回来啊！"

"可您不是答应过我，若太阳下山了便在亲戚家借宿一晚吗？"

"我是答应过你们，可实在放心不下你们，所以连夜赶回来了！快点开门！"

今晚门外的"母亲"的语气和平时不太一样。女儿又一次询问道："你真是我母亲？"

"不是我还能是谁？这样，你开门看看我的脸不就知道是不是了吗？快点开门啊！"

"好……"大女儿刚准备开门，却灵机一动：都说鬼婆婆能变成人的模样，万一门外的母亲是鬼婆婆变的呢？于是她说道："请让我先摸摸你的手，这样便可知晓你到底是不是我母亲。请把手伸过来让我摸一下！"大女儿透过门洞，将手伸出去。

"你好好摸摸，我的手就在此处。"

大女儿的手指刚触碰到门外那人的手，感觉非常干燥和粗糙。她吓得慌忙缩手："这才不是我母亲的手！母亲的手绝对没有这样粗糙！"

"好女儿，那是由于我今天捣了一天年糕啊！我现在还没来得及洗手，所以摸起来有些粗糙，等我洗洗就好了……我先去洗洗手，你再等等！"

片刻之后，门外的人又折返回来。

"我已经洗好，你再试试看！"

大女儿又将手伸出去。这回，接触到的手感便光滑柔嫩多了。

"这是不是你母亲的手？"

"是的！"

大女儿连忙将门打开。母亲快步走进屋里，盯着睡在地炉边的两个孩子看了好一会儿，眼中露出一丝贪婪的神色。大女儿走了过去，在火光下细细观察"母亲"的脸。屋里灯火虽昏暗，但眼前这个人的外貌确实就是母亲啊。

"我带了些新鲜年糕回来，现在太晚了，明天早上再分给你们吃。现在我和妹妹去里屋睡，你们俩还是睡这里吧。"

说完，母亲抱起妹妹，快步进了里屋。

躺回了弟弟身边的大女儿总觉得今晚的"母亲"不太对劲，辗转反侧，无法入睡。过了一会儿，耳边忽然听见里屋传来噼里咔嚓的响声。那分明是猫狗吃东西时所发出的声音。大女儿竖起耳朵，细细聆听里屋的动静。起初，她还以为是某只小猫在吃老鼠，可她家并未养猫。左思右想，大女儿始终觉得今晚的"母亲"有问题，天知晓她能做出什么事情来。她十分担心里屋的妹妹，便悄悄起床，走到通往里屋的纸门旁边偷窥。里屋亮着灯，大女儿透过门上的洞一看，吓得魂飞魄散——里屋哪有什么母亲，只有两眼闪着凶光的鬼婆婆！大女儿险些摔倒，又担心被鬼婆婆发现，只能小心谨慎地回到原处，将弟弟摇醒，在他耳边轻声道："今晚鬼婆婆变成母亲的模样进了屋，已经将妹妹吃了！我们必须赶紧逃跑。可若直接跑的话，必定会被她追上。所以我们要想个计策。等会儿我假装去茅房，跑到房前不远的三岔路口等你。等我去后你也借口去茅房，我在路口等着你！"

叮嘱完弟弟后，大女儿便大声打了个哈欠，清清嗓子，装出一副"刚醒"的样子，嘟囔着要去茅房，起身朝后门走去。里屋的瓣里咔嚓声戛然而止。

过了一会儿，弟弟也学姐姐的样子爬起来，朝后门走去。就在此时，鬼婆婆在里屋问道："你要去什么地方？"

"茅房。"

"姐姐不是刚去？等她回来再去。"

"可我忍不住了！"

"那就拉在屋内。"

"那多脏啊！"

鬼婆婆无计可施，只好说道："快去快回，跟你姐姐一块儿回来。"

弟弟浑身颤抖地走出后门。一出门，连滚带爬地跑向三岔口。此时，远处天空已出现一丝鱼肚白。几颗稀稀拉拉的星星高挂云端，分外冷清。

大女儿在三岔路口心急如焚地等待弟弟。终于盼来了弟弟，二人便牵着手，拼命向远处奔跑。不一会儿，身后便传来了鬼婆婆那骇人的喊声。他们一边跑一边回头看去，面目狰狞的鬼婆婆张牙舞爪地追了出来。

姐弟俩魂飞魄散，一心只想逃命。慌不择路的他们跑进了一处开满白花的地方，前路消失不见，眼前便是深不见底的悬崖峭壁。身后的鬼婆婆须臾便至。陷入绝境的姐弟俩忽然发觉道路旁边生有一棵参天巨木，仿佛是传说中通天的神杉树。别无选择的他们只能爬到树上去躲藏。鬼婆婆紧追不舍，飞快地往上爬。

二人已然爬到树顶，眼看鬼婆婆即将追上来。事已至此，姐弟俩似乎只有两条路可走：要么跳下去跌死，要么被追上的鬼婆婆吃掉。姐弟俩忽然想起神杉树的传说，双手合十，对天祈祷道："倘若世上真有神明，还请怜惜我们姐弟二人的性命吧！"

说时迟那时快，天空裂开大缝，姐弟俩的头顶突然出现了一条锁链。二人连忙伸手抓住那锁链，真是如有神助一般，锁链真的将他们拽了上去。

鬼婆婆见煮熟的鸭子飞走了，连忙跟着喊道："倘若世上真有神明，也请赐我一条锁链吧！这百年一遇的美味让我品味下吧！"

话音刚落，果然有另一条锁链出现在鬼婆婆面前，她高兴地一把抓住那锁链。可等锁链升到半空中时，突然之间断成两截。鬼婆婆一头从空中栽在地上，就这样摔死了。她的血染红了旁边白色花蕊的茎，可那雪白的花瓣却没有遭到任何玷污。

这种花，便是传说中的荞麦花。

12

岐阜灯笼

1

那日晚间，月色朦胧。真澄循例来到厨房的时候，只听里面传来女仆们叽叽喳喳的说话声以及洗刷盘子的冲水声。前厅的酒宴刚结束，女仆们正在收拾打扫。他便向女仆要了两瓶酒席喝剩的酒，外加一盘小菜。

真澄原本在某家公司上班，可只做了一年多，便因"工作态度马虎"的理由被开除。万般无奈之下，他只能寄居在姨母家，慢慢寻找工作机会。此时正值日本战后经济最为萧条的时节，工作机会奇缺，好在真澄为人天生乐观，偷偷去厨房吃残酒剩饭成了他眼下最大的享受。这样的日子对他来说也没有什么不好的。

不一会儿工夫，真澄便喝尽了手中的一瓶酒。为了能使第二瓶酒喝得慢一些，他将一小杯酒分成了五六口慢慢抿。喝到一半时，他拿起酒瓶摇晃几下，掂量瓶中所剩的酒。

眼下，最令真澄担忧的莫过于姨母的脚步声。但他非常清楚，现在临近午夜，姨母肯定早已睡下。因此他便肆无忌惮地往口中灌酒，借着酒劲，他任由自己胡思乱想，并不时用眯起的眼睛透过纸门远眺屋外。此时正是初秋时节，浅浅的月光，将万物都铺上一层亮灰色。院内生了两三棵小松树，树根钻出地面，长满了胡枝子。不远处的草丛中传出阵阵昆虫的鸣叫声。

拿着酒杯的真澄，眼睛无意识间射向斜前方主屋二楼所挂的一盏岐阜灯笼。岐阜灯笼是岐阜县的特产，姨母非常喜欢这种灯笼，一到夏天就挂出来，晚睡前便吹熄它。可今天夜里，那灯笼竟然还高悬在屋顶发光发亮，这让真澄十分意外。姨母平日对火之类的事物颇为上心，为何今夜忘了熄灯呢？难道是近日招待宾客太过劳累的缘故？一般来说，真澄既然看到灯笼未熄，便有义务去将灯笼熄灭，可微醺的他又懒得挪窝。反正那灯笼里的蜡烛总会自动熄灭的，也没什么引发火灾的危险。所以他就这样一边饮酒，一边静静等待灯笼自然熄灭。

算盘打得精明，但现实出了岔子。一不注意，那灯笼竟忽然落下，仿佛有人拔掉了灯笼上面的挂钉似的。真澄大惊失色，千万别引起火灾了！他急忙放下酒杯前去处理。

灯笼如同长了眼睛一般，先是落在屋顶上，然后在屋顶的瓦片上打了几个滚，准确落到真澄脚下。真澄觉得有点诡异，便集中精神观察这灯笼。突然，灯笼发出几束白光，随即黯淡下去，然后竟化成一只白狗似的影子，将真澄看得目瞪口呆。

那白狗般的影子缓缓伸了个懒腰。片刻后，它居然迈开步子，朝院子后门跑去。真澄十分讶异，同时好奇心作祟，赶紧跟在后面去瞧个究竟。白狗已闯过院子，真澄此时还光着脚，踩在深秋发凉的土地上，轻手轻脚地跟踪那条白狗。

白狗还在后门附近转悠。此处乃是阪急线有名的别墅区，一排新房后面紧靠小山，山上长着一些小松树，四周充斥着用铁丝拉成的篱笆。为防止被这条来路不明的白狗察觉，真澄小心翼翼地跟在后面，尽挑些犄角旮旯儿、草底树后的路线行进。

忽然，白狗的身影消失在门后。真澄悄悄拉开刷漆的后门，左右看看无人，便小心走了出去。

白狗在小松树林中穿行，身影在草丛中时隐时现，四周柔软的芒草穗子，仿佛女孩的纤纤玉手，摸得真澄有些发痒。

不一会儿儿，真澄跟随白狗来到了山顶。那里十分平坦，地中探出一块巨石，仿佛塌顶的地下古墓，四周长满了芒草与荆棘。到达巨石边后，白狗便消失不见了。

真澄在巨石周围转了几圈，再也找不到白狗的踪迹。正在此时，他忽然发现一位十六七岁的女子出现在了他面前。这女子身材娇小，穿着浅黄色的衣裳。最令真澄印象深刻的是她鲜红的嘴唇——大概是抹了口红吧。

真澄对这位不速之客的到来颇为迷惑。他瞪大双眼打量着她。就在此时，那少女也突然消失了，踪迹全无。

2

回过神来的真澄发觉自己又拿着酒杯在后院饮酒。他以为自己做了一场光怪陆离的梦。但这梦境着实逼真——眼看门上的灯笼落下来，化身为一只白狗，好奇的自己在后面一路跟随，追到巨石边。白狗不见了，却又看到一位娇小的少女……他现在还能回忆起梦境中的每一幕，唯独记不得自己如何回到家中。不过真澄天生没心没肺，很快便将这梦境归咎于自己酒后糊涂。他将手中的酒一饮而尽，然后钻进被窝，呼呼大睡起来。

"喂，醒醒……"

不知睡了多久，真澄忽然感觉枕边有个女子在呼唤他，本以为是女仆有事找他，便睁开一只眼睛。不料却猜错了，叫他起床的人不是女仆，而是那位山顶上出现的少女。天生豁达的真澄并不觉得害怕，反而与那少女寒暄起来：

"阁下便是刚才那只化身白狗的岐阜灯笼吧？"

女子掩嘴偷笑，却不回答。

"喂，说句话啊！你究竟是什么来头？"

"我也不是什么了不起的人。是和你一样的'单身贵族'。"

"虽然你未成家，但你却有一身惊人的技业，不像我，是个只会喝酒的废物。"

女子眼珠转了转，看着他手中空空的酒杯，问道："你喜欢喝酒吗？"

"非常钟爱，但囊中羞涩，只能到厨房寻些他人的剩酒。"

"这样看你还乐在其中呢。"

真澄笑道："这是'苦中作乐'。"

"不管什么乐，都比哭丧着脸强呢！我就喜欢与乐观的人一起玩耍。话说，你还想喝酒吗？"

"当然。"

"那就快些起床，我这里有一瓶酒，作为来访的伴手礼。"

"真的吗？那真是令人感恩的礼物……"

真澄鲤鱼打挺般坐起身。只见那女子从身后摸出一个托盘，托盘上则摆着一瓶酒以及三盘精致的下酒菜。

"请用吧，我来为你斟酒。"

说话间，女子已拔出酒瓶的塞子，熟练地为真澄手中的酒杯里倒满酒。

"好纯熟的动作！阁下到底是何方神圣啊？"

"我不是什么大人物啦。别说话，好好喝酒。"

真澄看少女露出狡黠的神色，点头道："那就不问了，我也只是个他人屋檐下的寄生虫，问了也是白搭。"

"说得对，既然问了也是白问，那我们干脆就什么也别问了。只要不要多嘴，以后我就不时给你捎点酒来。"

"那我十分乐意当这个不多嘴的朋友。"

真澄与女子特别投缘，不知不觉中饮了很多酒，然后昏昏沉沉地睡着了。次日清晨醒来一看，身边哪有什么倒酒的女子，就连女子带来的酒瓶和托盘也消失了。桌子上只剩下昨晚他从厨房中要来的酒瓶。真澄又以为自己昨晚只是做梦了。

次日晚上，真澄一直在厨房附近转悠。这日姨母家中并无宴客，真澄自然无酒可喝。今夜他溜到厨房，打算从酒坛内偷些酒来。女仆与姨母似乎看破了他的心思，一直在厨房进进出出，令他无从下手。他只好失望地返回床上睡觉。

不知睡到何时，耳边又传来女子的呼唤声："好酒好菜来啦，快起床。"

真澄睁开眼一瞧，昨晚的神秘少女再次来访。

"快点清醒一下！我又为你带酒来啦。"

"你真是救苦救难的菩萨……"

真澄坐起身。少女便和昨晚一样，带来一瓶酒和三盘小菜。

"快些吃吧，我来为你倒酒。"

饿了一天的真澄喝着美酒，吃着小菜，享受少女的服侍，只觉得人生得意，尽在此刻。第二天早上起床时，少女、酒瓶和托盘依然不见。真澄又以为自己做了同样的怪梦。

接下来的晚上，少女再度携带好吃好喝的造访。可天亮之后，酒瓶与托盘又消失了。不用说，少女也跟着一起人间蒸发了。真澄心再大，也终于意识到，这几日的经历绝不是梦境。然而他心中并没什么恐惧感，只是疑惑一个问题：自己每天都锁好了门窗，少女如何进来的呢？

此后，那少女每晚都会携带美酒前来真澄的房间。真澄再也不必每日光顾厨房偷酒喝，这令姨母与女仆颇为诧异。半个月后，按捺不住心中疑惑的姨母将真澄叫到自己的房间。

"真澄啊，你身体最近有何问题？"

"啊？此话怎讲。"

"你近来都不去厨房偷酒了，而且每晚都自言自语。"

"我何时自言自语了？"

姨母担心地看着他的脸色，道："你还不承认吗？昨晚你姨夫半夜去茅房，路过你房门口时，发觉你房中有声音传出，往里一看，发觉你坐在被褥上自言自语呢。你身子肯定出问题了！否则怎会自言自语！"

真澄心道，姨夫和姨母必是知晓了少女的事情，所以借这话让他主动说出事情的来龙去脉。既如此，那还是识相点老实交代为上。

于是，他开口道："姨母，实不相瞒。最近每晚都有位少女来房中找我……"

姨母吓了一大跳，她凝视着外甥的脸说道："真澄，你说的少女什么时候来过？"

"不是姨夫昨晚亲眼所见吗？"

姨母摇摇头叹息道："真澄，你近来真的不太对劲。其实，最先发现你夜间坐在被褥上喃喃自语的人是我。后来你的情况越来越严重，我便告诉你姨夫，昨晚我们目睹你自说自话的情形，哪有什么少女？你若非故意诓我们，那便是身子出了问题。不如明天去大阪找医生诊断一下吧？"

见姨母不相信他，且将他当成了精神病人，真澄很不高兴。

"我身体好得很！你们听到的声音是那位少女送美酒佳肴给我，我与她聊天的声音。"

"哪位姑娘会闲到天天给你小子送酒饭啊，一定是脑子有问题了。"

"您为何总不相信我的话？这样，今晚十二点，您来我房间看看便水落石出了。"

"我们去了好几晚了,明明只有你自说自话。倘若真有那样一位少女,你今晚就向她要个信物给我们看看。"

"行啊,女子用的梳子、戒指之类的事物都可以?"

"你简直莫名其妙……病得不轻!"

"您不必担心我的身体,等今晚我拿回信物,让您无话可说。"

"若拿不到信物,便去医院看病!"

"一言为定!"

到了午夜,少女准时前来。真澄想起与姨母的约定,便打量着少女。他发觉少女白皙纤细的手指上,戴着一枚成色极佳的青玉戒指。

"朋友,跟你讨个商量。你这戒指可否借我一用?"

少女瞧了瞧自己的手指,又看了看真澄,道:"这个戒指?你想要这枚戒指吗?"

"嗯,就是你手上这枚戒指,能借我一天吗?明天便还你。"

"你要这戒指作甚?"

"我姨母疑心我得了'梦呓症',总是自己与自己对话。我便将你每夜来访的事情和盘托出,可她不相信。于是我就应允她,今晚跟你要一样戒指、梳子之类的信物给她看看。"

女子听后,哑然失笑:"这……这何必要证明呢?他们当我不存在也没有关系啊。"

"那不行,我不想让你受委屈,你我可是非常要好的朋友!你便将这戒指借我一日,明晚就还你。放心吧,我不会将其当掉买酒啦。"

真澄一边饮酒,一边调戏那少女。

少女没笑,认真地看着他道:"可不可以等到明晚呀?我带一枚更好的戒指过来。"

"等不到明天了，今晚必须拿给姨母看，否则她明日怕就将我送去医院了。好姑娘，你就借我这一次好不好？反正是用来作证的，管它质量如何。"

少女放下手中的酒瓶，手指不停摆弄着青玉戒指，脸上露出为难的表情。真澄见状伸出手来，抓住少女的手，将她拉到自己身边。

"这戒指很重要吗，莫非你有什么难言之隐？"

少女顺势贴在真澄怀中。

"那倒不是，只是眼下我有一些不能说的理由，不能取下这枚戒指。"

"莫非这戒指乃是祈求神明实现愿望的许愿物？"

"不是啦……"

"那就借我一下嘛。"

真澄对这神秘的戒指越来越感觉好奇。他想趁少女不注意的时候，偷偷去拔那枚戒指。

少女识破了他的阴谋，连连躲闪道："不要啊，求你饶了我吧……"

但真澄没有作罢，又向她手上抢去。

少女的脸涨得通红，道："不要这样啦，你这人怎么说动手就动手，我讨厌你啦！"

这次真澄几乎要摘下了那枚戒指。

他继续去抢那枚戒指。

"真讨厌！"

少女一声娇喝，从真澄身边跑开，冲到院子里。须臾之间，人影不见。只见那敞开的院门在摇晃着——真澄记得清清楚楚，晚上他曾将门锁得好好的。

3

从这晚后，少女再未来过。姨母虽没拿到想要的证据，但发觉真澄"自言自语"的毛病消失了，于是再也不提求医的事情。

日子一天天过去，新的一年到来了。三号那天，真澄去上福岛的朋友家中拜年。终于可以名正言顺地喝酒，他便开怀畅饮。直到晚上十点多，他才匆匆乘车回到居住的花屋敷站。

这一站除了真澄，还有四五位乘客一同下车。当列车消失在站台后，真澄居然在人群中发现了自己日思夜想的那位少女。

他兴奋地奔上前去："啊，好久不见。"

少女微微一笑。

真澄略带歉意地说道："那晚的事情真对不起。话说之后你就再也没来找我了，可是恼了我？"

少女笑着摇头道："那倒不是，只是我离去的时辰快到了，不能再去你那里了。不过……今晚你要不要去我住的地方，与我做一次最后的道别？"

真澄不明白少女所说的"离去"有何含义，只知道少女似乎要离开此地了，心中涌上一股别离的哀伤。但随即意识到此时应为朋友送上离别的祝福，便强颜欢笑道："方便吗？"

"自然方便呀，我没结婚，家里也没别人。"

"那自然好，你家住何处？"

"我家就在附近，请跟我来吧。"

少女便带着他朝别墅区走去。喝了不少酒的真澄摇摇晃晃地跟在后面。

走了一段路，少女推开了马路右边的一间房门，率先走进屋内。

"我就住这里，帮我把门关上。"

虽然真澄也住这个别墅区，印象中却不记得有这样一间屋子，他也没多想，跟着少女走进门厅，走进了右边亮灯的房间。

"你喜欢喝酒，我为你倒酒吧。"

"今天就不必了，我喝得太多了。咱俩说说话就好。"

"那就等一会儿再喝。今天大约是我们最后一次见面，你就住在这里吧。"

4

满腔离愁的真澄迷迷糊糊地诉说着对少女的心事，少女一边听，一边用一双大眼睛看着他笑。一阵酒劲涌上真澄的心头，他开始睡意蒙眬起来。少女笑了笑，为他铺了一床漂亮被褥。真澄躺下后便呼呼大睡起来。

第二天早上，睁开眼睛的真澄发觉四周寒气刺骨，自己居然被冻醒了。他定睛一看，身边哪有什么少女和被褥，他分明正躺在姨母家后山初见少女时的那块巨石旁边。

13

丽人妖影

1

历尽艰辛，我如愿以偿得到苦觅四五年的奇书《子不语》——一部收录众多怪谈传说的随笔集。至于从前不曾买到的缘由，其作者在书扉页序言中说得很清楚，初版时曾将这部作品命名为"子不语"，随即发现市面上还有另一部同名作品流传，于是他便将书名变更为"新齐谐"。其后出版的书，封面上都以"新齐谐"三字为准。

事实上，这套封面为黄色的奇书是从中国流传至日本的，全书十二三册。大约明治四十年（一九〇七年）前后，我曾在浅草地区的旧书店淘到过一套，后来搬家时不慎遗失。所以，最近这四五年间，我一直想再淘一套。那年春天，与作家兼好友芥川龙之介会面时，他亦曾提及这套书。

"《子不语》有没有出过单行本呢？"芥川问我。

我告诉他道："之前我曾淘到一整套呢，可后来不小心遗失了，费了好多劲都未找到。"

那书遗失后，我动员所有喜欢搜罗二手书或收集中国古书籍的熟人朋友帮我一起寻找。后来，一位经常光顾我家的男性朋友偶然在书店中发现了这套书，第一时间给我通风报信。

"某大学门口的日文书店里有货！封面印着'新齐谐'，没错吧？"

接获这消息后，我生怕这宝贝书被人捷足先登，于是在三九严寒天拉上这位报信的朋友直奔大学门口，第一时间买下这套书。书到手后，心中一颗大石落地。

买书前两三天，本地刚下过雪，屋顶与路边积雪成堆。回家路上我俩冻得瑟瑟发抖，便到大学旁边一间西餐厅点了酒菜，一方面是对朋友远来帮忙的谢礼，另一方面借此歇歇脚暖和一下。点完菜后，我们围坐在温暖的炉火间，就着丰盛的热菜喝酒聊天。原以为这只是一个平凡的午后，却不料朋友讲述了自己亲身经历的怪事，让我顿觉手中奇书的吸引力下降不少。以下便是朋友的自述。

那夜的雾大得出奇。

我在繁华的银座地区与两三位同事吃晚饭。饭后，我想搭乘电车回家。可那天的电车拥挤不堪，接连几班车离站，却根本挤不上去。无奈之下，我只好另辟蹊径，先打车去客流量较少的上野地区广小路，然后从那里坐车回去。不料，一到上野，我逛旧书摊、老夜市的"毛病"就犯了，于是走上了前往夜市的人行道。

此时，正是夜市最繁华的黄金时期，到处都是琳琅满目的二手书。有刚刚上新的大型书摊，有专卖杂志的小摊位，还有一些散兵游勇只在地上铺张席子，摆出几本不知年代、脏兮兮的旧书供路人淘宝。

每次我来上野都要到这条街逛一下，于是便沉浸在书摊淘宝的乐趣中。逛完马路这侧的旧书店后，我准备到马路对面碰碰运气。过马路之时，从动坂出发的电车刚好到站，在我面前停下。我本打算趁这空隙迅速通过马路，却发觉一位女子迎面跑来。也不知晓她是从对面马路过来，还是刚从停靠的电车下来。但在二人擦肩而过的那一瞬间，我瞥见了她左半边脸颊。那椭圆的脸颊、白皙的皮肤……分明是一张记忆中十分熟悉的脸。可我记忆中这位名叫八重的女子眼下应身处朝鲜，不过说不准她或许也来到了东京。我本想先穿过马路然后再跟她打招呼，孰料一辆自广小路十字路口开过的电车，遮挡了我的视线。等电车驶过之后，尾气浓雾中就只剩五六个陌生身影了，而我想找的那位女子早已不知所终。我只得遗憾地转身坐上前往大塚的电车。在车上我依然对此事耿耿于怀：刚才那女子很可能就是她。当时就应喊住她，实在太遗憾了。

若干年以前，我曾在乡村做过教师，而她便是我的一位学生。这位女子住在邻村，当时邻村还未组建高等小学，她只能来我们村子的学校读书。据说这女子乃是家中独女，她父母想为她招位上门女婿，而看好的女婿是亲戚家的一个男孩，大家没想到的是她竟与我的同事兼好友弘光先生产生了不伦之恋。不过二人产生私情是在女方毕业后开始的事情，那时我已来了东京，没有亲身经历那时的风暴，想来当时她应有十八九岁。大约六七年后，老家的叔父去世，指定我为遗产继承人，需回老家办一些法律手续。于是我便利用闲暇时间，去阔别已久的朋友家拜访。

当时，这位朋友也住在她的村子。这个村庄的村民多以捕鱼为生。朋友原本有工作，结婚后辞去了原来的工作，回本村教书。他的原配是位替别人接生的女子，二人当时育有一个三岁大的长男，还有个刚出生不久的长女。

我过来拜访，这位朋友非常高兴，带我前往不远处防波堤上的鱼市场买鱼。那时正好是春天，鱼市一片喧闹景象——在红艳艳的夕阳下，到处都是中气十足的吆喝声。岸边的渔船前呼后拥地驶入港湾，带回一箱又一箱活蹦乱跳的鲜鱼。在鱼市场的石子路上，活蹦乱跳的鲷鱼与鲅鱼将顾客们的目光牢牢绑住。朋友挑了几条身形巨大的鱼，制成精美的菜肴款待我。吃完饭后，他忽然提议道："你许久不曾返乡，不若我们去附近闲逛吧。"

一旁给长女喂奶的妻子语带挖苦地道："的确应该带你的朋友去参观一

下你的温柔乡。"

我愕然。只见弘光苦笑答道："别在朋友面前胡说八道。"

说完，他也不理将要反驳的妻子，便带我出了门。

那夜微风轻拂，星斗满天。弘光的眼神忽然变得温柔，道："其实，我想带你去见一个人。"

我心中犯了嘀咕，但依然沉默不言地跟着弘光。翻过一段狭窄而阴暗的坡道，便是通往我村的渡口，渡口右边密密麻麻地挤满了小民居。走了一公里后，朋友轻车熟路地走进一栋小巧的白泥墙房子。后来我才知道，这栋房子就是她的家。

"八重，快出来，我带了位稀客过来……"

穿过门前泥地，我走进后院。这一带的房屋构造相同，后院右边便是客厅。朋友拉开客厅右边一间亮灯屋子的纸门，只见八重正独自在灯下做着针线活。

"啊！竟是老师来了！"

她大叫起来，神情惊讶。我的惊讶之情丝毫不逊于她。当年那个歪着脑袋瞪大眼睛看我讲课的女童，竟已出落成亭亭玉立的大姑娘。她与弘光先说了几句当年的玩笑话，然后为我们泡茶，出门买了些点心回来。

当晚，我们三人谈笑甚欢。我那时便发现她对朋友的态度异常亲昵。如今回想起来，他们之间或许早就有了私情，难怪朋友的原配会那般讥讽。不过我这人天生粗线条，对男欢女爱之事更加迟钝，当时只觉得八重朴素且单纯，很对我的脾气。于是我沉浸在故友重逢的喜悦中，与他们聊到午夜才回自己村。

之后我便返回东京。次年夏天，一个家乡的熟人告诉我，八重与我那位朋友弘光的不伦之恋东窗事发。朋友的原配精神崩溃，大吵大闹。八重的名誉在村内一落千丈，亲戚朋友和村民们也都开始怀疑她的人品。万般无奈，八重只好跟着我朋友出逃大阪。朋友在某所偏僻的小学找了份教书的工作。后来我又听某位朋友传来的消息说，二人在大阪情况也很不好，便干脆去了朝鲜淘金。从那以后，我便再也没有这对情侣的消息，只听闻弘光的原配与他正式解除婚约，而两个儿女则由弘光的父母代为照顾。

2

今天在上野广小路偶遇的女子，十有八九是跟着弘光共赴朝鲜的八重。坐在回家的电车上，我心潮起伏，一直思索着她与朋友之间的事：既然有消息说弘光已经离婚，那他们有没有建立新的家庭呢？

我试着分析她出现在东京的可能性——假如我看到的女子是八重，那么，他们已经从朝鲜回国搬来了东京？第二种可能是，他们经济上比较宽裕，前来东京旅游观光。但是在私通状态下结为夫妇的男女，极大概率无法白头偕老。婚内出轨的男人本性一般比较自私任性，时间一久，这性格便必然会暴露出来。倘若他俩分道扬镳，跟人私奔的八重也断然不敢返回老家，前来东京投靠熟人朋友的可能性倒是很高。另外还有一种可能是，分手后她又嫁给一位新丈夫，跟随丈夫返回东京。我前思后想，终于还是觉得她与弘光"幸福地来东京旅游"绝无可能。

回到家后，我独坐在火盆边饮茶。刚在隔壁房间哄睡孩子的妻子走过来。我便将这段奇遇讲给她听，可妻子既不认识我的朋友弘光，也不知晓八重，只是用敷衍的语气说道："哦，是吗……"我也没有继续往下讲的兴致，便进卧室睡觉了。

次日，我因公外出，正巧在上野的广小路换乘电车回家。到了车站，我心中忽然产生了一个念头：八重今夜会不会也正巧在附近呢？于是我便在厩桥这一侧逛了逛，走到不忍池出水口的桥边时，忽觉自己大晚上做这种事实在有些傻，于是便折返回去。

大约过了五六天后……那日恰巧是星期天，小雨自早上开始便淅淅沥沥，直到下午一点多天才放晴。我去市谷探望一个参战士兵，在他的屋子里吃过晚饭，大约晚上八点多才告辞。走到一半的时候，我忽然忆起，好久未去神保町了，不若趁今日空闲时间去小书店逛逛。那夜雨雾缭绕，道旁路灯分外朦胧。经过两三间小书店，便看到了平日颇喜欢光顾的小书店。这间书店主营日文书籍，经常能在里面淘到宝贝。进去逛了一会儿，却未发现有中意的书籍。于是我一边闲逛，一边走到了电车线路十字交叉口。此时有几个身着正装、公司职员打扮的人迎面走来，他们身后则跟着一位女子，这位女子穿着红茶色竖条纹的衣裳。她与我擦肩而过，然后转进右边的小巷。我感觉这身衣服非常眼熟，便抬头望去：那脸庞、那发型，正是我在广小路见到的八重啊！这真的不是幻觉。

"喂！"我驻足不前，大声喊道。

那女子仿佛也察觉到我，便向后回了回头。那脸形！那眼神！真的就是"八重"！"八重"这二字几乎脱口而出，她居然转身走开了。我急忙走进小巷，原本想喊住她，但转念一想，假如这女子并不是八重，只是长得比较像的路人，那玩笑就开大了。巷子里如此昏暗，别人会不会误会我心怀不轨，胡乱搭讪呢？

想到此处，我又将"八重"二字吞进肚中。可我的疑惑如熊熊烈火愈来愈旺，实在不舍得错过这个机会，便不动声色地跟上去。这条小巷十分昏暗，只有两三盏屋檐下的小灯发出阴暗的光芒，那女子在前面越走越快。走到尽头再次右转，拐入另一条小巷，这条小巷较之前面那条更加昏暗，连一盏灯都没有，地上满是臭水沟，上面铺着一条快踩断的木板，以防行人踏入臭水沟。那日我脚上穿着木屐，踩到木板便会发出嘎吱嘎吱的声音。但走在前面的女子，仿佛脚下有肉垫的猫一般，走路一丝声响都没有。小巷右边有三四扇房门，只见这女子走到最后一扇门，推门进屋，发出了响亮的关门声。

此时，我与她之间足有二百米的距离。进门之时，我本想鼓起勇气叫住她。但最终放弃这个念头，打算明日直接走到她家问个清楚。毕竟对方只是一位年轻女子，万一认错人，恐怕会被当成不正经的色狼。思来想去，我最终决定明日再光明正大地拜访这户人家。于是，我慢慢走到门口，想看看这户人家的门牌。门框上挂着一块白陶制作的名牌，上面写着的不是"八重"，而是"山本清"三字。

"山本清吗？"我自言自语道。

"母亲，外面好像有男人的声音！"

便在此时，屋内传来了一个小女孩的声音，吓得我转身夺路而逃。逃到小巷的转角时，我心想，还是等明天下班时再来吧，那时天还未黑，我可以正大光明地拜访。想到这里，我仔细观察四周的情境，记住来时的路线。

3

次日清晨搭乘电车上班时，我心中依然有去神保町的那户人家拜访的打算，但脑海中突然出现了那女孩儿的声音：

"母亲，外面好像有男人的声音！"

这声音在我脑海中挥之不去，逐渐吞噬着我想去拜访的决心。仔细想来，我对八重的异常兴趣，貌似只是一种发自内心的本能冲动。事实上，此女与我非亲非故，甚至连朋友都算不上。假如专程拜访后见到面，跟她有什么话题可聊呢？于是当天晚上，我取消了拜访这户人家的行程，直接坐上土桥至大塚的电车。途中，电车会经过神保町，但我发觉自己已完全没有下车的冲动了。何况那日阴雨连绵，我坐上车时才四点，外面已是一片昏暗。当夜我直接回了家。

无精打采地又过了一天。这一天并非未想起拜访神保町的事情，但前日那种执念已烟消云散。下班时，我在数寄屋桥的烤鸡店同一位记者朋友吃晚餐。晚餐过后，这位朋友提议去有美女侍者的咖啡厅消遣一下，于是我们便并肩往青山麻布方向的电车车站那头走去。

车站的左手边街角处有一间生意不错的咖啡厅，当时大约是晚上十点多，四周薄雾笼罩，无论车站还是公园入口都没什么人，稀稀拉拉的路人行色匆匆地走过。我走在朋友的前面，踏上咖啡厅的石阶，此时恰巧有几位客人打开咖啡厅的门走出来。于是我便侧着身子为他们让路。先是两位学生模样的顾客，他们离开后门又打开，走出一名女顾客。

"啪！"一把闪着黑色光芒的梳子从她身上掉落，恰好落在我脚边。我蹲下身捡起梳子，回头一看，那遗失梳子的女顾客已走到石阶最下一层，正回头看着我。天哪，这不就是踏破铁鞋无觅处的八重吗？！她刚要伸手，却好像认出我的样子，脸上露出了欣喜异常的表情。眼看她即将跟我打招呼，身后的朋友却突然摇摇晃晃地走过来，一把抓住我的胳膊说道："喂，磨蹭什么呢！还不快进来！"然后不由分说地抓住我的胳膊向屋内拽。我连忙挣扎道："稍等，我有点事……"

他的力气实在太大，拼命挣扎的我最终被他推进店内。

"哎呀，你真是的，让我出去，方才我见到了朋友的妻子！"

我终于推开了他，急忙冲出门去寻觅，早已无影无踪。通过今天的相遇我愈加确认，那女子就是八重。那欣喜激动的眼神，那欲言又止的神态，绝对是八重没错。我不死心，便在周围寻找起来。

咖啡店门前的电车站有两三位乘客等候电车，里面却没有八重的身影。我心想，或许她去了对面神田方向的车站，便穿过马路。但对面的车站也没有八重的影踪。无奈的我手中攥着她的梳子，失望地回返咖啡厅。一脸蒙的朋友还在店内等我。

"喂，你这是做什么去了，让我一顿好等。"

此时，朋友已在左边角落找好位置，正大口品尝啤酒。一位穿着围裙的年轻女侍者在旁边服侍着。

"唉，方才我在门口见到了一位许久未见的朋友的妻子。当时她头上的梳子掉落。我刚将梳子捡起，你便将我推入店内。等我再回头去追的时候，人已经不见了。你看，这就是那掉落的梳子。"

我伸出右手将掌中的梳子拿给他看。那是一把橡胶制的梳子，通体黑色，把手上印着银色的星星。

"你就喜欢捡美女身上的东西。"朋友戏谑道。

我饮了一口啤酒，嘿嘿笑了两声，随即转头问女侍者道："方才我们进门时，刚好有位女顾客离开，你知不知道，她独自进店还是跟别人一起来的啊？"

"女顾客？什么女顾客？这就怪了……二位进来前后，我们店内并无女顾客呢……"

女侍者一脸莫名。

"怎会没有？她方才穿着鲜艳的红茶色竖条纹衣服，时髦大方。这把梳子便是她遗落在门口的。我捡起来之后，才发现她是我朋友的妻子。谁知这人硬扯我进来，我才与这女子擦肩而过。你究竟有没有印象？"

女侍者越听越纳闷，奇道："一点印象都没有，方才店内真没有女顾客呀……"

她转头问正在服侍不远桌客人的同事道："方才这两位客人进门前后，店里没有什么女顾客对吧？"

同事咧开嘴，露出一嘴黑黑的蛀牙，装出风情万种的可爱模样开玩笑道："的确没什么女顾客，就算有也肯定会被我赶出大门。"

这间咖啡店其实算是打擦边球的"风月场所"，主要服务对象是男性，女侍者们的裙子很短，很暧昧，八重的确不大可能光顾这种地方。

怎会有如此怪事？我连忙转头问朋友道："喂！方才推我的时候，有没有看到店中走出一位女顾客？"

"没有呢，我方才晚餐时喝了不少，有点晕乎。并未见到你所说的时髦美女，只看到了两个呆呆的学生！"

既然他看到了学生，按道理不可能看不到后面的八重啊。我又问了一遍："就是跟着那两个学生走出来的女子，你当真没看到吗？"

"没看到，话说漂亮良家女子怎么会跑到这种地方来！"

"可……可我分明看到她了，也分明捡到了这把梳子！"

"别扯了，那也一定是刚才出门'找人'厕混的时候捡到的吧！"

朋友始终不相信我所说的话。但作为物证的梳子就摆在眼前，我坚持自己的看法。

"真是咄咄怪事……"

我将那把梳子丢在桌上，重新端起啤酒继续喝。

没想到在此处见到八重，更怪的是除我之外无人看到她，实在不可思议。我曾听医生朋友说过，人在发疯之前经常出现幻觉，目睹各种莫名其妙的东西。莫非我得了疯病？我强迫自己冷静下来，仔细回忆今日偶遇八重的每一个画面。

今早出门后，我像以前一样到香烟店买了九块钱的朝日牌香烟。服务员给我找了一块钱的零钱，然后我挤上电车。电车上一位女学生站在我跟前，电车刹车时，我与她两脚交叉站立，四目相对，这让我有些想入非非。抵达公司后，邻座同事又学起了主管说话的腔调，引得我大笑。再后来，眼前的记者朋友打电话约我，一起去了数寄屋桥的烤鸡店。我们在餐桌上谈笑风生，聊了许多八卦，然后便来到这家咖啡厅，在咖啡厅门口捡到了八重遗落的梳子……我可以很轻松、准确地回忆起今日发生的每一幕，且每一幕情景都非常合理。

"你在发什么愣？"朋友大声问道。

我被他吓了一跳，茫然望着他。他大笑道："哈哈，你怎么魔怔了！依我看，这种来路不明的梳子，尽快扔掉为好。你老盯着它看，精神都要出问题了。扔掉！快扔掉！"

我倒觉得他这话很有道理。若继续盯着这把梳子，的确有精神失常的可能。倘若今天发生的事情属实，下次见到她时，买一把新的赔给她便是。况且这把梳子看上去并非名贵的配饰，没必要贴身携带，不如便寄放在这家咖啡厅好了。

想到这里，我对一旁服侍的女侍者说："小姐，这把梳子我便寄放在贵店了，若她来找，直接转交给她。若没来找，扔了便是。"

侍者原本就没将这梳子当回事，听到我这话，虽然极不耐烦，却也一口应承了下来。将梳子的事情安排妥当，我总算放下一桩心事，与朋友玩到大半夜，连末班车都错过了。

4

次日，我又想起那把黑色的梳子。昨夜那女侍者说，我们抵达前后店内并没有女顾客。但若店里顾客很多，如果是她很忙，而忽略了八重呢？这些女侍者以销售啤酒领取佣金为生，目光肯定一直锁定在自己负责的客人身上，其他地方很难照顾得面面俱到。所以我认为，不能完全相信她们的话。即便是我，也有过"灯下黑"的教训。思前想后，我最终决定，还是去拜访一下神保町小巷那户人家，直接问个清楚。无奈当天琐事缠身，直到第二天，我才挤出时间前往神保町。

时过境迁，萦绕脑中那句"母亲，外面好像有男人的声音"也没有起初那般刺耳了。我鼓起勇气敲了敲八重步入的那扇门，问道："有人在家吗？"

"请稍等！"应门的貌似是位上了年纪的女人，不像是八重的声音。片刻之后，一位五十岁左右、穿戴整洁的高个女人打开房门。

"啊……恕我冒昧，不知您府上有没有一户姓弘光的人家？"

"没有呢，府上只有我和女儿两个人。"

她口中的女儿，应该便是那晚发声的小姑娘，听年纪要比八重小很多。

"啊？实不相瞒，上周日晚上，我在路上偶遇了一位许久未见的朋友的妻子，目睹她进入这间屋子。当时我便想上门拜访，可是天色已晚，贸贸然来打扰实在不太妥当，加上我还有另外的事情，于是转身回家了。话说，您家真的没其他人借宿吗？"

"啊？这就怪了。我家已好久没来过客人了，您跟踪的人会不会进了隔壁呢？"

"不可能，当时我特意看了您家的名牌呢。"

就在此时，屋内走出一位十六七岁的清秀姑娘。

"母亲，出了何事？"

"这位先生方才说，他上周日曾看见他的朋友走进我们家，可那晚咱家没有客人上门吧？"

"啊……可您那晚不是曾说厨房进了人吗？"

"啊！那是周日晚上发生的事？"

"对呢，我当时还这样说嘛——'周日晚上谁会去别人家里拜访啊，您不会听错了吧'。"

"你这样一说，还真是……"

"然后我发现院门外面好像有男人的声音，所以告诉您了嘛。"

"对，对，这我也有印象。"

说到此处，母女俩突然不说话了，仿佛想到了什么可怕的事。我连忙解释道："当时站在门口的男人便是我。我发现我的朋友进了屋，以为她就住在这里，便想着改天再来拜访。此时，我正好听见您女儿说了一句'母亲，外面好像有男人的声音'，也觉得非常尴尬，就赶紧回家了……"

我口中忙着解释，心中想到，这件事实在太诡异了。前天发生"梳子奇案"，今天又……

"这可奇了怪了……话说，您当真看见一个女人走进了我家？"母亲皱起眉头问道。

"千真万确，那女子穿着红茶色的竖条纹衣裳，长脸蛋，年纪大约二十五六岁，十足的美人坯子。"

"太可怕了，当时之所以跟女儿说'好像厨房里进了人'，也并非真的听见了脚步声，只是有种家里进人的朦胧感觉……"

"这到底是什么情况！"小姑娘一脸惊恐地望向母亲。看到她这样的表情，我终于确信八重不住这里，我的心中对因来访导致对方陷入惊恐境地而内疚不已，再不好意思厚着脸皮打扰，便向母女二人告辞。

之后，我也没有什么心情去左邻右舍调查，径直返回。路上，我心里惴惴不安，脑海中全是那把奇怪的梳子和消失的八重。

5

尽管反复告诉自己不要再想八重，然而怪事接二连三地找到我，令我无法释怀。更令人无奈的是，此事太过诡异，无法与别人讨论。

我在惴惴不安中又度过一个星期。星期天，我又去了一趟市谷拜访了那个士兵。办完公事后，我在市谷一间酒馆内吃了晚餐，大约十点多才踏上回家的道路，乘上了开往大塚的电车。上车之后，我习惯性地站在车后侧门口。列车运行到壹岐坂下时，我搭乘的列车与春日町方向开来的列车擦肩而过。那辆车看上去也很拥挤，前面开着一两扇玻璃窗，窗后，有位女乘客侧脸靠窗站立。一看到她，我惊喜交集，举起一只手大喊："弘光夫人！"

她肯定听到了我的喊声，抬头看了我一眼，好像也认出我，对着我的方向点了点头。没错，我敢肯定，这就是八重。在这一刻，我忘记了从天而降的梳子以及神保町神秘消失的身影，"找到八重"的念头，再次涌上心头。

次日开始，我每天在上下班路上都睁大双眼，仔细观察出现在我视野中的每一位年轻女子。然而，数天过后，我没有看到任何一个和八重长相相似的女子。一眨眼，又是一个周日。那日大雨连绵，无法出门，我便老老实实待在二楼的书房里读书写信。大约下午三点多，未满月的儿子开始大声啼哭。这时，外面传来敲门声。稍后，妻子抱着哭闹不止的孩子去了家门口。然后我便听到她在楼下喊道："老爷，外面有位弘光夫人要找你！"

我的心激动起来，惊讶不已。八重居然自己找上门了？我走到楼梯口，探出头来喊道："请上二楼！"

然后又对楼下的妻子喊道："快请夫人上来，顺便把孩子带出去哄哄。"

妻子的答应声与儿子的哭闹声混在一处，令我心烦意乱。不一会儿儿，哭声逐渐往里屋移动。我站在原地等了好一会儿，也没见八重上楼。

我以为她挂外套，便又大声说道："请上二楼吧，家里没其他人，请不用客气。"

我向楼下喊了一句，却没有任何回音。难道她真的先去厕所了？于是我走回火盆旁边，继续耐心等待，却一直无人上楼。我实在不知她去了何处，便点了一根烟等待。此时，书房外总算传来了一阵脚步声。可出现在门口的，是我的妻子，她正给孩子喂奶。

"弘光夫人呢？"妻子一脸疑惑地问道。

"你问我，我问谁啊，我等了半天都没见到他，还以为她去厕所了呢。"

我憋了一肚子的火，语气透着一股气愤的味道。

"不会吧？我是亲眼看到她上楼，才去屋里喂奶的，怎么可能就突然消失不见了呢？"

"你看见她上楼来了？这太奇怪了……"

"我的确看到了啊！真是怪事！"

关于"八重"，这已经是我遇到的第三桩怪事了。三件怪事不停在我眼前重演，令我心惊胆战。可妻子胆小，我也不想和妻子说这些。以她的性格，我要是说实话，她定会觉得是这房子有问题，说不定还会大吵大闹嚷嚷着搬家。

眼下年关将至，事务繁忙，可经不起搬家这种折腾方式了。

于是我继续盘问妻子："你会不会看错了？或许人家根本就没来过呢？"

"我有那么傻吗？她都很明确地和我说她姓弘光了。我可是亲眼看到她进门并上楼去的！对了，她穿着一身红茶色的竖条纹衣服！"

"那……会不会是冒名顶替的小偷呢？"

"看上去不像，弘光夫人既漂亮又有气质，不可能是贼！"

"那就太奇怪了……"

说到这里，我还是担心吓着妻子，还是先安抚她吧："也许是她走错了门，后来发现自己弄错了，所以就趁你进去喂奶的时候偷偷溜走了。"

"是这样吗？可我看着她进我们的家门，没有任何犹豫呢。"

"大概是她觉得丢脸，所以表面看起来非常镇定，就走了两级给你看，你一走，她便逃出门去了。"

"这样的话，未免也太过分了。"

"倘若男人遇到此种情形，说一句'对不起，搞错了'也就算了，但女人家要面子嘛。"

"我还是头一回碰到这种不知所谓的人。"

见妻子没有多想，我心中松了口气。

"女人本来就是这样嘛。"

"都是这样吗？"妻子嘴里嘟囔着，抱起儿子下楼去了。

外面的雨越下越大。我坐在火盆边，环顾昏暗的房间，心中一阵阵发凉。

6

接下来的两三天，我都在惶恐与不安中度过。接二连三发生的神秘事件，令身为唯物主义者的我心生怀疑——这是发疯的前兆吗？为何我总是胡思乱想？

我曾目睹一位朋友发疯的全过程。这位朋友与自己另外一位好友合租一间屋子。不料这位好友将他在老家时所做的丑事泄露出去，导致街坊邻居议论纷纷，冷嘲热讽。他无法忍耐四周人们的嘲笑与讥讽，便与那位朋友大打出手，并从同居屋里搬了出去。从那时开始，他的行为举止便越来越古怪。我与一位医生出身的朋友非常担心，便一同前去探望，发觉他的精神状态确实很差，于是便将他送到了精神病院。不久之后，我听说他趁人不注意，一头撞在医院柱子上自杀身亡了。

这位朋友的悲惨遭遇，在我脑中久久不散。因此，我并不害怕妖魔鬼怪，反而更担心自己发疯。又一个周日到来，我专程去桧物町拜访一位研究精神病的朋友，与其聊到很晚才回家。我走到吴服桥站准备搭车的时候突然发现，桥的另一边走来一位穿着黑色礼服的男人，不知道为什么，盯着他仔细地看，那分明是我许久不见的朋友弘光！比起当年，弘光看上去苍老了许多。在我以为自己又出现幻觉的时候，弘光认出了我，大步走来。

"你是弘光吗？！"我问道。

对方也非常准确地报出了我的姓氏。这下，我确定，他的确就是弘光，心中暗想，莫非八重真与他一同搬来了东京？

"你什么时候来到东京的？"

"啊，刚下火车。"

"如此说来，你夫人比你先来一步了？"

"她永远不会来了……你是不是听了什么风言风语？"

"没有呢，我只知晓你们后来去了朝鲜，此后你们对我来说音信全无。不过最近我数次见到了一个像极八重的女子，还以为你们一块儿来到东京了呢。"

"你见到八重了？真的吗……"我发觉弘光的脸色瞬间变得惨白，并露出了一丝惧色。

看来此事绝非表面看来那样简单。

"八重现在没和你在一起吗？"

"呃……这事说来话长，你就别多问了。"

"啊……那就不多问了吧。你这次来东京准备去哪里？要不然先去我家坐坐？"

"多谢你的盛情邀请，但我现在还有别的事情要做，先告辞了。"

我也看出弘光神色匆匆，便也没有多说。我从怀中掏出我的名片给他："你有空来我家坐坐吧，这名片上面有我家的地址！"

我将名片递了过去，但神色慌张的他并未伸手来接。

"不必了，我知道你家的地址。但这次我不能过去拜访了……因为今天半夜我要搭车前往东北地区。"

"这样的话，那以后闲暇时一定要来找我啊，一路保重。"

"再见。"

弘光向我辞行，步履蹒跚地穿过电车的铁轨，向日本桥的方向走去。落日余晖洒在他落寞的身影上。我满怀疑问地目睹他的身影消失在人海中，心中惊疑交加——他说"八重永远不可能来东京了"是什么意思？为何听我说见到形似八重的女子开始，他便变了神色？

正在这时，开往大塚的电车即将发动。我似梦初觉，慌忙跳上车，握住电车上冰凉的黄铜扶手。而那张名片，一直被我紧紧地攥在手心中。

14

雷公事件

1

明治维新时期，幕府统治四分五裂，上州新设立了"岩鼻县"。大音龙太郎成了当地首任县令。新官上任三把火。大音是一位胸怀大志的英雄人物，刚一当上县令，就针对当地不良的治安情况，着手进行了很多改善工作。尽人皆知的是，上州自古便盛产赌棍。明治前期，此处天高皇帝远，中央政府自顾不暇，没有精力治理地方，上州的赌徒们更加为所欲为，鱼肉乡里，当地几乎处于"无政府"的混乱状态。大音县令到任后，每日都能抓捕七八十名罪大恶极的赌徒，毫不怜悯地将他们斩首示众。

这个故事便发生在这一时期。

在岩鼻县郊区，住着一位贫苦年轻人，名叫音造。为了养家，他没日没夜地干活，闲暇时间还去城里打打零工。音造的妻子名叫阿种，算得上是一位不可多得的美人，生得高瘦白净，细皮嫩肉，远近知名。

有一天傍晚，阿种拎着水桶到后山的悬崖上打水，其时正是初夏时节，花草吐艳，树木繁茂。空气中弥漫着一股青草的香味。落日之后，洁白的月光洒向大地。

悬崖上有一片郁郁葱葱的桑田，是阿种打水的必经之路。她惬意地走在小路中，任桑叶拂过自己洁白的脸颊。不一会儿，她就穿过桑田，来到了山顶的竹林间。而要打水的那口井，便在竹林下面，旁边生着五六棵细长的芭蕉。

一轮船月从芭蕉叶中探出头来，阿种拎着水桶走到井边，踩在长满苔藓的石头上，她调整身体的角度，将桶顺入井底。就在她准备提起水桶时，眼前突然多了一个不速之客。

"小娘子，别怕，是我啊！"

来人便是近来如苍蝇一般频频在她身边出现的"山形大哥"。只见山形梳着武士的发髻，一张黝黑而凶恶的脸上露出淫邪的笑容。阿种也不清楚他的来历，只晓得他是去年来到岩鼻地区的外地人，平时在赌场当中坐庄。

"你的名字叫阿种吧？阿种啊，哥哥有些话要与你说……"

阿种看看荒无人烟的竹林，后背一阵阵发凉。

"阿种小娘子，无须惊慌，在下好歹也是个武士，不会干那光天化日强抢民女的勾当。你瞧我还能吃了你不成？你倒是往我这边走两步啊，离这么远，说话多不方便。"

山形咧开嘴笑了。可这一笑显得阴恻恻的，阿种愈发害怕了。

"多谢大哥关心，只是妾身家中还有些急事要办……"

阿种正要拎起水桶转身，山形却一个箭步冲过来，抓住阿种白皙的右手。

"阿种妹妹，何必对哥哥我如此冷淡呢！"阿种手中水桶落地，拼命把手往回抽。

山形紧抓着她的手不放，口中说道："阿种，这几日我一直借故出现在你面前，你莫非还不知道我对你的心意吗？何苦对我避而不见？我当然晓得你是有夫之妇。就算我身为堂堂武士，可是要对有夫之妇倾诉爱意，也需莫大的勇气啊。"

阿种只觉心乱如麻，两耳嗡嗡作响，几乎听不清山形说了些什么。

"阿种，我已下定决心，一定要与你成就美事。我的身份是尊贵的武士，却决不会以此胡作非为，所以你不必担心。只是，如今我对你已经思念入骨，你就不能成全我吗？"

阿种强迫自己冷静下来，她脑子快速思考：论力气，我肯定不是这恶棍的对手。不如虚与委蛇，看准机会逃跑。即便没有机会逃跑，说不定过会儿便有人来打水，那便可趁机逃脱，现在还是先拖延时间吧。于是她停止了挣扎，哀苦地恳求道："妾……妾身不过是个生活困苦的农妇……"

"所以我才希望能让你过上衣食无忧的好日子！我希望你每日都打扮得漂漂亮亮，让所有人都赞叹你的美貌。阿种，你天生丽质，如今却一朵鲜花插在牛粪上，跟个穷小子过日子，有什么前途？等到你人老色衰的时候，你一定会追悔莫及的！若是从了我，我就娶你进门，山珍海味，绫罗绸缎，仆人成群，岂不美哉？"

说着，山形又将自己的一双恶心的手伸向了阿种的另一只手。

"大哥如此抬爱妾身，那是妾身的荣幸。可妾身穷苦人家出身，没什么见识，习惯了粗衣恶食的生活，只能对大哥的错爱说抱歉了。"

"这又是何苦，为什么作践我的一片心意呢？"

"妾身永远感激大哥的情意，只是妾身已是别人的妻室，必须从一而终，还请大哥见谅。"阿种一边说一边尝试甩开山形的手，却因体弱乏力无法挣脱束缚。

"哎呀，阿种！你先等我说完，自然就会松手，你这是做什么！"山形咧着嘴笑着，口中传来一阵口臭味，差点将阿种熏晕过去。

"大哥，丈夫还等着妾身打水回去烧饭，妾身再不回去，他怕要寻过来了……"

"寻过来也好，咱们三个把话说清楚，也好过我每日受单相思之苦。来，咱们去竹林里慢聊，那里无人打扰。"

山形用力地将阿种往竹林里拖。阿种自然晓得到了竹林中会发生什么事，心中盘算：只能大声呼救，用力甩开他逃跑了。她拼命挣扎，大叫道："妾身不去竹林！我已有夫婿，你这样做成何体统？快放手！"

　　"哎呀，你怎么这么固执啊……我不会伤害你的。但我们武士最珍惜脸面了，你若是大喊大叫，就休怪我不客气了。"

　　"大哥，只要你放开我，我就不叫。"

　　"我又不是非得抓住小娘子你的手。现在这种情形，还不是因为你不肯乖乖地听我把话说完。"

　　正在阿种感觉今日在劫难逃的时候，附近忽然传来了人声。两个女人边走边聊，向水井走来。阿种如同溺水者抓住一根稻草，重获生机。

　　"那边有人来打水了！要是被人看见就不好了，请大哥赶紧放手！"

　　山形耳闻人声越来越近，悻悻地松开阿种的手，道："既然有人打扰，那今夜就先聊到这里吧。阿种小娘子，我可没对你死心，一定会千方百计得到你！咱们走着瞧吧。你不会将今天的事说出去吧？若你到处声张，我一定让你生不如死！告辞了！"

　　说完，山形的身影消失在竹林之中。一位婆婆和一位年轻的少妇结伴而来。阿种唯恐被人撞见这恼人的一幕，连忙整理好情绪，打完水便回家了。

2

　　这一日午饭后，阿种正在水池边洗碗，有位平素与她交往甚密的老婆婆找上门来。

　　"阿种，在洗碗啊。你现在有空吗？有件事想请你帮忙……"

阿种平日看老婆婆孤苦伶仃，经常照顾她。

"是阿姨呀，您有什么事吗？"

"是这样，有人送我一块上等布料，我想将其裁成一件衣服，但我年纪大了，眼睛花了，能不能麻烦你到我家来帮我一把呀？"

"没问题，我现在就没什么事，这就跟您过去吧。"

阿种收拾一番，便裹上头巾出了门。不远处，老婆婆笑嘻嘻地等着她。

二人一同走上小路。小路的一侧是由青转黄的麦田，另一侧是一望无际的桑田。老婆婆家就在道路尽头。老婆婆的丈夫和孩子都已去世，只有侄女偶尔前来探望一下。阿种经常帮婆婆干活，轻车熟路地走进了屋内。婆婆拿出一块昂贵的格纹布料，阿种心中暗暗称奇——老婆婆平时生活很拮据，如何能有这样阔绰的布料？老婆婆将布摊在地上，一拍脑袋，懊恼道："人老不中用了！阿种啊，真不好意思，我忘了拿丝线了！这样吧，我去侄女家要些丝线来，你能先在这儿帮我将这布料裁开吗？"

"无妨，婆婆只管去。"

"太麻烦了，那实在是太麻烦了，我快去快回！"

婆婆看了一眼阿种，转身出门。阿种拿出尺子，开始在布料上做记号。突然，屋外传来了一阵脚步声。阿种原本以为是遗忘了什么的婆婆去而复返，所以连头都没抬一下，继续认真地裁布。不料那人进门便站到她身后，一言不发。阿种察觉到不对劲，抬头一看，原来是腰上别着短刀的山形。

"哟，阿种小娘子你在这里啊，婆婆去哪里了？"山形将自己的胡须剃得干干净净，但是依旧没有丝毫白面书生的儒雅，反而显得更加凶残。

"阿姨前去侄女家拿丝线了，大哥你为何来此？"

"我刚刚看见你与婆婆一起，便想过来继续跟你聊聊上次的话题，却不承想，婆婆正好出门了。你看，连上天都在撮合你我二人。"

阿种听他又在说疯话，握紧手中的尺子，一言不发。

"阿种小娘子，你对我为何如此冷淡？我对你日夜思念，你却如此无情……"山形一边说一边将手轻轻搭在阿种的肩膀上。

阿种连连后退道："妾身……"

"之前在山顶的时候我跟你说了那么多，你难道一点都记不得了？"

"妾身都不记得了，请大哥高抬贵手放过我吧……"

"别这样嘛，小娘子，良辰苦短，我们要抓紧时间好好聊聊了，再过一会儿，婆婆就要回来了。"

山形步步向前，似乎要伸手抱住阿种。阿种吓得转身后退。山形的脸上流露出奸邪的淫笑。

"别怕嘛，小娘子，我好歹也是位武士，不会做无耻下流的事情，你就放宽心与我好好聊天吧。"

阿种惊怒交加，又不敢大声喧哗，唯恐刺激到山形。

山形看她不吵不闹，便诱惑道："阿种小娘子，即便你恨我入骨，我仍不忍心看着你受苦。你只要从了我，今后海阔天空，好日子多了去了。告诉你一个秘密，我不会一直待在这穷乡僻壤。来此处是为了避祸，等风头一过，我便返回江户去。哦，对了，江户如今已经改名为'东京'了，那些大人正推进文明维新呢。你看，一辈子窝在这山村里，连国家大事都不晓得。将来我娶你进门，便带你去东京，将你变成一名雍容华贵的贵妇。只要你肯点头，我马上就给你一百两聘金！二百两也可以！只要你答应我！"

阿种满脸鄙视地盯着他。

山形继续自说自话道："倘若你实在不愿离开此地，想继续过如今的日子，那我也愿意为你找条出路，只要你答应与我私下见面就成。到那时，我甚至会帮你丈夫安排一个体面工作。现在你晓得我对你的一片真心吗！"

"妾身接受不了，还请大哥高抬贵手……"

阿种一边拒绝，一边暗暗盘算——再跟他拉扯下去，竹林那幕怕是会再度上演。她瞥了一眼院门，山形进来后便敞开着，是逃跑的最佳路线。于是她猛地站起身来，向院门外面逃去。大惊失色的山形急忙伸手去拉，一下抓住阿种的右手袖管。阿种用力一挣，袖子连根断开，趁机逃到了门口。山形穷追不舍，眼看就要赶上阿种。就在这千钧一发之际，一位年轻人从远处飞奔过来——而这位突然而至的年轻人，是阿种的丈夫音造，真是好巧不巧！

"发生了什么事！"音造眼见妻子慌慌张张地逃出门口，大声喊道。

慌乱中的阿种望向声音传来的方向，见这位来客乃是自己的夫君，心中大定。她停下脚步，回头向屋内望去。只见那色胆包天的狂徒正抓着一只断袖，脸色阴晴不定地往这边看来。音造对山形怒目而视，厉声吼道："发生了什么事！你们二人到底在做什么！"

山形带着短刀，阿种唯恐自己丈夫吃亏，连忙息事宁人道："他……他在跟我闹着玩呢，我就跑出门口……"

"闹着玩？你不在家中做事，跑到这里做什么！"

"阿姨请我来做件衣裳，我就过来帮她裁布料。"

"阿姨人在何处？"

"去往侄女家里拿丝线了。她前脚刚离开，这位大哥便来到院子里。"阿种指向屋内的山形，但惊讶地发现，山形早已不见了。

"居然开这样过火的玩笑！算了，先回去吧。"

于是音造便跟妻子阿种一起返回家中。就在二人讨论今天发生的事情时，那老婆婆突然敲门，手里捧着阿种的断袖。

"音造啊，今天是我不好。我想找阿种帮忙裁衣，刚巧碰到山形大哥来访，让你误会了。你可千万不要放在心上！你也晓得，那人乃是一位武士老爷，财大气粗。虽然平时与一班赌徒打交道，但身为武士，总不至于去做那些违法乱纪的事，这一点你大可将心放到肚子里。这位大哥今天中午喝了些小酒，神志不太清醒，所以才开那种过火的玩笑，这事情已经过去了，你千万不要记仇啊！"

事实上，阿种并没有将井边发生的一幕告诉音造。可老婆婆的一番话，却阴差阳错地让音造意识到，山形对自己娇妻起了歪念头。而且老婆婆与山形可能在狼狈为奸，说话便不再客气。

"阿姨，不管你怎么说，他这也不是普通的玩笑。再说了，一个正派人如何会在青天白日之下闯进别人家里！"

"哎哟，音造，你误会了。这是山形大哥的老毛病啦。他来我家从不提前打招呼。我一个快入土的老人家，他也不用避讳什么。"

"向有夫之妇动手动脚岂是君子所为！"

"唉，音造，山形大哥如今醒了酒，追悔莫及。看到老太婆我回家，急忙派我前来致歉。他还让我捎一两银子来赔偿阿种的衣裳。大哥出手真阔绰，这些钱给阿种做五件、十件衣裳都绰绰有余！"那老婆婆干笑几声，从自己的衣兜里掏出一小包纸，连同短袖一起递了过来。

音造却不伸手去接，淡淡道："阿姨，我虽穷困，却不受不义之财，也不卖老婆。"

婆婆惊愕地道："音造啊，你这说什么话来，人家的一片心意嘛，你怎么这样曲解！"

"阿姨，请不要再费口舌了。这脏钱我绝对不收。"

"你这孩子实在倔强。何必跟钱财过不去呢。你要是不收这钱，你多亏啊……"

音造发觉她话中的漏洞，怒道："您为何不好受？您和他又不是同伙，也没有帮他牵线搭桥，是不是？"

婆婆心虚地瞅了音造一眼。

"音造啊，你千万不要误会。阿种对我很好，我岂能做这种缺德事。

山形大哥的确是趁我不在家的时候来的……"

"我知道您的为人，但这钱我真不能收。"

婆婆终于意识到自己无法劝服音造，便想撂下钱溜之大吉。

"唉，音造，我受了山形大哥的委托前来道歉，这钱拿回去没法交差呢！"

说着，婆婆起身要离开。

"把这臭钱带回去！"

音造抓起装钱的纸包，狠狠朝那老婆婆丢去。纸包刚好飞到婆婆眼前。

婆婆大怒道："音造，你太不识抬举了！"此时，她已意识到今天的差事办砸了，便用希冀的眼光看着阿种道："阿种，你若不收，我便将钱返还给山形大哥，你的意见呢？"

阿种用坚定的语气说道："阿姨，这钱我们不要，请您带回去吧。"

"既然话说到这个份儿上了，倒是我老人家多事了，也罢，这和事佬我不做了。"

老婆婆气呼呼地捡起纸包，径直离开了音造家。

3

从那天开始，山形再没出现在阿种的生活中。阿种以为笼罩在自己头上的乌云已经消散，心中的大石终于落下。

然而，平静的日子不过持续了两个月。在某个深夏的傍晚，天气闷热异常，乌云密布，山雨欲来。阿种与音造收拾妥当后，便放下蚊帐准备歇息。忽然，外面大雨滂沱，电闪雷鸣。闪电如石火一般，从门窗的缝隙透入室内，照亮了整个房间。雷声隆隆，似乎要将大地震开，空气中弥漫着一股不祥的气息。不过，盛夏时节雷雨时常光顾岩鼻县，夫妻俩早已习惯了，也不十分害怕。

睡到半夜，音造有些尿急，便起身去茅房。他钻出蚊帐，从后门前往茅房。在轰隆隆的雷鸣间隙，被惊醒的阿种依稀还能听见他远去的脚步声。

雨势慢慢变小。突然，一声巨雷响彻云霄。紧接着，床上的阿种听见门外传来一阵短促的呻吟声。阿种大惊失色，心想，音造莫不是遭雷劈了吧？她连忙起床冲向茅房，心急如焚地环视四周。

就在此时，天边划过一道强烈的闪电。阿种看到一幕令她惊骇莫名的场景——只见一个身穿血红衣服、手持巨大铁锤的厉鬼站在雨中，并直直地瞅着她——而厉鬼的那身打扮，与神话绘本中的雷公一模一样！

"天哪！居然是雷公显灵！音造呢？"

这时，"雷公"的脚下传来几声呻吟，六神无主的阿种下意识地望向声音的来源。此时又一道闪电划过天际，照亮了鲜血淋漓的音造。他满脸是血，已是凶多吉少。阿种怒火攻心，晕了过去……

轰隆隆！

不知过了多久，雷声唤醒了晕倒的阿种。她跌跌撞撞地回到大门，冲了出去。

不知跑了多久，披头散发，样貌如同疯子一般的阿种发觉自己正站在老婆婆的门口。此时的她，宛若一个溺水之人，四处寻找木板。

"阿姨！快开门！"

阿种拼命地敲打老婆婆的房门。老婆婆立即出来开门，惊讶地看着门外形同疯子的阿种。

"这不是阿种吗？怎么如此狼狈？"

"阿姨！大事不妙！音造被雷公劈了！"

老婆婆没听清，又问了一遍："怎么了？你说音造他如何了？"

"他被雷劈到了！我看见雷公就站在院子里，好吓人，好恐怖！"

"什么？音造被雷劈了！天哪，赶紧通知大夫前来医治！"

"阿姨，我心乱如麻……"

"不必惊慌，有我在此陪你呢！"

婆婆连忙将阿种安顿好，开始张罗起来。此时，雨停了，雷电停息，这世界恢复平静，如同什么也没发生过一般。

4

音造并非被雷劈死的，致命伤来自他的后脑勺，那儿被铁锤之类的凶器砸碎了。婆婆出面召集街坊邻居前来帮忙，也请大夫前来诊治，无奈音造伤势太重，不治身亡。据哭成泪人的阿种回忆，音造是被雷公用铁锤砸死的。既是鬼神杀人，便无法追究，于是音造就被草草入土安葬了。

按理来说，阿种应将音造安葬于寺院的墓地里，但她生活窘困，也没有值得投靠的亲戚，根本拿不出钱来操办丧事。此时，那老婆婆雪中送炭，慷慨地借钱给阿种，这才将丧事对付过去。

老婆婆的经济条件也不宽裕，阿种心中颇有些过意不去。第二天，她便向老婆婆提及此事。婆婆摇头道："你别瞎操心了，那钱是我问一位熟人借的，绝不会给你惹麻烦的。倒是你要节哀顺变。音造这孩子太倔强，所以雷公收了他。你不同，青春年少，养好身体将来找个合适人家好好过下半生。"

阿种虽觉得这话刺耳，但晓得老婆婆是一片好意，也没往心里去。从这以后，阿种与老婆婆关系形同母女，无话不说。尽管从前二人因山形有了心结，但音造出事后，全靠老婆婆照应，阿种方才能喘口气。昔日的恩怨，阿种早已不放在心上了。

音造的头七马上就要到了。按惯例，阿种需准备一些酒菜来招待街坊邻居，以感谢最近大家对她的照顾。无奈她囊中空空，甚至连一块豆腐都买不起。头七前一晚，婆婆带着一笔钱来到阿种家，说道："你又在为钱苦恼吧？明日便是头七，总要做些豆腐来招待宾客吧？这不，我拿了一些钱给你，快些将头七的事情准备好吧。"

阿种感动得热泪盈眶："阿姨，不瞒您说，我正为此事发愁呢。但我实在没脸再借您的钱了，上次的……"

"说什么傻话呢？我无儿无女，一直把你当作亲闺女。这钱也是跟一位老实巴交的熟人借的，你放心用。"

阿种只好接过钱。

后来，婆婆送了好几次钱来接济阿种。阿种对她那位"老实巴交"的债主十分好奇，但婆婆不肯提及，她也不想多问。

光阴似箭。一转眼冬天到了。今年雨水太多，再加上音造离世，阿种家里的三块小地收成欠佳。无论怎样节省，她怕是熬不过这个冬天了。阿种为此愁眉不展，夙夜叹息。就在这个时刻，一天夜里，婆婆忽然来访。

"阿种啊，我今夜过来，有些事情要与你商量。"

婆婆的口气前所未有的严肃，阿种心中忽然有种不妙的感觉。

"阿种啊，事到如今，我也只好跟你说实话了。其实，从前我借给你周转的那些钱都来自山形大哥。音造去世时，我跑断了腿，也没借到钱。万般无奈之下，我记起山形大哥曾对你们夫妻俩有些香火情。我一去找他，他便拿钱给我，还说：'阿种真是可怜！之前因酒醉的缘故，冒犯了她，早就想跟她赔礼道歉。可她若晓得钱是我的，未必愿意收下。所以你就告诉她钱是别人借的吧。'我说阿种，山形大哥一直惦记着你呢。每次算计到你钱快用完的时候，便差我再给你送一些。"

阿种听得心惊胆战，她仿佛看到一张无形的网，正缓缓落到自己头上。

"今天早上，山形大哥居然亲自登门找我，对我说想将你接到他府中好好照顾。看得出来，他对你是一片真心。你呢，年轻貌美，也不能一辈子这样耗着，总得再找个好归宿。我看，山形大哥也算是值得托付的人。"

阿种此时终于看清了事情的来龙去脉，可即便知晓自己上当了，借人家的钱怎样偿还？

老婆婆盯着她的脸色，趁热打铁道："要说山形大哥这次并非一时心血来潮！他都计划好了，回江户之前，他不能光明正大地娶你进门，所以你暂时以下人的身份住进去。不过他已信誓旦旦地向我保证，等回了江户，你便是名正言顺的山形夫人了！阿种，你就要出人头地了！"

5

老婆婆最终说动了阿种——且不提从前借的钱无法归还，就连撑过这个冬天都是问题！万般无奈的阿种选择妥协，搬进了山形家。山形没有食言，对她千依百顺。

一天晚上，山形家来了十多个面目可憎的客人。一群人在客厅里饮酒作乐，嘈杂喧闹。阿种独自在房里烤火发呆。大约午夜时分，客人一一告辞，外面逐渐安静。阿种正要吩咐下人铺床，却发觉屋门缓缓开启。她本以为是山形回来了，抬头一看，却发现眼前站着一个浑身火红的厉鬼——正是音造死亡那夜她见到的"雷公"！阿种顿时被吓晕过去。

"快醒醒，阿种！"

阿种清醒过来的时候，发现山形正在床边大声呼唤她的名字。

"雷公……雷公来了……"

"雷公在哪里呢，有我在，别怕！"

阿种哭着道："我又看见雷公了，就是音造被砸死那晚，雷公也在……"山形抓着她的手，道："没有雷公，昨晚你看到的是我！我一进门你便晕倒了。"

阿种止住哭声，脸色突变。她细细打量了山形的面容，若有所思。

次日，阿种强忍不适，悄悄走进山形家的仓库。她来到仓库二楼，在里面仔细地寻找着什么。忽然，她脚底踩到一样东西。低头一看，原来是一个鲜红的小木箱。阿种蹲下身来，小心打开箱盖。箱子里头竟藏着一件血红的长衫，长衫下面还有一个厉鬼面具，以及一把铁锤。这些都是阿种苦苦追寻的证物。

阿种将铁锤、面具和长衫包好，塞进怀里，连草鞋都顾不上穿，光脚跑出山形府，向县厅奔去。

当天，县令便派出差役将"山形大哥"捉拿归案。经审查，"山形大哥"原名叫作神山权太夫。他也不是什么武士身份，而是一个幕府军的逃兵。官府抽丝剥茧，很快查清了神山所犯的罪责。几天之后，他与一批赌徒被公开处刑。但他并没有像其他赌徒一样被砍头——大音县令亲自下令，行刑的时候，他必须身穿红衫，戴着面具，打扮成"雷公"的模样受死。最后，刽子手以彼之道还施彼身，当场用铁锤将其砸死。

15

京城记事

1

　　大概在今年二月至四月间，我抽空去了朝鲜半岛与中国的东北和山东旅行。往返路上，我两次都在朝鲜的京城下车，尽情游览。

　　京城四面环山——北靠白岳，南依南山，西临仁王山，东北直面骆驼峰。朝鲜李氏王朝长达五百年的文化传承汇聚于此。我抵达京城时正值暮冬，环山映雪，美景如画。天气寒冽，路旁蹲着许多叼着烟晒太阳的朝鲜人。他们身上所穿的洁白衣裳令我倍感寒冷。不过四月份返程时已是初春，南山脚下的果树与春花正吐出嫩芽，山顶被一层暖暖的雾霭笼罩。

　　参观京城的过程中，有两三位友人全程陪伴。其中有一位友人名叫奥田鲸洋，他来朝鲜生活，前后已历经二十多年，是一位地道的朝鲜通。他为我讲述了古朝鲜历史以及日军攻占朝鲜时的惨状，还带我参观了万历朝鲜战争中小西行长走过的东大门，行程被行长抢先愤而掉头的加藤清正从未进过的南大门，还有因小早川隆景闻名中外的碧蹄馆、倭将台，还有李太王故居庆运宫等遗址，以及朝鲜太祖李成桂建设的王城景福宫、总督府、昌德宫……接着，奥田又领着我走出南大门，用手指着钟路大道不远处的小钟楼道："普信阁到了。"

我上前细看，只见那巨大的吊钟高约一丈，长两丈有余，表面布满了斑斑铜锈。它原本是作为警钟安置在南大门的，每天早上与晚间各响一次，以钟声传令开闭各扇城门。奥田告诉我，关于这座大钟，还有一段传说呢。

　　这座吊钟至少有四百五十多年的历史，曾经历过一次重铸。第一次铸造出来的钟无法敲响，于是无奈的人们开始重铸。最早提出铸钟倡议的是一些和尚。为此，他们云游全国，募捐善款。有一次，一位僧侣来到了一处偏远小村。村内有一户穷困的人家，家中只有母子俩相依为命。见这位和尚上门募捐，母亲无奈地抱怨道："大师，您看我们家一贫如洗，穷得叮当响，实在无物可捐。不然的话，您就将我儿子带走吧。"

　　这句话被主管吉凶祸福的钟神听到，他十分愤怒——根据朝鲜的传说，钟神无处不在，无所不知。

　　后来，和尚们终于筹完善款，铸好钟，并举办了非常盛大的开光仪式。结果却发现那座吊钟无法敲响。这让无论是工匠还是和尚都非常吃惊，就连学识渊博的博士都寻不到问题所在，人们为此伤透了脑筋。

　　某天晚上，铸钟的那位僧侣梦见钟神出现在他梦中。他告诉这位和尚说，钟之所以没有响，是因为他们未将某某山村那个孩子带回来。倘若将那个孩子铸造在钟内，问题便迎刃而解。和尚们就将此情形报告了当地官员。官府许可之后，便将那孩子放进钟内，重新铸造。于是这座钟就被称为"人钟"。

　　奥田告诉我们，其实这个传说还有另外一个版本。这座钟刚铸成时，由于实在太过笨重，人们根本无法将其吊起，只能摆在地上——摆在地上的钟怎么能敲响？当地有一个小孩看到这一幕，随口说道："不如先用铁锁将钟从上面拴住，然后将其下面的土挖掉，这样钟不就自然而然地吊起来了吗？"当地一个嫉贤妒能的政府官员听闻此事，认为这孩子长大后必成大器，若让他活着，谁知道以后会是什么样子呢。于是暗中命人将这孩子抓了起来，铸进钟内。

由于这座钟本身非常有名，很多朝鲜传说中都能发现它的影子。

相传在很久以前，朝鲜有一种非常有权势的大官——士大夫。所谓的士大夫，指的就是贵族阶级。王朝中担任文官的大臣宰相或担任武官的大将的后人，都属于这一阶级。与日本的贵族一样，他们也拥有特权，在朝鲜社会中处于最高地位。士大夫的官职虽不如宰相、大臣或大将，但由于是前朝重臣的后人，身份尊贵显赫。士大夫所生育的子女称为"中人"，其地位仅次于士大夫。在朝鲜社会中，下级官吏和农民、工人、商人等平民则属于第三阶级。对于当时的科举考试来说，中人以及平民连参加的资格都没有。

在朝鲜社会中，还有一种特殊官员，他们受帝王委任而执掌政权，被称为"势道"。他们权力极大，甚至有权向帝王上疏以及推举人才。因此，只要成为势道，则必定门庭若市，挤满了谋求官职的溜须拍马者。后来，有位势道厌烦了虚假的生活，为摆脱求官者的纠缠，便想出了一个办法。势道对外宣布称，倘若有人可以想出一个无懈可击的"谎言"骗到他，那他一定会在帝王面前举荐这个人出任官职。

消息传出以后，自认有骗人天赋的人蜂拥而至，在这位势道面前，表演各种各样自以为天衣无缝的谎言。然而，能够成为势道的人，见识自然远超一般人，普通人想出的谎言如何能骗得过他？一个又一个说谎者都是乘兴而来，败兴而归。

在这一年阴历十一月一日，一位求官者来到势道家。那时极其寒冷，几乎是滴水成冰。此人见到势道后，很严肃地说道："小人前日参加了某位朋友的寿宴。这位朋友家财万贯，贵不可言。他府上吃饭的客厅金碧辉煌，席间尽是世人难见的山珍海味。不过让宾客们最为称奇的是，席间上了一盘巨大的樱桃，有多大呢？跟'人钟'一样大！"

势道对此不屑一顾，反驳道："你简直胡说八道，哪里会有那样大的樱桃？这个谎言这么容易被戳破，你自己竟然还敢自己推荐？简直太小看我了！"

　　挑战者毫无愧色，说道："那便改成'跟永道寺的大钟一般大'的樱桃吧！"

　　"笨蛋，这世界上如何有吊钟一般的樱桃啊。"

　　挑战者泰然自若道："那我就改成'跟富豪酒窖中的酒瓶一般大'的樱桃吧。"

　　"你太愚蠢了，人要有脑子的！编瞎话之前要先动脑筋，怎么可能有那么大的樱桃啊。"

　　"那改成'跟穷人家的酒瓶一样大'的樱桃，总可以吧？"

　　"这也不行，看起来你的确是个不折不扣的笨蛋。"

　　"那便改成'跟吃饭的碗一般大'吧，这次总可以了吧？"

　　"还是不行，你这蠢货，怎会有碗那么大的樱桃啊，话说你到底有没有亲眼见过樱桃？"

　　"那便改成'与板栗一般大'可以吗？"

　　"不行，你这比喻就太别扭了！"

　　"那不如改成'与枣子一般大'吧？我觉得这样大小的樱桃总还是有的吧？"

　　"樱桃一般没有那样大啊。"

　　"我们继续改，改成'比小枣稍微大一点'，如何？"

　　"这样不行，樱桃与小枣子个头类似。你应说前几日自己见到了跟小枣子个头差不多的樱桃。"

　　听到此处，那位挑战者突然向势道下跪磕头，说道："多谢提拔，承让承认。"

　　说完，这人便转身告辞回府。之后，他逢人便夸夸其谈地说："我成功骗到那位势道了！"

人们纷纷找到这位挑战者问道："我们怎么听说你失败了？你是如何成功的呢？"

挑战者便将那段关于樱桃的争论娓娓道来。

"势道大人把自己的注意力尽数放在'樱桃的尺寸'上，完全没想到如今寒冬腊月时分，哪里有樱桃呢？最后他竟然承认我前几天见到了'跟小枣子个头差不多的樱桃'呢。"

势道从别人口中听说了这件事，意识到自己掉进了这位挑战者给自己挖的坑里。于是他便遵守承诺履行约定，为这位挑战者讨要了一份官职。

2

很显然，关于"樱桃"的故事听起来简直就是个笑话，却是朝鲜王朝人际关系的缩影。

一天，奥田带我去参观奖忠台公园时，路上为我讲了一个"说谎出人头地"的故事。

奖忠台公园坐落在一座长满松树的小土丘上，这里安葬着一位王妃。一天，皇宫按照惯例派出一位使者来扫墓。而本该负责守护陵墓的士兵却去了树林遛弯。皇宫使者下轿时，那士兵方才发现。他顿时慌不择路，想要立即跑回陵墓门口，却发觉时间根本来不及，便只能站在树林中一动不动。

那位使者抵达陵墓时，却发觉无人镇守，确定这位卫兵擅离岗位，便四处寻找，最终发现士兵远远站在树林当中。这位使者走到士兵的面前，问他为何不在陵墓守着却跑到这里来，想治他玩忽职守的罪责。

那位士兵机智地回答道："最近这一带的松树生了毛虫。小人心想，王妃殿下生前最讨厌毛虫，所以每天都来树林里抓虫。"

这番话让皇宫使者非常感动，当场赦免了他。回宫之后，又将士兵的事迹呈告给皇帝。皇帝听了也十分感动，认为士兵的忠心简直感天动地，于是破格提拔他为将军。更夸张的是，使者甚至还将自己的女儿许配给他，后者摇身一变，成为"毛虫将军"，从此飞黄腾达，享尽了荣华富贵。

朝鲜社会中还流传着很多关于欺瞒诈骗的故事。话说某位士大夫家中雇用了一位乡村教师。这位教师本是一位儒生，却迟迟不能考取功名，便只好来到大户人家教书。士大夫拨了一间屋子让他居住，工作便是教授士大夫的公子读书。

这位儒生看中了大户人家府中一位漂亮女仆。每日这位女仆送饭的时候他都借机搭讪，可这位女仆对他冷若冰霜，不予理睬。后来，这位儒生慢慢也就死了心——他本身是一个没有考中科举的儒生，如今在士大夫家混口饭吃。女仆叫他"先生"简直就是抬举他，其实也就是比乞丐好了一点点而已。

有一天，士大夫的公子读书时顽皮捣蛋，这位儒生便想以戒尺惩治一番，不料这位满肚子鬼主意的少年公子连忙叫道："先生，手下留情，您若饶过我这次，我可以保证让您如愿娶到那位女仆！"

儒生有些惊讶，但更多的是尴尬。他没料到这小小少年竟然看穿了自己的心思，手中戒尺忽然停住。

"先生，我已经看出，您很中意那个女仆。我有办法令她自动送上门！"少年的语气中，充满了异乎寻常的老到。

"什么办法？"儒生饶有兴趣地问。

"我父亲平日最喜欢一把银勺，每膳必用。我待会儿将那勺子埋在这院子的树下。那女仆见丢了父亲的心爱之物，必然惊慌失措。当她遍寻不

242

得时，我去对她说，先生您善于占卜。届时您再替她找到勺子，她必然会对您改变看法，并且会委身于您。"

此法不错，儒生心中暗叫孺子可教也，于是便放过那少年公子。

少年公子躲过一劫，兴高采烈地出去谋划。儒生此刻却患得患失起来：自己这个学生平日里狡诈得很，天知晓他会不会惹出祸来。万一老爷知晓了此事，自己可就要卷铺盖走人了。不过儒生深知少年对自己十分信任。于是在担忧与焦虑的心情中，儒生默默等待着。

夕阳西下的时候，女仆们开始叽叽喳喳地准备晚饭。儒生竖起耳朵，默默听着外面的动静，只听厨房中传来了嘀嘀咕咕的说话声与锅碗瓢盆的碰撞声。

突然，一阵急促的脚步声传来。那位女仆娇嫩的容颜出现在儒生面前。儒生强抑心中的喜悦，唯恐被女仆看穿，便装作无动于衷的样子。

"先生！"一脸愁容的女仆怯生生喊道。

"何事？"

"奴婢有一事相求，还请先生援手。"

"出了什么事？"

"奴婢们捅了一个很严重的娄子，还请先生鼎力相助……"

"到底出了何事？我对你的心意你也知晓，你若有难，我必全力相助，先将事情说来听听。"

女仆脸上露出一丝感动的颜色。

"老爷平日最爱的那把银勺不见了……今日午膳时还用过！奴婢将它清洗干净后，便放回了老地方。可奴婢刚刚去找时，竟发觉勺子不见了……奴婢听闻先生极善占卜，能否请先生起上一卦……"

"老爷喜爱的银勺失踪了……嗯……那可是大麻烦。不过，也不是找不到，我来给你起一卦吧。"

女仆眼中一亮，恳求道："请先生务必帮忙！只要找到那把勺子，奴婢必定好好报答您！"

儒生看了女仆一眼，便摆出卜签，算了一卦。然后，他告诉女仆道："那勺子就在院内的某棵树下。"女仆依照儒生的吩咐跑去庭院，果然找到了勺子。

从此，儒生声名大噪。他不但成功俘获了女仆的芳心，而且成为远近闻名的占卜大师。

其时，中国的皇帝不小心遗失了一件贵重的玉器。大臣们想尽办法，却毫无收获。正在一筹莫展的时候，有人奏禀皇帝称，在藩属国朝鲜有一位占卜大师，声名远扬，不如请他来试一试，或许能有意外收获。

皇帝便派遣使者前往朝鲜，火速召这位儒生来中国。虽然被高不可攀的中国皇帝接见是一件天大的露脸事，但这位儒生对自己的占卜本领心知肚明，实在不敢去。可若不去，便失去了飞黄腾达的机会。思来想去，他找到自己那位足智多谋的公子学生商议一下。那位少年告诉他，车到山前必有路，或许抵达中国的时候，玉器已被找到也说不定，先不要胆怯，去了再说。

那位儒生还是没有勇气，便带着这位少年公子一同赶往中国。抵达京师后，皇帝立即召见了他。心急如焚的皇帝近臣问道："先生真的可以通过占卜的方法找到玉器吗？"

儒生心中暗暗叫苦，却又不能说出实情，只得大包大揽道："请给小人一个月时间，必能如愿以偿。"

回到皇帝为其准备的宅邸后，他便将大殿上的事告诉了少年，与他商议对策。少年公子同样无计可施。

就这样，一天过去了，两天过去了……儒生在府中一筹莫展。转眼就到了第二十九天夜里，倘若明日儒生再找不到玉器，便会被安上欺君犯上的罪名。其时正值隆冬，窗外天寒地冻，刺骨的寒风透过纸窗缝隙吹进屋里，窗户纸在寒风的攻击下发出"啪啪啪"的响声。满腹心事的儒生感觉自己的前途便是这寒风中漂泊不定的风纸，心绪更加烦乱，几乎是无意识地念道："风纸……风纸……"

没想到刚说完这句话，突然从窗户外跳进来一个人。儒生定睛一瞧，此人五短的身材，面相极其凶悍。莫非是刺客？他吓得面色苍白，险些从椅子上跌倒。

然而，他却听到了这样一句话："请大师饶命啊！"

来人并未行凶，反而跪倒在地，乞求饶命。

儒生心中大定，便端起架子，再次趾高气扬起来。

"你乃何人？"

"小人是一介毛贼，人送外号'风纸'。小人便是盗窃玉器的元凶。素闻大师威名，唯恐您算出小人的丑事，便日日守在大师房外偷听。不想大师真算出了小人名字……简直太神了啊。请大师一定要饶了小的性命！"

儒生心中大喜，原来此人便是偷走玉器的毛贼。

"本师素有一颗慈悲心。饶你一命可以，但你需将玉器所在告知于我，我在皇帝面前交了差，也不会透露关于你的半个字！"

"那晚小人一时恍惚，将玉器丢入御花园的池塘内了。"

倘若真在水下，那搜索至今仍下落不明就顺理成章了。

"好，这次本师就放你一马，暂且饶你一命，但是为免夜长梦多，今晚你就速速离京避风头去吧。"

那盗贼喜不自胜，告辞离去。

次日，儒生得意扬扬地上殿面君，告知皇帝玉器就沉在御花园的池塘中。皇帝立刻命人下水寻找，果然在池底寻得玉器。皇帝龙颜大悦，又是给他加官晋爵，又是赏赐金银财宝，一时风光无两。

经此一事，儒生的名气越来越响。达官贵人们排队等候，盼着他能在回乡前为自己算一卦。但他自己心里很清楚，倘若答应，必定露出马脚。

启程回乡那天早上，少年忽然对儒生言道："先生，您的舌头貌似生了疮，请将舌头伸出来我看看。"

儒生一向信任这个少年，便也没多想，将舌头伸了出来。孰料少年公子竟快速地剪掉了儒生的舌头。

儒生口中虽痛，心里也明白学生是在救自己。没了舌头，儒生再也无法说话。不能说话，自然不会露出马脚。儒生最终以"占卜大师"的身份返回朝鲜，终生富贵。

3

在京城游览时，我在南山町住过几日。南山上有一座著名的尼姑庵，相传当年有人意图造反，便是通过那栋建筑用灯火与景福宫的后宫互通消息。我在南山町的住处可以直接从套廊上看到积雪的山顶与那座传说中的尼姑庵。

南山的山脚流传着不少朝鲜近代明君成宗李娈的传说。

据说某天晚上，成宗带领几名侍卫来到民间体察民情、微服私访。行至南山脚下，忽然听见阵阵读书声从一栋小房子中传了出来。

天色已晚，谁如此用功念书呢？好奇的成宗前去那栋小屋叩门。屋里的读书声应声而止，有人问道："何人叩门？所来何事呢？"

成宗正色答道："在下向来敬重读书人，今天深夜赶路，听到屋里的读书声，想拜访一下勤奋的读书人。"

屋里那人说道："原来如此，想来也是好学之人，若不介意小屋简陋，请进来稍歇。"

成宗便进了屋。没想到的是屋内读书人已经满头银发，年过半百的样子。成宗稍微有些失望，便问道："先生今夜读的什么书啊？"

"在读《周易》。"老儒生答道。成宗对《周易》也有所了解，便想试一试这位儒生对《周易》的见解，便问："在下也曾读过《周易》，奈何天生愚笨，很多疑点不曾勘破，借此机会，可否请先生赐教？"

老儒生欣然应允。成宗问了几个非常晦涩的问题，儒生一一回答，很显然，他对《周易》造诣极深。成宗拱手赞道："先生真是世所罕见的大儒！请问是否有大作传世，可借予在下一看？"

老儒生起身，从书箱内取出十多篇文章，成宗一看，皆是锦绣文章。但是对比下老者的生存状态，成宗疑惑地问道："先生才倾当世，为何不去考科举呢？"

当时，科举乃是读书人入仕的必经之路。

老儒红着脸答道：

"在下不才，从二十岁起年年应考，却从未考中，怕是没有这份福气了。"

成宗心中盘算，我朝广开科举，便是为了网罗天下英才，这样一位优秀的儒学大家竟被埋没至此，长达数十年！想到这里，他便又气又恨。

"或许是考官无能，错过了先生的锦绣文章。我听闻当今天子为广罗天下人才，将在后天举办一场临时考试，先生何不再去试一次？"

老儒生听闻后，欣然应允。

成宗便记下了老儒生的文章标题，回到宫中，思忖老儒生家境贫寒，专程命人送去了肥肉与大米。

第二天，成宗便下令筹备临时考试。后来，考试顺利进行。成宗从答卷中找出一张与老儒最相似的答卷，取为状元。然而当状元走上大殿之时，成宗大惊失色——来人根本不是那位老儒生，而是一位年轻的读书人。

成宗疑心大起，问道："这份答卷真的是你所作？"

少年叩首回答道："启奏陛下，实不相瞒，这文章乃是小生的先生所作。"

"哦，那你家先生为何不自己来呢？"

"前日有人赠送给先生一些米肉。先生平素生活困苦，一时贪吃，腹痛不止，这才派小生带着他的文章替考……"

成宗只得打发少年回去。后来，少年传来消息，老儒生在考试当日因腹痛过世。

民间还流传着一个成宗民间私访的故事。

某日，成宗微服出宫视察民情。走到某户人家门口时，发现一名女子神色慌张地从屋内走出，站到院子里。院内有一棵参天大树，树上传来一阵阵喜鹊叫声。女子借着朦胧的月光环视四周。成宗见状，连忙躲起。女子环视四周，见四下无人后，便捡起一截枯枝，用嘴巴含住，然后爬上大树。那树上的雀鸟叫声越来越急促起来，仿佛在催促女子。

成宗见状十分不解，他稍稍探出身子，借着月色向树上望去。只见一个男人趴在树枝上，接应女子。而那女子呢，则使劲伸长脖子，将口中的树枝"递"给男子，男子伸嘴叼住。那模样，完全就是正在筑巢的喜鹊一样。

而这个时候，女子无意中也看见现身的成宗。她惊呼一声，从树干上滑落下来，掩面冲入屋内。男子也爬下树来，向屋内逃去。

"兄台且慢！在下有一事相询……"成宗连忙高喊道。

男子停下脚步，小心地问："仁兄有何贵干？"

"在下碰巧看见二位刚才正在树上筑巢，心中疑惑，所以想请教一番。"

"说来惭愧……"那男子十分尴尬，支支吾吾，不肯明说。

"是有什么难言之隐吗？"成宗心中也懊悔自己有些莽撞了。

男人跺跺脚，道："其实也没什么见不得人的。说来惭愧，在下弱冠之年便参加科举，到今年已五十岁了，迟迟不曾中举。听说如果喜鹊在房屋南侧筑巢，家中便有喜事降临，所以在下与妻子十多年前便种下了这棵树。如今已成参天大树，却从未有喜鹊光临，在下也不曾考中。今日，我们夫妻二人忽然心生一计，假扮喜鹊，筑巢引鹊。于是便有了今日的行为，却没想到被您看见，让您见笑了。"

"原来如此啊。不过科举考试充满变数，也和运气有关，请您务必不要灰心。真金不怕火炼，或许明天就能考上功名呢！坚持继续努力才是正途。"

成宗对这位老儒生心生怜悯，便想给他一个功成名就的机会，回宫后便着手安排临时考试。考试那日，他出的题目十分诡异——"人鹊"。

前来考试的读书人一头雾水，唯有那位老儒生猜到了内情。他想起了那日经过，隐约猜到了出题人的身份，于是根据自己的经历，写了一篇见解独到的好文章。

成宗等的就是这篇文章，钦点老儒生为状元，圆了他的美梦。

16

狐狸的笔记本

1

　　这是一个发生在幕府末期的故事。东京枳壳寺附近，居住着一位名叫新三郎的布业商人。他主要经营布料批发业务，平时去上州地区采购，然后再将这些布料卖给东京地区的小服装店。这年秋天，新三郎同往常一样前往上州进货，而妻子阿泷、儿子新一和照顾他们的老保姆则留在家中。

　　秋日渐凉，晚间有些凉飕飕的，蚊子也不见踪影了，人们的睡眠质量也重新提高了。新三郎今年十三的独生子新一很快进入梦乡，女主人阿泷去往前厅，她和丈夫平时都在那里睡觉。屋内清爽可人，她忍不住躺在这里的榻榻米上。谁知一躺下便进入梦乡。睡到半夜，她感觉身边多了个人，不由得惊怒交加，翻身坐起。此时，枕边油灯刚加过一点油，微弱的灯光照亮了躺在她身边的青年。阿泷怒气填膺，伸手去揪这个胆大包天的孟浪之人。

　　"你到底是什么人！如何夜闯深闺！"

　　那青年原本面对她躺着，听到阿泷声色俱厉的质问，青年微微一笑，慢慢地直起身来，向远处闪去。

　　"你到底是何人！"

阿泷越发恼火，便翻身去追，可是一瞬间的工夫，青年竟然凭空消失了。阿泷仔细看了看四周，什么都未发现。

"真是怪事！"

阿泷站在原地发呆——她压根没听见开门的响声。这样一个大活人，如何凭空消失了呢？阿泷想着想着，感觉有些毛骨悚然。

"保姆，保姆……保姆！"

阿泷大声呼叫保姆前来帮忙寻找。等待保姆赶来的空当，她拿着纸灯在屋里四处查探，没有任何发现，接着她打开通往客厅的纸门，生怕那青年藏匿在客厅内。保姆还没有任何动静，于是阿泷又喊了两声："保姆！保姆！"

"什么事啊？"一阵疲惫的声音从客厅旁的厨房传来。

"你快来我房间！"

片刻之后，身材发福的保姆穿过客厅与厨房间的纸门，慌张地问道："出了什么事，夫人？"

"发生了一件怪事……我在前厅休息，刚睡着感觉身边不太对劲，睁眼一瞧，没想到我的身边居然睡着一个男人！我想抓住他，可他竟爬起来瞬间就没人影了！房门明明关得好好的，我却怎么也找不到了！"

"夫人请息怒！我猜一定是这附近的浪荡子得知老爷出门，想来占您的便宜，真是无耻啊。他肯定还在附近，我们要找到他，将他抓起来教训一顿，否则不知道他下一步会干出什么无耻的事情呢！"

保姆与夫人再次在屋内细细查找，却一直找不到男子的一丝踪迹。她们又仔细查看了门窗，可每一处都完好无损。

"真是咄咄怪事！一个青年就这样明目张胆地在我眼皮子底下逃跑了，他还对我淫邪地笑了一下。"

"的确很怪异……"

想想后怕的阿泷只好让保姆将被褥搬到前厅与她一起睡。幸好下半夜平安无事，没再发生什么怪异的事情。

次日晚上，阿泷担心青年再度前来，就吩咐保姆和新一也搬来前厅，睡在隔壁屋子。

保姆年事已高，睡眠很浅。凌晨一两点时，她被前厅的动静惊醒。莫非昨晚那浪荡子又来了？保姆睁开眼睛，透过睡前特意留的门缝向隔壁看去，只见夫人身边果然躺着一个青年男子！夫人是头朝套廊仰卧床上，青年就在她身边，与她并排同眠，纸灯透出的灯光正巧照射在他的脸上。

"你这淫贼，怎么又敢前来闹事！"

保姆爬起来，冲进隔壁屋内。听到响声，青年迅速跳下床，朝左边客厅快速逃去。

"淫贼，哪里逃！"保姆紧追不舍。

阿泷也被吵醒——她显然不如昨夜警醒，睡眼蒙眬地坐起来。

"啊，又被这色魔逃掉了！夫人，快起来啊！"

青年再度神秘消失。清醒过来的阿泷提着灯走到保姆身边。

"夫人，您能感觉他什么时候到来的吗？"

"我完全没有感觉他来了，他到底是什么人，真是要吓死人了……"

"奴婢也不知道，只晓得是个男的……"

此时，儿子新一也被惊醒了。

"那淫贼又来了？真是岂有此理……"

2

到了第三天晚上，一家人开通了里屋与前厅间的纸门，打算大家在一起盯紧点。里屋也多点了一盏纸灯，新一与保姆睡在隔壁，紧紧盯着前厅，唯恐那男青年再度现身。年轻胆大的新一将自己护身用的短刀藏到了被褥下面，以备应急之用。

阿泷好像睡着了，前厅没有一点声音了。新一与老保姆轻声聊天，唯恐睡着，给那青年有机可乘的机会。但保姆白天做了很多家务，此时也劳累过度，没多久便睡去。勇敢的新一继续苦撑，但不知不觉间他也睡着了。

不知过了多久，耳边传来急促的喊声："新一少爷，快起来……快起来啊！"睡梦中的新一被老保姆摇醒。他一睁眼便反应过来，那个浪荡子又来了！

"出了什么事？"

保姆气急败坏地说道："夫人不见了！不知道去哪里了！"

新一挺身而起，迅速冲去前厅。只见母亲的卧榻上果然空无一人。

"是不是去厕所了啊？"身后的保姆道。

"也有可能……奶妈，你去那边看看吧。"

保姆面有难色："这……少爷，外面黑灯瞎火，浪荡子隐藏在侧，奴婢不敢贸然出去啊……"

"可我母亲失踪了啊！我也需要在这里守着。"

"或许夫人真是去厕所了呢？说不定一会儿就回来了，不如等等……"

"母亲万一有个好歹，那如何得了！你若不敢，我亲自去！"等不及的新一提着纸灯，出门去了。无奈的保姆只得跟在后面。厕所在走廊的右边尽头。新一走到茅房门口，叫道："母亲？"

里面无人应答。新一回到屋内，拉开纸门，却发现了可怕的事情：阿泷正半裸着身子仰面朝天地躺在地上。

"母亲！"

"夫人！"

二人同时惊呼道。虽不知阿泷为何神秘失踪，又为何成了这个样子，不过如今找到了，也算是万幸了。保姆三步并作两步奔到阿泷身边，想将她扶起来。这时，阿泷忽然睁开双眼，怒斥道："是谁！别多事！滚出去！我正睡得香呢！有什么好看的！"

保姆慌忙缩回手去。

"母亲，您不能睡在这种地方，担心身体着凉！"新一劝道。

阿泷仿佛不认识儿子一般，杏目圆瞪道："你这笨蛋，少啰唆！若再多管闲事，我定会对你不客气的！"

保姆与新一这下子也不知道该怎么办了。阿泷不肯配合，如何将其带回卧房呢？正在二人束手无策的时候，阿泷忽然站起身来，快步去了前厅。保姆和新一一头雾水，感觉阿泷的举止怪异，又不知道该怎么应对，只得小心翼翼地跟在后面。只见阿泷迅速爬上床，钻进被褥，用被子将自己的头紧紧裹住。

"任何人不得进屋！省得惹我心烦！"

新一与保姆站在原地手足无措。片刻后，屋内传来了阿泷均匀的睡眠呼吸声。此时，二人暂且放下心中的石头，返回里屋，却迟迟无法睡着。新一特别担心母亲，一夜不曾合眼。

天亮后，阿泷恢复正常，平静地起床洗漱，然后与新一共进早餐。只不过新一发觉，母亲的精神不太对劲，她不时地凝视远方发呆。他感觉很担心和难过，却不敢再向母亲询问昨晚的情况，为何那样子？为何会大发雷霆？

饭后，阿泷不发一语地再度回到前厅，一动不动地坐在地上。新一与保姆意识到阿泷的行为开始越发怪异，都极其担心，他们商议道：

"奶妈，母亲实在不太对劲……"

"是呀，太诡异了！夫人昨天晚上起便不对劲了！第一夜是夫人首先察觉不对劲，第二夜夫人便有些迟钝了，昨晚……奴婢至今都不知晓那个浪荡子是如何进来的，可是屋里的门窗都锁得死死的，这事也太怪异了！"

"这究竟是怎么回事啊！"

"奴婢说句犯忌的话……那浪荡子可能不是人类！"

"不是人类，那是什么啊？"

"奴婢也说不好，可是少爷您细想一下，如果是人类，总得从门窗处进来吧？"

"唉，你说得也有道理，若是我父亲能早些回来就好了。"

保姆点头同意："是啊，只要老爷回来了，便有办法了……"

"嗯，父亲回来一定有办法。"

3

二人说了一会儿话，保姆便走去前厅，查看夫人的情况。只见阿泷正侧卧地上打瞌睡。为了不激怒阿泷，保姆小声道："夫人，夫人，醒醒。"

阿泷突然睁开眼睛，显露出惊喜的表情。但察觉来人是保姆后，立刻变了脸色。

"你有完没完，为何总在我眼前啰唆！滚出去！"

"夫人息怒！奴婢这便出去……其实奴婢只想问问您身体有什么不舒服……"

"快给我滚出去！"

无奈的保姆只能先告退，回到在客厅等消息的新一身边。

"母亲情况如何？"

保姆将阿泷的情况和盘托出，并告诉新一她觉得阿泷夫人还是不正常。

"不正常在哪里呢？"

"跟昨夜一样，总想支开奴婢，似乎在等什么人……"

"嗯……还真是不对劲。"

午膳时间,阿泷依旧没有走出房门。保姆只好去请。阿泷依然坐在地上，一副精神恍惚的样子。

"夫人，该用午膳了……"

阿泷抬头瞥了保姆一眼，拒绝道："我不饿。"

保姆愁眉苦脸地劝道："人是铁，饭是钢。夫人您好歹吃一点啊……"

"不要再打扰我了！"

"不吃饭对身体不好，不如奴婢给您端过来，无论何时想吃都可……"

"你真啰唆！"

虽然阿泷执意不吃，但保姆却不能对她完全置之不管，于是将饭端至前厅，放在她的身边。"夫人，奴婢已将饭菜放好，您饿了便吃吧。"

就在保姆去送菜的同时，新一独自忧心忡忡地留在客厅，有玩伴来找他出去游玩，他却无心外出。

傍晚时分，阿泷依旧闭门不出，保姆便进去再度询问她想不想吃饭。此时的阿泷依然趴在地上，抬起两脚点地，托盘上的菜只吃了一点点。

"夫人，奴婢将晚饭端来吧？"

阿泷不理会她，继续摆腿。于是保姆将中午的托盘端回了厨房洗净，换上新鲜的饭菜，端到里屋。

"夫人，晚饭已经送来，请用膳。"

阿泷面对着壁龛，厉声拒绝道："我不吃，你赶紧出去！"

保姆转身离开之后，阿泷突然抬起头来，向保姆离开的方向望了一眼，然后起身吃饭。连吃四五口饭后，阿泷停止用餐，往地上一躺，仿佛睡着了。而新一则一直在暗中观察，他身处里屋，通过纸门的缝隙，这一切被他真真切切地看在眼中。

太阳落山后，保姆和新一继续在里屋隔壁睡觉，守护阿泷。到了夜间十点多，保姆昏昏欲睡之际，前厅突然传来了女人阵阵娇媚的嬉笑声。新一揣测那个神秘青年又来了，于是跳起来，冲向前厅。推开门，他只看到了怒目圆睁的阿泷，此外屋内空无一人。

"蠢货！你来这里做什么！别来妨碍我！"

"我在外面听见了母亲的笑声，还以为坏人又进来了……"

"哪里有什么浪荡子！不要多管闲事！"

"可我分明听到刚才您在不停地笑……"

"少啰唆，给我滚！"

新一满脸悻悻地回到了隔壁。

"少爷，怎么了？"快睡着的保姆也被隔壁的动静惊醒了。

"我听见母亲在里面笑，就冲了进去，可也没见到别人，反而是母亲很生气的样子……"

"奇怪，这深更半夜的，夫人为何会笑呢……"

"是呢，肯定是有什么不妥的东西进了屋。"

"这可如何是好……"

次日天明，刚起床的保姆发觉阿泷早已洗漱完毕，此刻，她正拿着梳妆工具，正忙着涂脂抹粉呢。保姆将早膳准备好后，阿泷却迟迟不到客厅吃饭。保姆只能又到前厅去请她，只见阿泷打扮得花枝招展，正趴在床上打瞌睡。

"夫人，早膳备好了……"

阿泷既不看她，也不作声。

"奴婢将饭菜端到这边来好吗？"

"笨蛋！别再来烦我！"

夫人的态度如此坚决，保姆也不敢再做什么了。

4

不管如何劝说，阿泷就是不肯再迈出前厅一步。新一与保姆十分忧虑，屡次前去前厅查看状况。只见阿泷连被子都懒得叠，一会儿严严实实地裹在被窝里，一会儿趴在被子上自说自话，三餐都不肯出来吃，都得保姆送到房间。

在后厨，新一与保姆二人吃完午饭，又聚在一起议论。

新一问："奶妈，你认为那缠着我母亲的东西到底是何方神圣？"

"奴婢也不确定，或许是怪物吧。"

"怪物？什么叫怪物？"

保姆四下张望一番，确定隔墙无耳，于是压低嗓门答道："可能就是狐狸精、狸猫精之类的野怪。奴婢认为，夫人可能是被这些怪物附体啦！"

"真的是狐狸精吗……"

"谁知道……唉，老爷若能早些回来就好了……"

"对！父亲一回来，狐狸精就闻风远遁了。"

"必是如此……"

用过晚膳，新一与保姆又挤在客厅的纸灯边低声商议。

"少爷，奴婢有一个建议，不如您今晚干脆睡在客厅里吧。我则守在里屋。如此安排，无论那怪物从何处来，我们都能发现！"

"好主意！就这样安排。倘若见到怪物，我便拔刀砍它！"

"好的。看到可疑人影便用力砍下去！"

"嗯，绝不留情！"

二人商议已定，便分别守住一个房间，意图堵死怪物的进出之路。保姆在为自己和新一打好地铺后，在自己的枕头边点上一盏灯。

新一将刀柄藏在被褥中。这样一来，别人便看不见他手中有刀。然后他仰面躺在被窝里，竖起耳朵倾听门外的动静。

夜凉如水。里屋母亲阿泷貌似已经睡下，前厅鸦雀无声。往日里患有咽炎的保姆时常会清清嗓子，但今晚，她也异常安静，几乎听不到她的咳嗽声了，只有厨房水池中传来一些细碎的水声，或许有老鼠在那边胡闹吧。

不知不觉中，新一开始犯困。就在此时，阿泷又开始自说自话了，断断续续的声音从前厅传来。新一迅速清醒，猜想那怪物又来了。于是他按兵不动，静静倾听里屋的声音，并监视自己身边的动静。过了一会儿，果然出现了一个黑影。终于等到了，新一心中激动，却也不敢轻举妄动，只能静静躺在原地，偷偷地继续观察——那是一只灰色的小怪物。因为角度所限，新一只能看见它的背影，看起来像是狗，有一条长长的尾巴。时机到了！只见新一抽出短刀，举刀向那怪物砍去。那怪物中了一刀，低吼一声便凭空消失了，只有新一的短刀还在榻榻米上闪闪发光。他转身捡起短刀，向四周望去。

就在这时，前厅传来母亲的怒吼。

"你这畜生，竟敢坏我的好事！你要如何补偿我……"

新一一边听母亲谩骂，一边看向刀尖。只见上面有很多黏黏的红色液体，看不出是油脂还是鲜血。新一笃定地认为，自己的这把刀一定是结结实实地砍到了怪物，只可惜最后时刻功亏一篑。

里屋传来了母亲的狂吼声、保姆唯唯诺诺的劝说声——必定是保姆被自己吵醒了，正在里屋安抚阿泷。新一趁机将客厅找了个遍，却始终不曾找到那个怪物。

母亲的怒吼声已穿透纸门，慢慢接近客厅。新一担忧赶来的母亲发现这把短刀，便急匆匆地将短刀插回鞘中，塞进被窝。

刚放好时，阿泷满脸怒气地拉开纸门，冲了进来，一把抓住了新一的衣领。

"你这小畜生，坏了我的好事！"

对于暴怒的母亲，新一什么也不敢做。阿泷对新一简直恨之入骨，骂个不停。更让人想不到的是，她竟然坐在地上大哭起来，仿佛遭遇了天底下最不幸的事情。阿泷哭了好长时间，才松开了抓住新一衣领的手，像一个小姑娘似的边走边抹眼泪。

新一哭笑不得，和保姆一样，呆若木鸡地看着她。

"少爷，到底发生了什么？"保姆问道。

"守夜之时，我忽然发觉屋内有只长得有点像狗的野兽，就持刀砍过去。它闷哼一声，便消失不见了。你看，这刀上有血，我确信自己砍中了它。我母亲也是从那时发怒伤心的……"

听到此处，保姆陷入了深深的沉思。片刻之后，她颔首道："如此说来，家中就肯定是狐狸精在作怪了！不过少爷已经砍伤了它，以后或许不敢再来了。"

"最好是这样……"

新一将短刀取出给保姆看。二人又聚在一起讨论了一会儿。后来，新一决定继续睡觉，打发保姆去阿泷身边守着。保姆走到前厅一看，只见阿泷依然沉浸在哀痛之中，将头严严实实地埋在被子里，痛哭流涕，让人听久了也不免为之动容。

5

新一躺在床上想再睡会儿，却根本无法合眼。只要听到外面传来一点响动，他便会快速钻出被窝。天亮后，新一在白露遍地的院内仔细寻找，却没有发现怪物留下的血迹，其他的任何痕迹也没有。

这时，保姆也已起床。她和新一一起寻找，同样毫无收获。她干脆打开了身后的所有板门，却依然没有什么发现。

"为何一点痕迹都没有呢……"

保姆让新一将那把短刀拿过来，打算在阳光下再仔细查看。

短刀上沾染着发黑的血迹。

"这是血迹没错。"

新一耳边还回响着怪物中刀时发出的叫声："我清楚地听见它喊了一声……"

"那它到底逃到何处去了？"保姆将目光投向大门外。

新一家的后院与一座寺庙相接，中间只有一道竹篱笆相隔。这道篱笆年久失修，已经破烂不堪，一些动物或身材矮小的孩子甚至可以从这里钻出去。篱笆后面有一片寺院的墓地，纷繁杂乱，长满了橡树、枫树，漫山遍野开满了山茶花。

"不如我们去寺内找找看！"

说着新一便朝篱笆走去。已干枯的篱笆浅绿中透出一丝枯黄的颜色，四周长满了抽穗的芒草。微风拂过，芒草哗哗作响。新一从前经常钻这个篱笆去寺庙的墓地玩耍，自然轻车熟路。故地重游之下，发觉景物依旧：墓地后面那座巨型五轮塔傲然矗立，还有无数石碑散落其间——有些是扁平的，有些是四方的，飞鸟歌唱，昆虫低吟……

但新一无暇欣赏。他在墓地内逛了许久，希望能发现怪物存在的一些痕迹。但是，脚下唯有清冽的露水，没发现任何血迹。

新一失望地返回家中。保姆正在厨房准备早餐。

"奶妈，又是一无所获。"

"寺里乃是佛祖治下，如何会有妖魔鬼怪栖身呢？"

"你说得也是……"

过了一会儿，早膳预备妥当。保姆走去前厅，发现阿泷正高卧床头，睡得正香。

"夫人今天睡眠质量很好，或许是少爷您的那一刀，将怪物赶跑了！"

"若真是这样，谢天谢地。"

"是不是真的，今晚便知晓了！"

阿泷今日依旧不出门，整整一天都躺在被窝里，但情绪却比前几日平静了许多。保姆这两日也不再入内请示，做好了每一餐，就直接为她送到枕边。而阿泷好像很怕人似的，只有趁他们不在时偷偷吃了两口饭。

"不知那怪物中刀后，今夜还敢不敢来。"吃晚饭的时候，保姆对新一如此说道，"最好今后都不要来了。"

"放宽心，若再来，我依旧砍了它！"

当晚，新一继续在客厅留宿，保姆则在里屋搭床。新一担心怪物去而复返，便学昨晚，将短刀藏在被子里。他高度关注周边的情况，仔细倾听母亲那边的动静。熬到半夜，实在撑不住睡着了，再睁眼已是旭日东升的时辰。

"少爷，您也醒啦。"先醒的保姆走到新一枕边问安。

"啊……天都大亮啦……我竟然睡着了，我母亲那边如何？"

"夫人昨夜和前两天一样，依旧坐在被褥上发呆。不过不一样的是，昨晚整夜她都没有自言自语。少爷，您这边没什么问题吧？"

"没什么事啊，正常。"

"那就是了，这怪物一定是被您吓跑了。估计要不了多久，夫人便能复原如初。"

"奶妈，你觉得那怪物是死了吗？"

"即便没死，也遭遇重创了吧。"

当天，阿泷仍滞留在自己房中，只是也没再出现任何反常的举动了。新一稍微安心，打算出门拜访自己的朋友，朋友名叫阿吉，他家里开了一间鱼店。二人相约在鱼店门口碰面了。

"阿新，你许久未曾出来玩耍了！都在忙什么呢？"

"唉，说了可能你都不信，我母亲被一只狐狸精纠缠，我愁坏了……"

"什么？你母亲被狐狸精缠上？确定吗？"

"自然是真的啊……而且，我还狠狠砍了那狐狸精一刀呢！"

"别胡说了，怎么可能用刀子就能砍到狐狸精啊！"

"千真万确！"

"那……你找到尸体没？"

"我虽砍中了，却眼睁睁看着它溜走了！也不知要用何办法才能将狐狸精除掉啊。"

"狐狸精神通广大，会七十二变，常见的方法很难除掉它！不过，听我父亲说，无论是狐狸还是狸猫，有一种药，是它们的克星。那就是石见银山老鼠药！这个药的毒性它们根本抵挡不住。"

石见银山乃是日本最大的银矿山。山上产的老鼠药，蕴含丰富的银物质。

"原来狐狸精害怕银啊！石见银山的老鼠药，我家应该也有！我回去找找！"

新一心里很挂念母亲，与阿吉只待了个把小时，便回家了。

6

接下来的一天，阿泷依旧整天闷在屋里。自狐狸精中刀后，她没有出现过什么出格的举动。新一很懊恼自己当日没有砍死那怪物。他时不时凝视短刀上的干涸血迹，脑海中一直回想阿吉告诉他的制胜手段——老鼠药。

一日，新一外出散步。他一边想着如何一劳永逸地解决那只怪物，一边漫无目的地前行。不知不觉间，居然走到了寺院的墓地。那一夜春风送暖，夕阳普照大地，为寺庙镀上了一层暗红色。

在石碑当中穿行的新一忽然发觉前面有一块被芒草盖住的石碑，心中诧异：为何这石碑倒在此处却无人扶起呢？定睛一看，发现那块石碑上，正趴着一只浑身生着茶色毛发的小兽。那小兽身材瘦小，乍一看，仿佛一条狗——此刻它正专心地盯着眼前的一个小笔记本。

新一心想，野兽如何还能看笔记本？简直太奇怪了。新一心中诧异，想看个清楚，慢慢向前摸去。那野兽似乎有所察觉，立即跳起来，逃去无踪。

小兽难道竟然还能识字？这笔记本到底记着什么内容呢？新一讶异地捡起了小兽留下的笔记本。只见笔记本内有三页纸，用浅蓝色笔迹记载着一些片假名。"阿高""阿雪""阿花"等等，看起来像是人名，大约有三十多个。前面两页纸的人名上方，还用三角形做了标记。

新一突然发现，最后一个做标记的人名是"阿泷"。

"阿泷……阿泷……"

新一平时不敢直呼母亲的姓名，一时半会儿没有反应过来，只觉得这两个字非常耳熟……片刻后，他清醒地意识到，阿泷正是自己母亲的名字！

"竟然记着我母亲的名字啊！"

新一忽然间想起了那只在他家兴风作浪的怪物。而刚才看见的那只野兽，不是狗，正是阴魂不散地缠着他母亲的狐狸精！

"竟然是你这狐狸精！"

刚反应过来的新一非常懊恼自己刚才错失了良机。他越想越气，攥着那笔记本一通乱找，却没有发现任何线索。

"哼，君子报仇，十年不晚，我一定会弄死你这个狐狸精！此事也无须告诉保姆，我独自便能办妥！"

新一收拾好笔记本，将它塞进怀里，装作什么也没发生过似的返回家中。正当他走进后门时，听见有说话声从屋内传出来。难道家里来了客人？他进屋一看，原来父亲新三郎回府了，晒得黑黢黢的他坐在火盆旁与保姆说着什么。

"父亲！"

"哦，原来是新一回来啦。"

家中终于有了主心骨，新一非常高兴地坐到父亲身边。

很显然，父亲已从保姆口中听闻了阿泷被狐狸精纠缠的事。

"新一，你十三岁便能斩妖除魔，太厉害了！"新三郎欣慰地抚摸着新一的脑袋，"被你砍了一刀，那妖怪必定丧胆。如果它再来，我便去下谷御岳神社请一位道行极高的行者前来除妖。"

新一想到刚刚在墓地遭遇的狐狸精，不过他心里已经有了自己的计划，便没将此事告诉父亲。

　　"我先进去看看你母亲情况。"说完，新三郎迈步去往前厅，一进门便看到阿泷无精打采地仰面躺着，而被褥已被她踢到了脚跟。

　　"阿泷。"

　　听到丈夫的呼喊，阿泷没有任何的欣喜，只是睁开眼睛，十分平淡地望了他一眼，随后又翻了个身，让整个人都趴在褥子上。

　　"身体还不舒服吗？"

　　阿泷依然一言不发。

　　"看来你身体还未恢复呢……也罢，继续好好歇着吧。"

　　新三郎无奈地又返回客厅。

　　保姆和新一还在原地，讨论着眼下的事情。

　　"看来阿泷身体还未痊愈……"

　　"夫人看起来怎样？"

　　"她听到我喊她，只是睁眼瞅了我，一句话也没有说……"

　　"夫人这几天已恢复不少了……刚开始疯疯癫癫的，自言自语，是不是啊，少爷？"

　　"没错，最初母亲跟精神失常了似的。"

　　过了一会儿，保姆做好饭菜，新三郎与新一在一起用了晚膳。保姆给阿泷送了一些，她返回客厅后兴奋地说道："夫人今日果然大好了！她看到奴婢端的饭菜，竟然主动拿起筷子了！"

　　当晚，新三郎与新一都在里屋的隔壁就寝，保姆搬到客厅去睡。或许丈夫返回的缘故，阿泷整晚都很平静，沉默无声。

　　次日，新三郎吃过早饭后，去前厅看望妻子。而阿泷正巧去厕所了。新三郎站在原地等到她进了屋。

"身体如何，还是很不舒服吗？"

阿泷依旧不说话，又躺倒在褥子上。

"夫人你到底是不舒服，还是不认识我了？"

"哼，我只是不想说话，更懒得和你说话。"阿泷终于开了金口。

"哦……身体惫懒，不想说话也是正常。那你先好好休息吧。我自外地带了土特产回来，等你身子好些再吃吧。"

阿泷依旧梗着脖子，不肯多说一个字。

7

黄昏时分，明月当空。心怀大计的新一趁着月色，偷偷来到寺院的墓地内。他为这次秘密行动花了不少心思——吃过晚饭后，他以"去阿吉家玩"为借口出来，并在周围逛了很长时间，方才朝墓地走来。

他怀中藏着短刀，一袋老鼠药装在他的袖管内。此行的目的，便是除掉那可恶的狐狸精，但他毕竟年幼，心中并没有一个完善的计划，靠着年轻人的勇气，只想见机行事。

月色皎洁，四周虫鸣不绝于耳，石碑在月光中投下诡异的阴影。新一小心翼翼地在石碑之间穿行，生怕惊动了那个怪物。

突然，不远处传来了声音。

新一立即停下脚步，支起耳朵仔细倾听，那应该是人的脚步声。天色已晚，正人君子谁会来这种地方？新一心中盘算一番，便躲进五轮塔的背面。

脚步声越来越近，新一探出头去，见来人并非凶神恶煞之徒，而是位二十二三岁的青年。此人皮肤白皙，唇红齿白，生得异常英俊。新一下意识地向青年的腰间望去，发觉此人并没有佩刀，实在不像是奸贼。

那青年在正前方的杂草堆处坐下。

"深更半夜，他坐在此处做什么？"新一十分好奇。

片刻之后，新一听见远处又传来一阵脚步声。他心中犯了嘀咕——这是第二位神秘来客吗？只听脚步声好像正在往此处走来。是来和第一位青年相会的吗？可谁会在深更半夜到这种地方约会？

脚步声到了青年跟前停住了。那人看打扮像是这位青年的仆人，手里拿着一些东西。

二人轻声交谈，可惜新一距离太远，听不清他们的谈话内容。然后，看见他们用手抓着第二位来客带来的东西，大嚼起来。

"他们到底挤在一处吃什么啊？"新一脖子越伸越长，却依然看不清。

两个人边吃边聊。此时，满门心思偷窥的新一的身体已完全离开塔边，不小心踏错一步，发出"哗啦"的声响。就在这个时候，前方刮起两阵旋风。新一大惊失色，冲了出来，那两个神秘客踪迹全无，居然消失不见了。

新一心中顿时联想到了那只怪物。

新一走到神秘客吃东西的地方，蹲下身一瞧，只见满地都是碎鱼骨。

他盯着鱼骨看了许久，终于想到一个除妖的计划，然后走出墓地，满心欢喜地回家去了。

回到家，保姆早已将他的被褥铺好，父亲新三郎也没有问他晚归的原因。二人继续在里屋隔壁睡觉。

睡到半夜，新三郎突然被惊醒了，因为他清楚地听到夫人房中传出了娇媚的笑声。他立即想起保姆所提及的怪事，迅速开门冲进前厅。只见屋内空空如也，阿泷也不知去向。他提着纸灯，拉开通往院子的纸门，却发觉阿泷身体半裸地躺在走廊上。

"喂，阿泷！你是怎么了！为什么要睡在此处，这里太凉了啊！"

阿泷睁开眼，大声吼道："我的身体与你何干！要你这白痴多管闲事！快给我滚！不要在这里碍我的事！"

新三郎知道阿泷最近不正常，便不与她争吵。不料阿泷却不罢休，继续吼道："别搅和我的好事！蠢货！快滚出去！"

"行行行，我出去还不行吗！夫人你快进屋去，你的身子还生着病，去屋里睡吧，再着了凉如何得了……"

"别啰唆！"

"不管怎样，我可不敢让夫人你睡在此处，你快进屋吧。"

阿泷柳眉倒竖，怒道："屋内有你这样讨厌碍事的家伙，我如何进去啊！笨蛋！"

这让新三郎觉得有些莫名其妙，不知晓为何自己在屋里阿泷会产生如此大反应，便道："别生气！我去外面还不行吗，夫人你先进屋吧……"

"真是啰唆！多管闲事！"

阿泷跳起来扑向新三郎。身强力壮的新三郎往旁边一闪，阿泷扑了个空，大哭起来。

"我的心中好难受啊，好难受啊……我跟你无冤无仇，你为何如此折磨我啊！"

新三郎关上纸门，正要离开，却发现被吵醒的新一正站在门口。

"父亲，那狐狸精又来了吗？"

"没错，必是狐狸精搞的鬼……"

次日，新三郎动身前往下谷去请御岳行者来家里作法，希望此法可令阿泷尽快康复。而新一则开始实施自己的除妖计划。他悄悄买了三张美味的油豆腐皮，将银山出产的老鼠药抹在上面，偷偷放在寺院后的墓地中。

当夜，阿泷看起来好了许多，安安稳稳睡了一宿。新三郎与保姆都以为那是作法行者之功，各自安下心来。

第二天天明之后，最先起床的保姆打开后门，却看到了诡异的一幕——房檐下躺着一只已经断气的野兽！

听闻保姆的惊呼声，新三郎连忙起床冲到后门。他定睛一看，那茶色毛发的野兽是一只狐狸。它七窍流血，死在当场。而在狐狸的尾巴根上，还有一道被刀砍过的伤口。这时，刚起床的新一面露微笑。

十多天后，阿泷身体终于痊愈，而"新一勇除狐狸精"的消息也在当地传播开来。

骏河台的武士大人闻讯后，特意派人请新一去府中，担任自家孩子的护卫。新一也算是少年成名了。